S0-AXJ-487

Más allá de la noche

GERMÁN CASTRO CAYCEDO

Más allá de la noche

Una historia de amor y de guerra

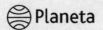 Planeta

© Germán Castro Caycedo, 2004
© Editorial Planeta Colombiana S. A., 2004
   Calle 73 N° 7-60, Bogotá

   COLOMBIA: www.editorialplaneta.com.co
   VENEZUELA: www.editorialplaneta.com.ve
   ECUADOR: www.editorialplaneta.com.ec

Primera edición: marzo de 2004

ISBN: 958-42-0896-9

Impreso por: Printer Colombiana S. A.

Este libro no podrá ser reproducido, ni total ni parcialmente, sin el previo
permiso escrito del editor. Todos los derechos reservados.

A la memoria de Félix Moreno Londoño,
un ser incomparable.

Presentación

Esta es una historia real, sucedida en Colombia a comienzos del milenio.

EL AUTOR

Escapé de allí en un descuido de la muerte y un poco después de cumplir diecinueve fui a una ciudad, me llevaron a una sala de cine y descubrí que había un mundo diferente de la selva. Luego alguien me dijo: «Eloísa, leer un libro es lo mismo que ver una película».

Ahora pienso que si le hablo con los dedos a un teclado, tendrá que escucharse mi voz. Y si se escucha saldrá de allí la película de mi vida, así, en forma sencilla.

Yo soy sencilla pero mi vida no. Mi vida es un claroscuro. Una mezcla de violencia y ternura como la de todos nosotros:

«Yo de la noche vengo». Esa es una clave cifrada de mi vida.

Otra es la muerte, que nos deja el alma de trapo y el corazón de estopa.

La verdad es que sé muy pocos poemas. ¿Cuántos? Ocho, tal vez diez. Sólo aquellos que tocan mi vida.

Cuando cumplí veinte, en la sala infantil de una biblioteca me cayó en las manos un libro y en él vi otro anochecer.

Con él exorcicé a la oscuridad del primero, un poema terrible porque es real. Hoy mi noche es una caja de cartón llena de estrellas.

¿Cómo soy? Una cara de mestiza clara, piernas largas, el cabello sin grasa, y sin gracia, la boca con brillo, veintitrés años. No me desvisto con la moda, creo que lo importante va por dentro. Existo por mí misma. Soy una mujer cualquiera que amaba escuchar el silencio porque la infancia me dejó cicatrices, pero hoy mi profesión es vivir.

Una noche desembarqué de la selva en una ciudad llena de muertos y a la mañana siguiente los vi resucitar con los ojos oxidados. Me alejé de ellos. Ahora soy prófuga de la tristeza.

Un noviembre el tema era «Calabazas y cuentos encantados». Ya llevaba un tiempo en la ciudad y cuando hice mi propio cuento en pocas líneas, comencé a descifrar las claves de mi vida.

Cuando mi mamá llevaba dos meses esperándome conoció a un hombre que algún día tendrán que canonizar, y un poco después se casó con él. Él es mi padrastro pero yo le digo papá. Al fin y al cabo fue quien me crió porque ella quería borrar los rastros del primero.

Al comienzo del embarazo de mi mamá, al que me engendró —yo le digo El Demonio— lo atacó la malaria. Ella cuenta que con sus cuarenta grados de fiebre y esa desesperación de tahúr, él trataba de escaparse de la casa en busca de aire pero no podía moverse. De un momento a otro dejaba de sudar y se le metía en el cuerpo, de los pies para arriba, un helaje que lo dejaba congelado, y tendido en aquella cama le temblaban los labios, le temblaban los brazos… Le temblaba todo. Y después del hielo le estallaba un dolor en la tapa de los sesos que lo hacía gritar, y sentía un tapón en los oídos como si tuviera la cabeza dentro de un tanque con agua.

—Eso no es escalofrío, esa es la muerte que está encima de mí en este momento. Mírenla, quiere que me vaya con ella —decía, y luego lloraba.

Ella trataba de calmarlo pero él volvía con lo mismo:

—Eso no es escalofrío. ¿A usted no le han dicho que la muerte es fría? ¿No sabe que los muertos son fríos? Maldita sea, como usted no es la que está en esta cama... Amanda, entienda que la que me está abrazando es ella. Es ella.

—No. Es la malaria.

—¿Malaria? Cuento de bobos. ¡La muerte!

Pero no. Una mañana dejó de llover, se fue aquel *tun, tun, tun* que le retumbaba en la nuca, no veía doble y desaparecieron las fiebres y el escalofrío, y aún convaleciente, se fue a trabajar. Cosecha de maíz. Una madrugada de niebla recogió lo que tenía y lo vendió. Todavía lo pagaban. Reunió el dinero y se fue a la funeraria, compró un cajón de muerto, llamó a unos amigos, salieron en procesión por el pueblo y ya en el cementerio acomodaron el ataúd sobre unas piedras, le metieron candela, y cuando estaba hecho cenizas, pegó un grito:

—¡Ahí les dejo su hijueputa muerte!

Al mes siguiente, mi mamá conoció a mi papá, se enamoraron y decidieron irse a vivir juntos. El Demonio se fue al diablo.

¿Al diablo? Cuando yo cumplí cinco años nos vinimos para Guayabal, unas cuantas casas de cartón a lado y lado de un camino rojo por el centro de la selva, y El Demonio se vino detrás con su cara de malas noticias. Decía que si no era con él, mi mamá no podría vivir con nadie. Por lo que ella cuenta y por lo que yo vi, el oficio de este hombre es taladrarles la vida. Siempre. Sin descanso.

En Guayabal lo único que consiguieron mi papá y mi mamá fue un trabajo como peones en el campo y se quedaron allí un tiempo. El Demonio se vino a vivir al pueblo y allí hace una cosa y otra, sube a los cultivos y raya amapola en cosecha, cría gallos, apuesta. Cuando yo viví en su casa, un poco después del amanecer saltaba de la cama gritando:

—¡Amaaanda! ¡Amaaanda!

Pero Amanda estaba lejos. Entonces se iba a buscarla con el reclamo de siempre: yo era su hija y debían entregarme.

Entonces mi papá estallaba. Lo ha aporreado tanto que El Demonio tiene las teclas de la boca descuadradas. Le dicen Mordisco. Una vez le acomodó un garrotazo en una pierna, otras le golpea los fuelles, la caja del cuerpo, las rodillas. Cuando lo truena, El Demonio llora:

—No más, no más. Estoy enfermo. Tengo helaje —dice, y se va cojeando y secándose las lágrimas.

Cuando llegamos, Guayabal eran veinte o veinticinco casas de cartón y tela plástica al lado de un camino y en medio de tres ríos. No había luz, nos alumbrábamos con vela, cocinábamos con leña. La luz llegó apenas hace tres años. Yo recuerdo mi infancia buscando velas para ver en la oscuridad. Desde los cinco viví allí. Miraba televisión cuando subíamos a Neiva, cada año o cada dos años unos pocos días. Nunca me deslumbró la ciudad. Nunca. Nosotros íbamos a lo que íbamos: a comprar comida, un par de zapatos, una blusita, medicamentos.

Entonces la gente del interior del país empezó a llegar a Guayabal detrás de la siembra del café, de algunas frutas y del negocio de la amapola. Allí había antes un caserío llamado El Retorno, pero una mañana el gobierno lo convirtió en llamas y dos días después todavía humeaban los tizones. Muchos muertos, se salvaron unas diez personas. Ellas se quedaron y lo reconstruyeron con palos y algunas latas.

Luego fue llegando más gente a vivir en casuchas a la orilla del camino. Como allí la dueña de todas las cosas es la

guerrilla, a ellos les ayudaban con unos clavos, con algún serrucho, con cualquier herramienta y de pronto les daban tejas de metal y cosas así para que mejoraran las casas porque,
al fin y al cabo, eran sus trabajadores. Así fueron apareciendo
una tienda y dos cantinas donde vendían cerveza y aguardiente, otra tienda y otra cantina. Comercio pequeño.

Hoy la mayoría de las casas son de madera porque Guayabal es una medialuna entre montañas cubiertas por la selva. Techos que brillan con el sol, casitas bien hechas, pintadas
de colores.

Yo vivía en una con pisos de cemento liso. Afuera, azul
cielo. No teníamos animales y la cacería se había alejado.
La gente come carne de res un día sí, otro quién sabe.

Crecí hasta los ocho con mi mamá y mi papá, y a esa edad
me mandaron a vivir con el otro. Ya lo dije: si existe el mal,
para mí él es El Demonio.

El cuento de la hija que debía volver al lado de su verdadero padre y aquellos arrebatos de amor y los gritos y los
zapatazos en el piso los fueron desesperando. Mi mamá no
quería entregarme, pero El Demonio continuaba con sus blas-
femias y más tarde con sus caras de ruego, y poco a poco mi
papá fue cambiando conmigo. Cuando estuve más grandeci-
ta se volvió muy duro, duro y preocupado, no podía alimentar a tantos, no encontraba trabajo.

Mi mamá tuvo que aceptar.

—Eloísa, váyase con él. Está enfermo y usted debe cui-
darlo —me dijo.

Al segundo día supe que su enfermedad era el alcohol.

En los dos años al lado de El Demonio, mi mundo se volvió, ahí sí es cierto, un infierno y resolví regresar a mi casa,
pero allí ahora me sentía ajena porque a pesar del tiempo, y a

que yo seguía siendo obediente y callada como antes, mi papá no cambió. Todo lo que yo hacía le molestaba y, además, me seguía viendo como a una extraña.

—A ese hombre usted no puede mirarlo como a un padre —me dijo una mañana, como si sospechara que El Demonio abusaba de mí desde los ocho años.

Sin embargo, viví con mi mamá y mi papá otro tiempo. Yo sabía que era una carga para ellos y trabajaba en lo que se presentaba: en las cantinas como mesera, en una tienda, en una carpintería clavando tablas. Algo me pagaban, pero continuaba en una casa que ya no parecía mi casa y un día tomé la determinación de huir. Allí la única salida para un niño es la guerrilla y me fui con ellos. Tenía trece años.

En Guayabal unirse a los guerreros es tan fácil como salir una noche de la casa, esperar a que cruce la ronda y mandarle un mensaje al duro de turno. Eso hice: «Díganle que quiero ingresar. Yo también soy capaz de disparar un fusil».

El tipo se movía por las montañas que encierran al pueblo y me envió la respuesta con otro joven. Me recogerían a las dos de la mañana de un martes. Salí a esa hora con lo que llevaba puesto, una faldita, unos zapatos de plástico y una blusa, y me encontré con ocho guerreros, todos conocidos, todos amigos de mi pueblo.

Entonces yo tenía una buena imagen de la guerrilla. Los veía uniformados, armados, con autoridad, reían, bailaban, bebían como cualquiera, pero a pesar de todo, nunca había pensado en ponerme un uniforme. Lo que me llevaba allí eran el abuso de El Demonio y la falta de mi mamá al lado mío. Yo estaba ilusionada con la felicidad.

Mi mamá… Mi mamá trabajaba todo el día en lo que le ofrecieran, salía antes de las cinco de la mañana y regresaba a trabajar nuevamente en la casa antes del atardecer. Mande allí la guerrilla o venga el Ejército, hay que encerrarse en las casas a las seis de la tarde.

Es que esta región fue durante algunos años la República Independiente del Caguán, un país que le entregó el gobierno a la guerrilla y un día se fueron de allí el Ejército, la Policía, el inspector, el fiscal, y los guerrilleros siguieron gobernando sin un freno.

Hace unos dos años dijeron que el gobierno volvía a ser la autoridad. La autoridad vino, bombardeó y después apareció el Ejército. Se llevaron a mucha gente presa y el miedo cambió de dueño. Los bombardeos estaban anunciados y la cárcel estaba anunciada, y antes de que vinieran a destruir el pueblo por tercera vez, porque esa ha sido una historia de nunca acabar, la gente comenzó a abandonar sus casas y huyó a Neiva. Hoy dicen que Guayabal es un pueblo fantasma. Tal vez sí. Más de la mitad de las casas fueron abandonadas.

Pero aun así, allá la que gobierna es la guerrilla porque el Ejército viene, patrulla, da órdenes, desaparece unas semanas después, y la guerrilla, que se ha escondido en la selva, muy cerca del pueblo, desciende nuevamente y toma el mando. Cuando yo me fui con los guerreros aún no se hablaba de la República Independiente.

Bueno, pues aquellos ocho guerreros me llevaron a las espaldas de una montaña, un arroyo, casuchas escondidas debajo de la selva. En las casuchas vi hamacas. Luego me reuní con veinticinco jóvenes de mi edad, trece, dieciséis, diecisiete años, la mayoría compañeros de escuela. Allí dormimos esperando a un comandante.

El guerrero llegó antes del amanecer y empezamos un viaje de dos semanas, unas veces en camiones, otras andando hasta donde termina la selva y comienza otro país inmenso llamado Llanos Orientales. Caminos hechos por la guerrilla buscando la sombra de la selva, sendas de barro y huecos que le muelen a uno los riñones. Bueno, mi nueva vida. ¿No era eso lo que buscaba?

Quince días de viaje. En todo ese tiempo no nos cruzamos con nadie. Caminos muy solos. Se trataba de ir desde San Vicente del Caguán, como se llama la capital de la República Independiente, buscar una sierra con varios climas, La Macarena, y luego bajar hasta el llano abierto. Inmensidades que uno no termina de atravesar en semanas y semanas. Allí ya no hay caminos. En verano los autos van por la planicie.

El primer día los camiones nos llevaron siete horas buscando la sierra y en adelante caminamos cinco horas hasta una casa cualquiera. Unos colgaron sus hamacas en habitaciones, otros en la cocina, en una bodega pequeña, debajo de algún techo, y temprano al día siguiente continuamos en camiones diferentes de los anteriores. Unas seis horas después dijeron que el Ejército podría estar en la zona. Nos bajamos, nos separaron por grupos cada uno con un guerrero joven pero veterano, y nos internamos en el bosque.

Como era su territorio, ellos sabían dónde había Ejército, y cuando decían «los *chulos*», nos alejábamos del camino. Rodeos de seis, de ocho horas por regiones despobladas hasta encontrar otra casa de campesinos perdida en la noche.

En ese momento ya íbamos uniformados. Camisas verdes, pantalones verdes, botas de pantano. Éramos nuevos y en lugar de morrales llevábamos maletines verdes. Metíamos los brazos por las argollas y el maletín quedaba sobre la espalda. Cada uno tenía un revólver, el mío un treinta y ocho, algunos un machete. En el maletín una crema dental, un cepillo, desde luego un espejo, mi espejo, mi lápiz labial, jabón, una toalla.

La manera de viajar siempre fue igual. El guerrero hacía detener camiones que cruzaban por allí y cuando informaban que había Ejército controlando la ruta nos bajábamos y cruzábamos a pie una, dos, tres horas, aprovechando las manchas de selva. Ya estábamos entrando a la llanura y a aquello lo llamaban «saltos vigilados». Más adelante el guerrero hacía detener otros camiones: «Paran o se mueren», decía, pero no tenía que desasegurar el arma. Cuando ellos nos veían se plantaban en la vía esperando a que nosotros trepáramos.

Comíamos y dormíamos en casas de amigos de la guerrilla o de gentes que tienen que decir que son amigas.

—Si no obedecen y además abren el pico, se mueren. Estamos en guerra —decía el comandante.

—¿Y la paz? ¿La paz no es la República Independiente? —le pregunté una noche, y él se rió.

—Oigan a ésta. ¿La paz? ¿Cuál paz?

Avanzábamos a pie. Algunas veces nos quedábamos dos, tres días en un mismo sitio mientras otros, como se dice, hacían inteligencia en la zona, o esperábamos las provisiones.

Finalmente llegamos a los Llanos, una tierra abierta, sin montañas, sin nada más alto que la planicie. En época de lluvias los ríos se desbordan y la llanura se inunda y uno debe andar por los esteros, así se llaman aquellos lagos de kilómetros y kilómetros como espejos acostados porque en el agua se reflejan las nubes y las palmeras. Una tierra tan caliente como la selva pero allí el aire es seco. Por las noches hace frío en algunas épocas del año.

Al día siguiente empezó el entrenamiento en uno de los campamentos más grandes de la guerrilla en los Llanos. Viviendas, polígono de tiro, aula, un hospital grande con sala de cirugía, médicos que vienen de la ciudad, enfermeras, camillas.

El entrenamiento fue muy áspero por mi pierna enferma. Es la izquierda. Recuerdo que siempre se me ha torcido como si fuera de plástico y cuando se tuerce me duele, otras veces se duerme y debo permanecer muy quieta esperando a que pasen las punzadas en el hueso. Siempre ha sido igual. Desde niña... Bueno, pero es que nunca he sido niña. Yo no conocí una muñeca, nunca me contaron un cuento. A los seis años ya debía trabajar. Luego me mandaron a la escuela. Pero estando en la escuela también trabajaba. Digamos que la pierna me duele desde cuando comencé a caminar.

En los Llanos andábamos horas, días. No acampábamos. Simplemente llegábamos a un sitio y dormíamos, o no dormíamos. Nos dejaban descansar en cualquier lugar. Por las mañanas el comandante señalaba un punto y al comienzo con un guía, y después solos, nos orientábamos por rastros de pisadas, por sendas de animales, por la chispa de una estrella buscando descifrar la noche, y algunas veces nos extraviábamos.

El resto era lo que uno piensa cuando hablan de guerra. En Guayabal los cuentos que aprendíamos los niños eran de bombardeos, de bala, de muertos, de fusilamientos, de gente que debe irse para siempre. Nacimos escuchando esas cosas y para nosotros ahora algunos ejercicios eran un juego: unos jugaban a los guerrilleros y otros a los soldados.

Unas veces estábamos en las tierras planas, otras en la montaña: asaltos, emboscadas, campos minados, cómo deslizarse sobre los codos sin que nos descubrieran, quedar rodeados por el enemigo y escapar lanzándonos a un río o huir por selva cerrada y regresar a un sitio señalado por el comandante antes del juego.

Otras veces el pasatiempo se llamaba polígono. Trapos blancos con círculos, engarzados en un par de varas, pero no disparábamos con fusil porque el ruido se escuchaba lejos. Trajeron *guacharacas*, o sea escopetas hechas con un tubo y una culata de palo. Escopetas *hechizas*. Los primeros tres meses o algo así, manejamos aquellos fierros. Éramos pequeños y el fusil golpea duro cuando uno aprieta el gatillo.

Cómo es la vida. Crecí en la guerra y ahora no me gustaba la guerra. A la hora de la verdad no sabía qué quería en la vida. Tampoco sabía que había algo más que matar o dejar que lo mataran a uno, pero cuando sentí que la muerte estaba más cerca de lo que me imaginaba, la vida en el monte comenzó a aburrirme. Yo estaba acostumbrada a trabajar, tenía las tres comidas del día, todos los días. Algunas veces dos, pero comía algo, y con lo que ganaba en una cantina o en la carpintería podía comprarme alguna ropita a mi gusto. En esa época mi papá, mejor dicho, mi padrastro, tenía cómo ayudarnos.

Luego perdió lo que tenía, una tienda, porque la guerrilla le fue exigiendo vacunas más grandes, más dinero cada mes, y el negocio reventó. Un día lo cerró y esa tarde uno de los guerreros que le cobraban lo buscó para tomarle cuentas:

—Y ahora, ¿qué? —le preguntó.

—Que no tengo ni en qué caer muerto. Me quebré.

—¡De malas! —respondió el hombre.

En la casa habló con mi mamá:

—Quebramos. ¿Qué vamos a hacer ahora?

—Amapola. Sembrar amapola no es delito. El delito es dejarse morir de hambre —dijo ella.

Él le pidió permiso a la guerrilla, dijeron que sí y consiguió hachas, machetes, azadones, buscó a otros arruinados y se fueron a derribar selva en la parte alta de las montañas, tierras frías, de donde vienen los ríos.

Los primeros días me llevó al cerro Cristo Rey para que le ayudara. Ellos derribaban árboles muy grandes que arrastraban a otros más pequeños, los dejaban secar un tanto y cuando habían abierto un espacio les metían candela a los que estaban en el suelo; otros los dejaban de pie, y lo que quedaba del tronco lo desmoronaban con un hachazo.

¿Para qué llevar leña al monte? Cerca del pueblo también hay selva. Cuando se acababa la candela, lo que había sido montaña se convertía en ceniza humeante uno o dos días más si no llovía, pero si llovía se apagaba pronto el rescoldo y una vez en silencio, ellos derribaban más árboles, aunque tanta leña taponaba los arroyos y el campo se inundaba. Entonces picaban los troncos y cuando había pasado la humedad, otra semana, otras dos semanas, volvían a quemar y los arroyos se llevaban la ceniza. Al día siguiente, cuando subíamos, encontrábamos nudos de pescados muertos flotando en los remansos.

—¿Cogemos unos y los asamos? Tengo hambre —le pregunté un día.

—No. Tienen el buche con incendio —dijo, y no volví a acompañarlo.

Unos meses después nos contó que habían despejado una hectárea. En alguna parte consiguió maíz y dijo que subiera a ayudarle. Me dio un azadón y madrugamos. Esa vez ya no bajaban pescados muertos por los arroyos. Llegamos allá y comencé a picar la tierra. Detrás venían él y sus amigos con palos puntiagudos, hacían un hueco, daban un paso y hacían otro y dejaban caer tres o cuatro granos de maíz en cada uno.

Aquella fue una cosecha buena, pero no la sacó a Neiva porque ya no compraban maíz.

—Ahora lo traen todo de los Estados Unidos. Dicen que es menos caro —me explicó, y lo fueron bajando al pueblo, donde lo compraban casi regalado.

—Lo comido por lo servido. Tampoco esperábamos ganarle nada, pero el maíz nos dejó la tierra a punto para sembrar amapola. A esa sí espero sacarle algo —le explicó a mi mamá.

Volví a subir cuando habían quemado las cañas del maíz. Les ayudé a preparar la tierra nuevamente y después a sembrar las semillas de amapola. Ya tendría diez años.

Como la historia de mi papá es igual a la de mi abuelo,
aprendí desde pequeña a no soñar ni con el dinero ni con
nada, y mucho menos a pensar en lo que pueda venir el día
de mañana. A lo mejor mañana me matan.

Mi abuelo vivía en el campo, cerca de Neiva. Allí era dueño de un pedazo de tierra pequeño, pero así, pequeño y todo,
le daba a la familia para comer. En esos campos él tenía su
casita, vivía con mi abuela, con mi mamá y con el resto de los
hijos y las hijas. Nueve. Mi mamá dice que el abuelo había
sido rico, o por lo menos un hombre acomodado, como decimos, porque recibió como herencia una finca más o menos
grande, pero un buen día ya no le compraron lo que sembraba porque dijeron que ahora traían la comida del extranjero y
después, cuando crecieron los hijos le pidieron su parte y él
se la entregó y se quedó con aquella casita. Mi mamá se fue a
estudiar y para pagarle el colegio tuvieron que vender su
parte. Y mis tías se fueron a estudiar. Vendieron lo suyo, pero
con lo que recibieron apenas pudieron pagar hasta octavo
grado en el bachillerato.

—Cuando terminamos, sí, octavo grado y lo que usted
quiera, nosotras no sabíamos hacer nada —decía una de
mis tías.

Mi mamá cuenta que para esa época ya se había muerto
mi abuela y el abuelo conseguía muy poco, o no ganaba nada
porque de un momento a otro los abonos y lo del campo valían más de la miserableza que le pagaban ahora por sus cosechas, si es que llegaban a comprarle algo, y él fue pidiendo
plata prestada y plata prestada para medio vivir, hasta que
un día perdió la casita y el pedazo de tierra.

—Nos vamos para la selva a hacer un rancho. Allá la tierra no vale nada. Hay que cogerla —dijo un día.

—Pero allá hay guerrilla —respondió mi mamá.

—¿Y qué? Nosotros no vamos a buscar pleitos. Si no agarramos para la selva nos moriremos de hambre.

Cuando salimos para lo que hoy es Guayabal, yo tenía cinco años y mis hermanos de ahí para abajo. En ese entonces, hace dieciocho años, Guayabal era un bosque de guayabos, arbustos frondosos que se ponen amarillos en cosecha. Ya habían comenzado a derribar selva a lado y lado de una senda por donde pasaban los guerrilleros y los colonos, y junto a la senda había palos enterrados en el suelo y pedazos de plástico encima para favorecerse de la lluvia. Diez o quince toldos. Eso era todo lo que había allí.

Mi abuelo cosechaba cinco, seis hectáreas de amapola y cuando no trabajaba en lo suyo subía a ayudarle a mi papá. Se trataba de dejar madurar la pepa. A mí me gustaba entrar en los cultivos porque hay un momento en que los campos parecen un jardín con flores blancas, amarillas, rojas, moradas. Una vez amarillas, rayábamos las pepas y esperábamos a que minutos más tarde brotara un líquido café y lo íbamos recogiendo en copitas de aguardiente. De la copa lo pasábamos a frascos, a botellas, a tarros. Los compradores se lo llevan a los laboratorios, donde lo procesan.

Pero algunas veces la amapola no produce nada: heladas en la época de sequía o demasiado sol en la estación seca. Sueños que se van.

En buena cosecha, cuando mi papá empezaba a rayar, sacaba tres, cuatro tarros de látex cada ocho días y aun así no

ganaba para vivir los seis meses que demoraba la segunda
cosecha. Siempre lo he visto endeudado.

Allá quien gana es el que procesa la mancha y la convierte
en heroína y el hombre del campo apenas vive. El campesino
se mata cultivando, recogiendo, corriendo el riesgo de que se
dañe la cosecha, o que cuando la haya recogido el precio esté
bajo, como sucede muchas veces.

Amarillo 22

Un año después de haber entrado a la organización yo andaba en una guerrilla de treinta y cinco mujeres y hombres, doce de nosotros muy jóvenes, chicas de catorce, de dieciséis años. Uno de los grandes era Ember, un tipo de unos treinta y tantos, callado pero disciplinado, muy *abeja*: él estaba pendiente de sus cosas, hacía lo que le ordenaban y lo hacía pronto, pero carajo, una tarde se le torció el paso.

Recuerdo que a eso de las cuatro el comandante de guardia nos ordenó formar para algo que allá llamamos la *relación*. La relación es cosa de todos los días para solucionar asuntos de orden militar y escuchar iniciativas o problemas que tengan los guerreros.

—Guerrilla: ¡relación! —dijo el camarada esa tarde, y fueron saliendo al frente los que tenían que contar algo de lo sucedido ese día. Ember fue el primero y el comandante le preguntó:

—Camarada, ¿usted por qué sale a relación?

—Por orden del camarada Filiberto.

—Filiberto, ¿usted qué tiene que decir?

—Que mandé al camarada por leña a las diez de la mañana y me incumplió la orden.

—Camarada Ember, ¿usted qué responde?

—Sí, es que yo estaba lejos y no lo escuché.

—Ah, entonces hay que permanecer atento. Usted sabe
muy bien que aquí las órdenes no se discuten, somos una
organización militar. Sanción: transcribir diez páginas del reglamento, y además, mañana tiene que traer doble viaje de
leña.

Así, uno por uno, los que tenían algo que decir fueron
saliendo de sus puestos, dieron la vuelta y se situaron al frente, entre el comandante y la tropa. Cada uno se iba poniendo
firmes y hablaba.

Honorio dijo después:

—Camarada, me presento a la relación porque me dan
poca comida.

—Vamos a ver qué dice el ecónomo —respondió el comandante—. El guerrillero tiene su presupuesto y no debe
haber fallas. Vamos a ver cómo mejoramos el asunto.

Salió Diego:

—Camarada, me presento porque considero que el puesto de guardia debe estar mejor colocado frente al río, pues
donde lo pusieron quedamos dándole blanco al enemigo.

—Bueno, salga un comandante a inspeccionar y comprue-
be si es válida la iniciativa del camarada Diego...

—A sus puestos, ¡arrr! Termina relación.

Los que estaban adelante volvieron a sus puestos. Ember
traía una cara, no de bronca, ni de descontento, sino una cara
como de preguntar «¿qué está pasando aquí?», sencillamente
porque era la primera vez que lo sancionaban. Yo creo que lo
de la leña fue como él dijo porque Filiberto era un tipo maño-

so: cuando quería caerle a alguien se inventaba trucos, como por ejemplo hablar bajo para que no escucharan sus órdenes. Cuando regresó Ember creí que ahí había terminado el problema, pero formamos nuevamente y el comandante dio otra orden:

—Camarada Jairo, lea la minuta.

—Guardia nocturna para una guerrilla de las Fuerzas Armadas Revolucionarias de Colombia, Ejército del Pueblo.

La gente zapateó y se puso firmes.

El comandante de guardia leyó:

—Primer turno: Carlos, Miguel, Lucía.

Segundo: Aníbal, Marta, Daniel.

Leyó seis turnos para las doce horas de la noche y no pronunció el nombre de Ember. Ember levantó las cejas como protestando, pero bueno, eran órdenes.

En la guerrilla hacer guardia es un honor: el honor de estar cuidando la vida de sus camaradas, y cuando no lo llaman, uno se pone a pensar en cosas raras.

La tarde siguiente tampoco lo llamaron, y como Ember no disimulaba mucho la preocupación, le pregunté a un contacto que yo tenía por arriba y él me echó el cuento: el mando de mi grupo andaba en alguna jugada con los comandantes del frente al que pertenecíamos, y Ember estaba en el centro.

La mañana siguiente, en el programa de radio comenzó a destaparse el rollo cuando los nuestros se comunicaron con los de la dirección del frente:

—Centauro —dijo la voz, y el comandante de nosotros contestó:

—Siga para Centauro.

—Busque en la carta «Amarillo 22».

En una carta cuadriculada, Amarillo 22 es «La Revolucionaria»: ponerle vigilancia en secreto, y sin que él se dé cuenta seguirlo incluso hasta cuando esté haciendo sus necesidades.

—¿Por qué tanto misterio? —le pregunté a mi contacto, y él dijo:

—Por simple sospecha. Es que han notado que el camarada Ember vive pendiente de las comunicaciones radiales y a la hora de los enlaces se acerca al puesto del jefe para escuchar lo que dice. También han visto que en los operativos busca colocarse cerca de la radio pequeña, banda de dos metros, pero él no ha dado oportunidad para que le puedan decir «Usted es sospechoso por esto y por esto». Entonces hay que vigilarlo y esperar a que dé pie.

—Charlamos en el próximo. Cambio y fuera —dijo el del frente.

El segundo horario de comunicación es por las tardes. A esa hora volvió a salir el camarada:

—Centauro.

—Siga para Centauro.

—¿Qué tiene de nuevo?

—Nada. Estamos sobre lo hablado.

Al día siguiente tampoco nombraron a Ember como centinela y al siguiente tampoco. Sospechaban que estando de guardia podría aprovechar para fugarse y Ember se la pescó toda: lo tenían entre ojos, ya no confiaban en él y esa tarde debió decir: «Me pescaron».

Antes del anochecer colocamos las hamacas y encima de ellas las carpas para protegernos de la lluvia o del sereno de la madrugada, y cuando estábamos terminando, un pitazo:

—¡Con vajilla!

La vajilla son una pequeña olla de aluminio donde uno se sirve primero la comida y luego la sobremesa, y una cuchara. Algunos preferíamos coger un palo y labrarlo porque es más resistente. La mía era del cedro de nuestra selva, una madera muy noble. Uno la trabaja con el cuchillo y queda lisa como la espina de un pescado, y con el uso va tomando el color de un café con bastante agua: café claro, algo rojizo, digamos. Salimos a formar con la vajilla, nos dieron la comida, nos retiramos, y como yo andaba en la onda, no le quité a Ember los ojos de encima. Se veía preocupado. A medida que trataba de pasar bocado él miraba la ollita, intentaba comer algo pero dejaba la cuchara allí y se pasaba la mano por la cabeza, otras veces por la cara. No terminó su comida. Sin embargo volvió, se sirvió *cancharina* —una torta de harina de trigo con azúcar morena, amasada con agua y aceite— y regresó a su hamaca. Estaba allí callado. Y solo. Él no tenía compañera.

«Es la hora de largarme» —debió pensar.

Desde luego, él sabía cómo era la guardia de la noche y cuál de los relevantes era *colgador*, es decir, despreocupado, no les pasaba revista a los puestos, parecía que le pidiera permiso a un pie para mover el otro.

Teníamos dos puestos fijos y en cada uno se hacía una guardia de dos horas más allá del campamento, cubriendo los sitios que podrían ser vulnerables: un camino y el río. El relevante generalmente anda por el área, cada media hora va hasta alguno de los puestos y pide novedades. El del primer turno llegó al del camino un poco después de las siete, se paró a dos metros y le preguntó al centinela:

—¿Novedades?

—Camarada, ladrido de perros en la casa de los Rodríguez —respondió.

El relevante esperó allí diez minutos pero no escuchó nada. Los puestos de guardia estaban distantes y él llamó luego a los que iban a tomar el turno siguiente. Caminaron hasta el patio de formación, un claro en la selva, y de allí fueron al

puesto número uno. A las ocho de la noche se hizo un cambio
sin contratiempos y uno de ellos dijo:

—Relevo.

El que salía contestó:

—Entrego el puesto de guardia con la novedad de haber
escuchado ladrido de perros hace una hora en la casa del camino.

Luego vinieron el santo, la seña y la contraseña del día.
Todos los días se cambia. Aquella noche eran «Río», «Caudaloso», «Muerto», y la voz de retirada, «Arroz».

En caso de presencia del enemigo dicen «Arroz». Y si los
guerreros se disgregan por alguna causa, eso sucede muchas
veces, en la relación se acuerda el plan defensivo para la noche. Aquella tarde el camarada había dicho:

—Tenemos guerrilla al oriente, guerrilla al sur, presencia
de Ejército a diez kilómetros. Si nos atacan por el occidente,
nos retiramos por el oriente; si nos atacan por el norte, salimos por el sur… Primer sitio de encuentro en caso de extra-
viarse, la casa de Gloria. Segundo sitio de encuentro, el
campamento del tractor.

Pero «Arroz» no es voz de retirada. «Arroz» quiere decir
«Vamos a pelear».

El santo, seña y contraseña es para detectar posibles fil-
traciones. En caso de llegar alguien desconocido, el guardia
dice el santo:

—Río.

El que aparece debe dar la seña:

—Caudaloso.

Y la contraseña:

—Muerto.

Ember sabía todo aquello porque, claro, todavía era miembro de la organización y asistía a las formaciones y cada tarde

se grababa en la cabeza santo, seña, contraseña, voz de retirada, y como en las últimas tres noches, esa tarde repitió muchas veces la lección: «Río», «Caudaloso», «Muerte», «Arroz».
Otra vez: «Río», «Caudaloso»...

Después de comer, Ember se metió en su hamaca. Ya sabía qué turno le favorecía para escapar. La noche era turbia
pero él ya tenía en la mira el sitio por donde se iba a escurrir:
por la *rancha*, que es la cocina, ubicada como siempre al lado
de un arroyo, y allí nunca hay vigilancia. Llegaría allí, segui-
ría el cauce del agua, más adelante buscaría el camino, por lo
cual desde antes de anochecer estuvo pendiente del ranchero. A eso de las seis y media, ya de noche, el camarada lavó y
ordenó las cosas de la cocina y se retiró.

El turno ideal para levantar vuelo era el tercero, un poco
después de las diez, porque en el primero, de seis a ocho, aún
hay gente despierta. En el segundo, de ocho a diez, la gente
apenas está entrando en sueño. El tercero es de diez a doce,
un turno maldito: uno acaba de dormirse, ya está profundo,
pero lo llaman para que salga a hacer guardia y se despierta
apresurado, con esa sorpresa y con ese sobresalto tan tenaces, que al principio no sabe dónde está parado. Después camina hasta el puesto, ahí sigue a medio dormirse y hace fuerza
para no cerrar los ojos, da dos o tres pasos, y luego otros dos
hasta cuando logra concentrarse.

Ember se sentó en la hamaca, revisó el fusil y esperó. Las
ocho de la noche. Cambio de guardia. Pasó el tiempo. Cuando calculó las diez esperó un poco, saltó de la hamaca, levantó con cuidado la carpa, salió de allí y la dejó caer otra vez
con cuidado para que no se escuchara el roce del hule; luego
fue hasta la *rancha* y tomó arroyo abajo. Se sabe que en el
camino no encontró población civil, pero si la hubiera encontrado, o se hubiera cruzado con camaradas, porque en la zona

hay mucha guerrilla, no se habría visto sospechoso que estuviera armado y vestido de camuflado.

A las once y media cruzó el relevante alumbrando con una linterna por debajo de las carpas, que no caían hasta el suelo porque no era época de mosquitos, y en el refugio de Ember no vio las botas. Levantó la carpa, y carajo: «Este perro se voló».

Ember, un buen caminante, un guerrero con gran estado físico, llevaba en ese momento más de una hora de ventaja, mucho terreno; el relevante despertó al comandante:

—Camarada, Ember no está en el campamento.

—¡Mierda!… Hagan un registro. Lleven los radios encendidos.

Los encendieron: durante el día se usan seis frecuencias pero se deja la última como reserva.

Les preguntaron a los guardias, pero no habían visto nada. Salieron tres guerreros arroyo abajo, tres arroyo arriba, tres hacia el camino.

—Y hagan formar a la gente y cuéntenla.

Nos formaron y nos numeramos: faltaba uno.

Los del registro buscaban huellas y se comunicaban:

—¿Qué han encontrado? —les preguntaban.

—Nada.

Un poco después reportaron:

—Camarada, huellas arroyo abajo pero el personaje tiene que estar ya muy lejos, lleva dos horas de camino.

En la primera comunicación del día, ocho de la mañana, les dieron aviso por carta en clave a los camaradas que controlan el camino:

—Pongan cuidado porque se nos «abrió» uno.

Luego se comunicaron con jefes de más arriba:

—Óigame, tengo unos numeritos para usted —dijo nuestro comandante, y pidió que cambiaran de frecuencia.

El de arriba respondió:

—Movámonos a Caracol 18.

—¿Qué tiene?

—¿Usted se acuerda de lo que nos mandó con el chasqui? (el correo).

—Sí. ¿Qué sucede?

—Ahh. Que «la colgamos» (que se descuidaron).

—¿A qué horas fue eso?

—En el tercero.

—¿Para dónde?

—Por el arroyo, en busca del camino.

—Por allá anda Escalera —un guerrero que controla la vía fuera del campamento.

—Ahora mismo hablo con él para que esté alerta.

Se comunicaron con Escalera y le dijeron lo que tenían que decirle:

—Hombre desertado. Tenga el ojo abierto, va en busca de «su familia».

La guerrilla puso retenes en el camino para detener los vehículos, hacer bajar a la gente e identificarla.

A las seis de la mañana, calculando que aún no se había dado la voz de alerta, Ember se había subido a la camioneta del viejo Alberto, un cacharro que apenas avanzaba. Como iba armado y uniformado, pensaba que si le salían al paso diría que estaba cumpliendo alguna misión.

A eso de las diez la camioneta se detuvo frente a uno de los retenes. Él bajó y enfrentó a los guerreros con seguridad: «La coartada es buena», pensó.

—Camarada, ¿para dónde va? —le preguntaron.

—A cumplir una tarea: busco un cargamento de harina.

—¿Tiene la orden de salida?

—No la traigo, se me quedó.

—Bien. Espere aquí un momento.

El encargado del retén lo llevó luego a un lado del camino y dos más lo siguieron. Ember cargaba un fusil AK47, tres proveedores con munición y una granada de mano. Debajo de un árbol, el camarada le preguntó:

—¿Ese Kaláshnikov es de los nuevos? Déjemelo ver.

Él se lo entregó y cuando lo vieron desarmado, cayeron los otros dos: un fusil apuntándole en la espalda, otro al costado. Le quitaron la granada.

—Camarada, usted queda detenido.

Lo ataron con un poliéster, una cuerda muy delgada que aprieta más que cualquiera y ahorca más fácil en caso de que el detenido intente fugarse. Con esa cuerda le rodearon el cuello y la aseguraron con un nudo corredizo que con la menor presión se va cerrando, y del cuello la pasaron a las manos. Y del mismo cuello salía otra más larga, apuntalada con un nudo igual para que la controlara uno de los guardias.

Bueno, pues le echaron la cuerda, esperaron un buen rato a que cruzara por allí otro vehículo y regresaron al campamento.

Regresaron con Ember cuando ya atardecía, lo ataron a dos troncos, la cuerda que controlaba el guerrero directo del cuello a la rama de uno de los árboles y lo dejaron allí con una guardia especial.

Esa noche concentraron a la tropa y allí quedaron solamente los guardias. Temprano en la mañana se comunicaron con el mando del frente y aquél le preguntó a nuestro comandante qué faltas tenía Ember:

El camarada estudió el expediente y le informó:

—Cayó en las siguientes faltas leves: hace cuatro meses se le encomendó una tarea en tal zona y fue de mala gana. Hace un mes no trajo leña: incumplimiento de orden. Hace quince días formó una bronca: riña entre compañeros. Pero tiene los siguientes delitos —y ta, ta, ta, se los dijo uno por uno.

A la hora de la verdad, Ember era una ficha del Ejército infiltrada en nuestro grupo y como era disciplinado, algunas veces le daban permiso para salir a la ciudad a ver a su tío que estaba muy enfermo y ese tío, caramba, fue el que lo crió y sólo lo tenía a él en esta vida. Imagínese, camarada, un viejo enfermo, abandonado, eso es muy cruel...

Sin embargo, alguien de nuestra gente en los centros urbanos comprobó que el tío no estaba solo ni enfermo, porque sencillamente Ember no tenía tío ni tenía familia en esa ciudad. Él aprovechaba cada salida para ir al batallón y allí daba información de nuestras posiciones, de cómo nos movíamos, por dónde, quiénes nos ayudaban, cuántos éramos, quiénes eran los mandos, cómo pensaban... Mejor dicho, el enemigo sabía de nosotros como quien conoce a su mamá.

Además, dentro del batallón, uno de los infiltrados de la guerrilla descubrió el verdadero trabajo de Ember y se lo informó al jefe de inteligencia del frente, y además le tomó fotografías entrando al batallón. El jefe de inteligencia maneja un grupo de cuadros en las ciudades, en los pueblos, en los caseríos, que paran las orejas y ven más que cualquiera y las noticias llegan muy rápido a la dirección del frente.

Pero fuera de todo, otro camarada, también de inteligencia, comenzó a invitarlo a beber y a llevarlo a donde las viejas y allí le pagaba todo; Ember le tomó mucha confianza y mucho aprecio, y una noche le contó que él iba a guiar al Ejército hasta el campamento para que nos eliminara.

El de inteligencia le dijo que eso estaba muy bien, que tocaba acabar con los subversivos donde estuvieran, que él le ayudaría.

—Yo estoy con usted, hermano —le dijo—. Pero ¿cómo le hacemos?

—Fácil: nosotros vamos adelante enmascarados hasta el cuello. El Ejército nos da pasamontañas de lana, de esos que muestran sólo los ojos y la punta de la nariz, y llegamos hasta el sitio con la tropa. ¿Quién nos puede reconocer?

—Buena esa, hermano. Yo soy el que usted necesita. ¿Cuándo?

—Ahora tengo que regresar al campamento porque me faltan unos detalles, pero en la salida siguiente le daré la fecha.

—Vale. Voy pa esa, hermano... Pero ¿nos pagan?

—Claro. Yo arreglo para que a usted le paguen bien. Espéreme que yo regreso a ver a mi tío dentro de unas semanas.

Mi tío es que el camarada de inteligencia llevaba una grabadora escondida y le pescó hasta la respiración.

Esas pruebas se las hicieron llegar a un miembro de dirección del frente y él les informó a los mandos de nuestro grupo: «Hay tal suceso donde ustedes se encuentran». Comunicación en clave por radio de alta frecuencia.

Cuando ya en el campamento los camaradas estuvieron sobre aviso, abrieron mucho más los ojos y comprobaron, ahora sí del todo, los movimientos de Ember detrás de los aparatos de radio y el oído que le ponía a todo lo que decían los mandos en cada programa.

La comunicación del jefe de inteligencia con Roberto había sido corta:

—Siga, Centauro.

—Adelante para Centauro —contestó el camarada Roberto.

—Mire la carta.

—Ya la tengo.

—Busque «Azul 45».

(Azul 45: infiltrado).

—¿Ya lo tiene?

—Sí.

—¿Usted se acuerda del hijo de la señora donde comimos gallina hace veinte días?

—Sí, perfecto. Perfecto.

—A ese tipo hay que ponerle ojo porque nos llegaron unas laminitas que le tomaron donde los cazadores. Yo se las hago llegar mañana con el chasqui.

Volviendo a la víspera del consejo de guerra, en una de las comunicaciones el alto mando preguntó cuál era la lista completa de los delitos de Ember, y le informaron:

—Deserción con armamento, trabajo voluntario con el enemigo, delación, infiltración, trabajo de *zapa* —ir en menoscabo de la organización—. Cinco delitos, camarada.

Hablaron un poco más, luego nuestro comandante se reunió con los de su mando y al día siguiente por la mañana, el camarada llamó al oficial de servicio:

—Jaime, haga formar a la tropa.

Un pitazo y luego la orden:

—Formar por escuadras... Guerrilla, ¡numerarse!

—Uno, dos... —y le dio parte al comandante:

—Camarada: veintinueve en formación, dos guardias y un ranchero para treinta y dos unidades, más dos, para treinta y cuatro unidades. Un detenido.

Hablaron entre ellos y el camarada dio otra orden:

—A discreción... Atención, ¡firr! Guerrilla, retirarse.

Nos retiramos, buscamos la sombra y nos ubicamos más o menos en círculo. El detenido y sus guardias continuaban en la costa de la selva y en cosa de minutos hicimos bancas

con horquetas clavadas en el piso y parrillas de palos para
sentarnos encima. El comandante dijo:

—Vamos a hacer un consejo de guerra —y leyó un pliego
de cargos con todas las embarradas que había hecho Ember:
faltas leves, faltas graves y delitos. Uno por uno. Y después:

—Camaradas, lo que aquí se va a defender es un reglamento. Aquí no vamos a defender a personas —y le preguntó
a Ember a quién escogía como defensor.

Él levantó los ojos, nos miró a todos, volvió a mirarnos y
dijo:

—Al camarada Jaime —un guerrero sin mando.

Luego la asamblea guerrillera nombró a cinco jurados
de conciencia. Propusieron tres planchas. Votaron y ganó la de
Federico. Luego nombraron al presidente del jurado. Propusieron a tres y escogieron a Carlos. Escogieron a un secreta-
rio. Propusieron a tres y nombraron a Emilio, también en
forma democrática. Y eligieron al fiscal acusador: Olivo, un
hombre de la dirección. El camarada le entregó las pruebas:

—Tres fotografías y una grabación —Olivo ya las conocía.

Hubo un silencio mientras Ember hablaba aparte con su
defensor, pero como ya era un caso perdido, el defensor le
dijo:

—Camarada, confiese y de pronto le va bien. Usted ya la
cagó, confiese con quién más está aquí infiltrado, a quién tenía que pasarle reportes en el batallón, y a lo mejor de pronto
salimos bien.

A pesar de todo, Ember no dio su lengua a torcer:

—Camarada, esto es un montaje. Yo soy inocente —decía.

Cuando terminó, el defensor movió la cabeza y entonces
habló el camarada Carlos, presidente del consejo de guerra.
Era un guerrillero ancho, amarillo como una vela de sebo, la

visera de la gorra apuntándole a una oreja; andaba así, mal uniformado, y mientras caminaba hasta donde estábamos nosotros, fue diciendo:

—Ustedes saben que la disciplina es férrea. Estamos en una organización político militar. Nuestro único fin es la derrota de un Estado que utiliza todos los medios posibles para acabar con el pueblo, incluyendo la infiltración. Camaradas, sean conscientes de que lo que vamos a defender es un reglamento. Estamos defendiendo una causa partidaria, no vamos a defender personas. Se busca que preservemos la línea de la organización, se trata de que saquemos adelante aquello por lo cual hemos luchado más de cuarenta años. Las personas entran aquí, viven un tiempo y se van. La organización es la que perdura. Entonces, si estamos conscientes del porqué nos vinimos a pelear, vamos a defender la línea fariana (de las Farc), vamos a defender el estatuto, el régimen y la disciplina…

Y bueno, un discurso largo, y a medida que hablaba, el camarada Carlos se iba calentando y ya le bajaban por la cara goterones de sudor. Luego dijo:

—Primero vamos a presentar las pruebas y le vamos a dar la oportunidad al defensor, y acuérdense de que ustedes, la guerrillerada, son la asamblea que a última hora va a definir la situación del acusado —y le dio la palabra al camarada Olivo, que hacía de fiscal.

Me imagino que lo escogieron a él por su manera de ser, porque lo principal de un consejo de guerra está al frente y el público es la guerrillerada. El camarada es un hombre de unos cincuenta años, bajo, pero bajo-bajo, las botas de pantano le llegan a la mitad de las rodillas, el pantalón ancho y abombado porque todos le quedan grandes, unos anteojos iguales a los del cura de Guayabal pero gruesos como fondos de botella, la barba gris, el pecho completamente peludo y las mechas como brochas por fuera de la gorra. Él se la pone en la nuca, pero cuando está de mal genio se la escurre sobre la frente y uno cree que tiene los ojos tapados. Pero no. Es que uno se la clava en la cabeza según lo que quiera decir: una gorra con la visera sobre los ojos como que lo hace sentir a uno más seguro, como más perdonavidas, ¿verdad? Como cualquier milico.

Bueno, el camarada Olivo dijo:

—Hace tiempos que le venimos haciendo un seguimiento a este personaje —ya no le dijo camarada— porque sospechábamos de sus actividades con el enemigo, pero ahora se le han podido adjuntar algunas pruebas acumuladas por nuestra gente de inteligencia y contrainteligencia. La vigilancia revolucionaria siempre ha estado pendiente de la seguridad no solamente de nosotros sino de toda la organización, y él ha venido en forma recurrente causándole daño a la organización. Aquí están estas fotografías —y nos mostró las fotos de Ember entrando al batallón.

Después sacó una grabadora:

—Pónganle mucho cuidado. El acusado ha tenido oportunidades de salir a la ciudad, oportunidades que no se le dan a todo el mundo, pero él traicionó la confianza de la organización y allá invitó a la gente a trabajar en contra de la revolución.

Caminó de un lado a otro con pasos de gato, gato con botas grandes y pantalones de guerrillero grande, se corrió la gorra otra vez sobre la nuca, nos miró riéndose con aire de burla, o de triunfo, eso no lo sé, fue sacando una grabadora del bolsillo que le quedaba muy abajo porque también tiene los bracitos cortos, y mientras la ponía a funcionar se agachó mirando a Ember, estiró el brazo para ese lado y apretó un botón:

—Camaradas, aquí está la respuesta del millón:
Una de las voces era la de Ember:

—*Fácil: nosotros vamos adelante enmascarados hasta el cuello. El Ejército nos da pasamontañas de lana, de esos que muestran sólo los ojos y la punta de la nariz, y llegamos hasta el sitio con la tropa. ¿Quién nos puede reconocer?*
—*Buena esa, hermano. Yo soy el que usted necesita.*
—*A usted también le van a pagar. Yo arreglo eso. Espéreme que yo regreso a ver a mi tío dentro de unas semanas.*

Fin de la grabación. Silencio. El camarada Olivo fue moviendo la cabeza, nos miró a uno por uno pero ya con la cara seria, y cuando le clavó otra vez la mirada al que iban a condenar apretó los dedos de la mano, encogió los brazos como un boxeador, le mandó un golpe —«un gancho de derecha», dijo Felipe que estaba al lado mío—, y tan pronto le dio el coñazo al aire, gritó: «*Éste*».
—Este personaje venía a matarnos o a entregarnos a todos. Piensen que nosotros estábamos conviviendo, comiendo, durmiendo con un enemigo, y él, como los tigres, medía el momento para atacarnos por la espalda. A este personaje no le valió absolutamente nada que hubiéramos compartido con él problemas en las marchas, cansancio, peligro, sino que estaba esperando el momento clave para asesinarnos a todos.
—Camarada, ¿puedo hablar? —dijo el defensor.
—Sí, siga, camarada.
—Si bien es cierto que se allegaron estas fotografías y si bien es cierto que está esa grabación, tengamos en cuenta que Ember también ha cumplido a cabalidad con algunas disposiciones de la organización. Él no es un tipo malo. Lo que pasa es que el Estado juega con las necesidades económicas.

Se aprovecha de la gente sencilla para que actúe en contra de su propio pueblo. Tengan en cuenta que aquí el juego eterno del establecimiento ha sido utilizar a los pobres contra los mismos pobres. Camaradas: todo esto ya convenció a Ember de rectificar y comprometerse con su pueblo a continuar la lucha. Y a delatar a alguien más en esta guerrilla...

—¿Qué dice el acusado?

—No. Lo que pasa es que me hicieron un montaje. Es que el camarada Filiberto me tiene bronca porque en días pasados me vio hablando con su mujer y piensa que yo me la estoy acostando. Es que desde hace mucho tiempo me ha tenido envidia. Mire que él no me quiso llevar a la acción de Balsillas. Y cuando sale a trabajo de masas no me lleva. Me tiene envidia porque de pronto yo tengo más relación con la población civil. Además, él necesita mostrarse ante los superiores para ganar puntos...

Carlos, el flaco que estaba de presidente se había sentado en medio de la guerrillerada y al frente uno veía camuflados, gorras, barbas, caras como si estuvieran tan aburridos como nosotros, y cuando se le acabó el cuento al condenado, preguntó:

—¿La gente tiene algo que decir?

Federico levantó la mano.

—Hable, camarada.

—¡Que lo maten!

Y todos empezamos a gritar «sí, sí, sí, sí...».

En ese momento nadie iba a abrir la boca para defenderlo, ¿qué tal? Si alguno levantaba la mano a favor de él, habrían dicho: «A ese también hay que echarle ojo porque es de los mismos».

Y todos «sí, sí, sí...», y volvió a hablar el camarada Carlos con una calma, con una tranquilidad muy tenaz:

—Que levanten la mano los que consideren una sanción drástica.

Silencio.

—Levántenla los que estén por la pena máxima.

Y volvió la gritería:

—Sí, sí, sí, sí...

—¿El acusado tiene algo que decir?

Ember seguía llorando, le dijo al guardia que le aseara las narices y la boca, y el guardia sacó un trapo, lo limpió pero él siguió llorando, y así, entre gemido y gemido, gemidos bajos, suspiros como cuando uno tiene una pena, fue diciendo:

—Esto es un montaje. Nosotros decimos que somos comunistas, que somos humanistas, que tenemos que defender la vida, perdónenme a mí. Miren que hoy soy yo, mañana puede ser cualquiera de ustedes —dijo, y empezó a llorar y a pedir clemencia.

Los jurados se retiraron, pero al minuto regresaron. Uno de ellos también se corrió la gorra sobre los ojos y mirándonos a todos con la cara hacia atrás para poder ver, fue disparando palabras:

—Hemos deliberado y con las pruebas adjuntadas y con el pliego de cargos que muestran cómo violó el reglamento en la parte tal, numeral tal, que hizo trabajo para el enemigo, y ta, ta, ta, hemos decidido que merece la pena máxima.

Como el último que define es la asamblea, el presidente nos preguntó de nuevo:

—¿Están de acuerdo con el veredicto del jurado de conciencia?

Y todos:

—Sí, sí, sí, sí...

Cuando cesó la algarabía, levantaron la asamblea. Ember se quedó allí, atado a los árboles con sus guardias al lado, y

en el programa de la tarde le comunicaron al alto mando lo
que habían decidido.

Llovió toda la noche. Al atardecer habían aflojado las cuerdas para que Ember se sentara, le dieron de comer, y buscando que ni él ni los guardias se resfriaran, el camarada dijo que
clavaran unos palos y los cubrieran con tela plástica.

Amaneció nublado y temprano escuché el pito. A formación un poco lejos del condenado que otra vez estaba de pie,
llorando y pidiendo clemencia. Fue una cosa rápida:

—Salga un comandante con tres más y fusilen a ese pobre
diablo —dijo el camarada, y Rodrigo, un comandante de escuadra, dio otra orden:

—Salgan primero los camaradas Raúl y Eloísa, busquen
un palín —una pala pequeña— y a trabajar. Guerrilla... ¡retirarse!

—Camarada, ¿puedo dejar el chaleco? —preguntó Raúl.

—No, no. El chaleco hay que llevarlo.

El trabajo era abrir la tumba para enterrarlo. Buscamos en
la selva un sitio con pocas raíces, lejos del arroyo, lejos de los
puestos de guardia, y a unos sesenta metros del campamento
abrimos un hueco de menos de dos metros de largo por uno
y medio de hondo y ochenta centímetros de ancho.

Cuando regresamos desataron del árbol a Ember y salimos para el sitio un guerrero y a unos diez metros el condenado y detrás de él, los guardias, el camarada Demetrio y yo,
caminando paso a paso. Ember nos hablaba:

—Ay, hombre... Me le dan saludes a Rocío, me le dan saludes al viejo Marcos. A Rocío, que...

—¿Rocío es la puta gorda de San Vicente? —preguntó
Demetrio y él volvió a llorar. Y luego:

—Sí, esa. Ella me gusta... Mejor dicho, dígale que yo la
quiero, que qué buena hembra.

Y después:

—Camaradas, verdad, voy a morir inocente. Yo soy inocente. Esto es un montaje...

Llegamos cerca del hueco y ellos aseguraron a un árbol viejo la cuerda, o la cumbrera como le decimos en la guerrilla, tal como estaba antes: al cuello, a las manos y a la cintura, al tronco del árbol y al chamizo de una rama.

Era un claro en la selva, al lado del aserradero. Cuando nos acercábamos, Ember alcanzó a ver el hueco —nada menos que su propia tumba— y ahí comenzó a temblar, pero a temblar como manteca tibia, y atado como estaba a ese árbol trató de moverse, pero la cuerda le presionó el gañote y sintió que se ahorcaba. Entonces tanteó el piso con los pies para asegurarlos de tal manera en el barro de la selva que no fuera a resbalarse, nos miró con la mitad de los ojos porque tenía las cortinas de los párpados a medio bajar y empezó a llamar a su abuelo, y después del abuelo a Rocío, y después de Rocío a Clara, y después de Clara fue diciendo algo como números, como sumas, como restas, a cantar cosas.

—Este carajo agarró la locura —dijo uno de los camaradas, y Ember lo escuchó:

—¿Locura? Si este es un paseo, abuelo. Abuelo, un paseo. Un paseo de bandidos. Un pasito al frente, dos de medio lado. *La bamba*: guerrilleros, bailen conmigo *La bamba*. Para bailar la bamba se necesita un camarada. No: dos camaradas, tres camaradas en la tela de una araña...

En ese momento llegaron los demás y el camarada Olivo ordenó que los más jóvenes, trece, catorce, dieciséis años, diéramos un paso al frente. Luego, que hiciéramos una fila. En ese momento creo que Ember ya no era nada: ya no sabía dónde estaba porque hablaba del campo de fútbol, de la llu-

via pero no estaba lloviendo, no sabía ni cómo se llamaba, tal
vez ya no entendía lo que estaba sucediendo allí.

Sin embargo, Jairo, un comandante de escuadra, se le acercó y le dijo:

—¡Saque la lengua!

Él la sacó como un ternero manso y el camarada le puso el
filo de un cuchillo en la punta:

—¿Cómo hablan las zapas sin lengua? —le preguntó.
Ember no respondió y él camarada repitió:

—¿Cómo hablan? ¿Ah? No escucho nada. ¿Ah? ¿Cómo
hablan?

—Piedad —dijo Ember.

En ese momento Jairo lo agarró por el cabello, le levantó
la cara y le clavó el cuchillo... en los ojos. Luego, en el corazón. El camarada Olivo dio media vuelta y nos miró con la
misma risa que mantiene cuando regresa de una acción, decimos una pelea, y antes de abrir la boca hizo un amago de
puñalada al vacío:

—Lo quiero bien muerto. Ahora vamos a ver quiénes son
los guerreros —gritó, y le alcanzó el cuchillo a Rosa, la más
joven de todas.

—Con fuerza, ataque con fuerza una o dos veces y le entrega el arma a otro, y ese a otro. ¡Vamos!

El camarada se golpeaba las rodillas con las dos manos
para que saltáramos rápido hasta donde estaba el condenado... «Tengo que salirle con algo a este hombre», pensé.

Pero, ¿salirle con qué? Yo sabía que en ese momento tenía
que hacer lo mismo que el comandante de escuadra, y carajo,
hasta tratar de blanquear los ojos como los blanqueó el camarada Olivo cuando dio la media vuelta, porque ahí se moría
Ember o me podía morir yo.

Mientras esperaba a que me alcanzaran el cuchillo —yo era la décima de la fila— me quedé mirando al camarada sin bajar los ojos y, hombre, yo sentía unas ganas de llorar muy fuertes, muy fuertes, pero claro, no podía soltar ni una lágrima. Si lloraba era cobarde y algún día podría terminar atada al tronco de un árbol. La única salida era parecerme al camarada. Me imagino que en ese momento yo estaba pálida como él, no tenía barbas pero mis mechas debían escaparse desgreñadas por debajo de la gorra como las tenía él, así andábamos todos esa mañana, pero ahora me faltaba el valor. Pasaron dos jóvenes y ninguno pareció arrugarse... Pero no pegaban duro y el camarada volvió a golpearse las rodillas:

—¡Les dije que con fuerza, cabrones! —gritó dos veces.

Cuando faltaban seis para que llegara mi turno, pensé: «¿Qué hago? ¿Cómo me ayudo?». Y en ese momento, increíble, comencé a pensar en El Demonio y a figurarme que Ember no era Ember sino El Demonio y que a él por fin le había llegado su momento. Ahí me calenté y cuando faltaban dos, grité:

—Déjenme a mí antes, yo no espero más —y le rapé el cuchillo a un muchacho.

Le di dos veces a El Demonio. Con fuerza. Con todo lo que me daba el brazo, y el camarada dijo mostrando su diente de oro:

—¿Y ésta? ¿De dónde salió esta guerrera?

¿Guerrera? En ese momento yo era una hija ofendida.

Hoy, más de tres años después, cuando me despierto por las noches (duermo mal), recuerdo lo de El Demonio y digo: «¿Por qué quería ver ese disparate si a pesar de todo, de mi pasado, de tantas cosas tenaces, bárbaras o lo que sea, he llegado a descubrir que siempre he odiado la violencia?». Odiaba la violencia pero hería a El Demonio. ¿Qué me sucedió aquella mañana? Después yo misma me respondo: «Que escupí para arriba».

Y después, casi siempre caigo en el recuerdo de cuando era niña y me azotaban. Mi mamá agarraba un machete y me daba planazos donde cayera. Una vez me reventó las nalgas. Otra se encarnizó con el cable de colgar la ropa, me hizo arrodillar, la cabeza contra el suelo, el pie sobre la cabeza y yo sentía que me aplastaba con cada taconazo. Luego me arrastraba por el pelo y me aporreaba contra las paredes... Cuando estoy triste me acuerdo de todas estas cosas y por tanto recordarlas he comenzado a entender qué es la injusticia. Y termino llorando. A la madrugada.

Madremonte

Entrar a la guerrilla era como desahogarme de tanto sufrimiento, pero lo que encontré allí fue más agobio. La guerrilla en lugar de ayudarme me cambió la vida, yo digo que caminé hacia atrás porque allá sufría más: mucha disciplina, aguantar hambre, mucho cansancio; si llovía, dejar que la ropa se secara en el cuerpo, el barro, la carga: llevaba en las espaldas unos treinta kilos, como los demás. Tenía catorce años.

Generalmente anduve en escuadras de diez, de doce personas. Nunca nos mantenían en un grupo fijo ni nos movíamos en una misma zona. Allí había niños de doce, de trece años.

A los dos años yo era allí la menos fuerte para todo, y al final la más lenta. Se dice la menos *abeja* porque la pierna se me fue dañando por el peso del equipo que cargaba cuando íbamos de un campamento a otro. Marchas de cinco, de seis días por la selva... Caminar en la selva no es como caminar en las calles del pueblo. En la selva hay que brincar siempre, trepar raíces casi tan altas como uno y salir al otro lado, árboles caídos, los puentes son troncos atravesados, jabón. Sólo se necesita poner mal el pie al dar un paso y uno se va al fondo: una pierna quebrada, un brazo partido. Lo dejan ahí y siguen. Trepar con todo ese peso es morirse, y bajar, más que morirse. Los duros me preguntaban por qué era tan floja y yo les contaba lo de mi pierna. Me miraban y se reían. Nunca me dijeron «Váyase para donde un médico». Pero ¿cuál médico? En Guayabal no hay de eso... Hoy mismo, a los veintitrés, no he conocido al primero.

Una mañana, escalando una montaña descomunal llamada el cerro San Luis del Oso, trepamos por el contrafuerte que mira al pueblo: barro, terreno resbaloso. Para avanzar me agarraba de los árboles y de las palmas sin espinas, de las enredaderas, de lo que podía. La pendiente me parecía un muro. Arriba encontré la raíz de un árbol que se había venido abajo, le eché mano, di un paso y cuando estaba por coronar, sentí un desmayo (la fatiga), resbalé, y en el resbalón quedé engarzada del nudo de raíces... Pero estaba engarzada por la pierna enferma y quedé colgando: los pies arriba y la cara contra la pendiente.

Cuando me descolgué con la fuerza de mi peso y del que traía el morral, tres arrobas, sentí que la pierna traqueó. Una puñalada en la cadera, y luego, como si una ronda de hormigas se estuviera tragando mi cuerpo. Grité varias veces. Los demás se fueron y yo quedé allí sola, tratando de separar la cara de aquel muro, pero al minuto tuve que permanecer pegada al barro, porque además, como caí de espaldas, me había dado un golpe en la nuca y estaba aturdida. Sentía un dolor en las caderas y en el pecho más cruel que el del parto.

Sin alientos, patas arriba, con las correas del morral haciéndome presión en los hombros, y como estaban muy apretadas, tampoco me lo podía zafar. Yo pensaba:

—Que el equipo se vaya al fondo, que desaparezca. ¿Que
me castigan si lo dejo perder? Me importa un carajo. Yo siento que la caja del cuerpo se me abre por la mitad.

Para completar, llovió como sabe llover en la selva.
Un aguacero espeso y el agua de la pendiente cayéndome a
chorros, pero no era agua limpia: arrastraba palos, ramas secas, una sopa de hojarasca con barro bajándome por las piernas. A los diez minutos el morral pesaba más.

Por fin, a la media hora, a la hora, no lo sé, dos de ellos
regresaron a buscarme. Rápido me sacaron el morral y luego
desengarzaron la pierna del nudo de raíces, me subieron a un
plan y me quedé allí tendida unos minutos. Luego dijeron
«vámonos». El camarada Luis me cargó un buen trecho. Luego lo remplazó Federico. Más tarde dijeron que hiciera un
esfuerzo, y agarrada de uno, después del otro, daba brincos
con una pierna y andábamos, andábamos, y por fin, paso a
paso, quejido tras quejido, llegamos a una casita pequeña.

—Denme agua —les dije a los campesinos.

La señora me dio agua con miel de caña y limón y me
eché allí en el corredor porque no me sentía capaz siquiera de
permanecer sentada.

—Dejemos a la camarada aquí —dijo Federico.

—Pero no tenemos dónde… Lo único es aquel cobertizo
donde se guardan las herramientas —le explicó el campesino.

—Donde sea. Yo me quedo donde sea, menos donde llueva —les dije.

—Entonces espere ahí un momento —dijo la señora, y con
el marido abrieron un espacio, arreglaron cama con un pedazo de colchón y algunas ramas secas que dan calor.

—¿Qué dijo El Duro? —le pregunté a Federico.

—¿Qué iba a decir? Que buscáramos a la floja esa porque
estaba retrasando la marcha —respondió, movió la cabeza
mirando al otro y se fueron.

Allí no había un guerrero con inyecciones o remedios. Nunca nos acompañó alguien que supiera de esas cosas. Los hospitales están para los heridos graves.

Bueno, pues el campesino y su mujer me dejaron en el gallinero aquel, me quedé allí y apenas a las tres semanas el dolor comenzó a desaparecer, tal vez por el descanso y las agüitas de miel de caña con limón que me daban como desayuno.

Al mes vinieron por mí. Yo continuaba muy coja y cuando llegué al campamento, El Duro soltó la risa:

—Usted siempre se sale con las suyas, camarada. ¿Cómo le fue en sus vacaciones?

—¿Vacaciones? Estoy enferma.

—Bueno, entonces póngase a *ranchar* y deje los quejidos.

Ranchar es cocinar para el resto de la gente, pero a las dos semanas continuaba impedida, me costaba trabajo estar de pie y permanecer sentada a menos que descargara el cuerpo sobre una de las nalgas, y aunque El Duro insistía en que yo estaba haciéndome la boba, engañándolo, una mañana dijo que me fuera para el pueblo a moverme en la clandestinidad. Se trataba de llevar una vida normal, ropa normal, la boca cerrada, los oídos alerta.

—Ojos de águila y oídos de tigre —repitió, y después me preguntó:

—¿Usted sabe qué le estoy diciendo?

—Me imagino que sí.

—No se imagine nada, camarada. Lo que le estoy diciendo es que si abre su boquita con el que no conozca, se muere.

Aquel trabajo se llama inteligencia y apoyo logístico: guardar, pero sólo en momentos muy especiales, medicamentos, cosas así, pero no en las casas.

Cuando regresé al pueblo, los cuatro de la célula en que me iba a mover me enseñaron a manejar un pequeño transmisor de radio para informar los movimientos del Ejército, y claves propias de la guerrilla. La lección comenzó con «Cuatro cuerdas altas»: cuatro contraguerrillas moviéndose por el cerro tal.

La cadena de radios cubre hasta Neiva, enlazando los diferentes puestos. No hay pueblo, no hay camino, no hay senda en la selva que se le escape. Si el Ejército cruza por un sitio llamado Rovira, cinco días de marcha hasta Guayabal, en Guayabal lo sabemos al instante y la guerrilla puede estar de rumba, tomando trago o bailando, no hay problema. Tiene cuatro días para subir a acampar en la selva.

La noche antes de salir, El Duro me dio la última clase:

—Camarada, los *chulos* dicen en todas sus órdenes de operaciones: «Ni de día, ni por la vía», pero los soldados van siempre de día y por la vía. Nosotros sabemos que aquellos que mandan insisten en que la tropa no debe moverse por carreteras, ni por caminos, ni por sendas conocidas, pero los otros responden:

—¿Entonces por dónde vamos a caminar? Por las sendas es casi imposible.

A los soldados profesionales, que no nacen en la selva ni son de la selva como ustedes, las sendas les parecen una barrera cerrada de enredaderas, de zarzas, y muchas veces duran perdidos dos, tres días, dando el mismo rodeo y no salen de ahí si no vienen a guiarlos. Eso lo sabemos nosotros de memoria.

Yo lo miraba y él seguía con su rollo: que en algo llamado Órdenes Pertinentes, los que mandan en la contraguerrilla dicen que los soldados deben comer bien y recibir medicinas y esto y lo otro:

—Pero nosotros sabemos de memoria que eso no es así, porque esta gente pasa mucha hambre en el monte. Casi todos los que han caído, o los que se han venido con nosotros, dicen siempre lo mismo: que duran semanas sin que los abastezcan y tienen que conformarse con una manotada de arroz a medio hervir, que sufren semanas completas de mal de estómago y no les mandan droga ni para los cólicos. Esa es la moral del enemigo, camarada. Métaselo en la cabeza y váyase a trabajar en el pueblo como guerrera.

Esa noche, un poco antes de salir de allí, pensé que también en la guerrilla, más que una mujer muy *abeja* que sabía pensar, yo sólo les servía para cocinarles, para la hamaca, para llevar a un muerto, para informar los movimientos del enemigo, y tenía que decir que sí y callarme. Al fin y al cabo, mi vida siempre había sido así.

Cuando llegué a Guayabal entré a formar parte de la clandestinidad, un grupo de cinco que nos reuníamos los domingos en alguna casa de confianza y allí se hacían críticas al trabajo de cada uno, y el que mandaba fijaba los turnos de vigilancia por las noches en una zona determinada del pueblo. En las demás había otros, pero se suponía que no nos conocíamos.

Había que cumplir la tarea de día y de noche. Cuando podía mover mejor la pierna aprovechaba los relevos y me iba a coger café, trabajaba en la discoteca, en tiendas, en lo que cayera, y allí me pagaban algún dinero.

Como las cosas seguían mal en la casa de mi mamá, tuve que llegar a la de El Demonio, y cuando él abrió la puerta y me vio allí de pie en plan de pedir posada, se hizo a un lado:

—Siga, esta es la única casa que usted tiene. Qué felicidad, otra vez conmigo —dijo, y comenzó con su cuento: que yo era su adoración, que se ponía alegre, y esto y lo otro.

Ese primer día esperé a que anocheciera y cuando sentí que abría la puerta me paré al lado de la cama. Él entró con los pelos de la frente parados como cachos, la botella de cerveza en la mano, se acercó y me empujó contra el colchón y yo saqué de la espalda el treinta y ocho y disparé al suelo. Al minuto llegó la ronda:

—¿Qué pasó? ¿Qué pasó?

—Se me disparó el arma.

Esa noche El Demonio se volvió, como decía el camarada, «un pobre diablo».

En mi vida no hay muchas cosas bellas. Ahora pienso que antes de conocer a mi marido, lo único lindo en mi vida fue un compañero en el monte siendo guerrera. Yo le pedía lápices labiales y él los mandaba conseguir en los pueblos. Le gustaba verme maquillada. Y esos labiales y cualquier beso, cualquier detalle pequeño me emocionaban porque me hacía sentir que yo era una persona.

Después, cuando nos traían provisiones, hacíamos fila y a las mujeres nos entregaban labiales y pestañina. Él era especial. Vivimos momentos de locura, pero un día desapareció. Nos separaron porque aquel era un amor tenaz y lo trasladaron a otro grupo. Cuando se fue, lo di todo por perdido. Nunca pensé que volvería a verlo. Se fue y se fue. Así de sencillo.

Cuando dijeron que ya no existía la República Independiente porque el gobierno se había arrepentido, empezaron los bombardeos y unos se fueron para Neiva y dejaron medio pueblo solo. Los que siguieron en sus casas dijeron que el Ejército iba a aparecer, a llevarse presa a la gente y a torturar-

la como lo hemos oído desde cuando aprendimos a caminar,
pero esos pocos valientes que se quedaron —en este momento no sé si son valientes o es que la pobreza no da alternati-
va— dijeron que los maltrataran o no, estaban dispuestos a
morir. La mayoría esperaban cosechitas de café o de frutas,
otros de amapola. Era lo único que tenían, y si arrancaban, en
Neiva se iban a morir de hambre y eso los amarró a su tierra.

Dicho y hecho. Cuando apareció el Ejército se llevaron
presos a muchos y comenzaron los patrullajes, los allanamien-
tos en las casas, el insulto a la gente, y que este pueblo es de
terroristas y que nadie puede salir de noche. Toque de queda.
Lo mismo que con la guerrilla. Es que hasta el camuflado es
el mismo.

Los soldados andaban por ahí esculcando, mirando por
todo lado. ¿Qué iba a hacer la gente? Tratar de seguir su vida
normal, pero la gente no quería ni contestarles el saludo.

Recién llegados todavía se escuchaban los aviones lanzan-
do bombas en las montañas cercanas y todo estaba cerrado
en el pueblo; no había tiendas, no había cantinas donde comprar un refresco, y ahí viene el cuento más extraño de mi vida.

Una tarde dos soldados golpearon en una casa pidiendo
agua. ¿Qué les iban a contestar?

—No hay agua.

Pasaron a otra casa. Lo mismo. Los escuché decir que tenían sed. Esa tarde hacía calor. Problema de ellos.

Yo estaba mirando por una ventana a medio abrir y, carajo, no sé qué me gustó del que venía adelante. No sé si la
manera de mirar o la resignación cuando le cerraban las puertas en la cara, porque en ese momento lo que se esperaba eran
el culatazo y el insulto… Francamente no sé qué me gustó de
él, y cuando llamaron a la puerta salí para escuchar su voz y
cuando habló me gustó mucho más, y dijeran lo que dijeran

después los vecinos... o el pueblo entero, porque eso se iba a saber muy pronto, le di una taza con agua y él se la bebió de un sorbo, le alcancé otra y... bueno, fueron unas ocho. De verdad estaban secos y este hombre me miraba y le brillaban los ojos, parecía que no quería despedirse. Me dio las gracias varias veces, pero yo no respondí ni un sí ni un no porque en ese momento se me revolvieron los sentimientos y sentí la necesidad de cortar.

Cerré la puerta y me quedé mirándolos por la ventana. Era un muchacho alto, recto como un poste. «No está mal, pero... es soldado», pensé, y cuando se alejaban vi que miraron para atrás y él levantó la mano y señaló la casa.

Un poco después volvieron a abrir el comercio y conseguí trabajo como mesera en una cantina. Yo iba a cumplir diecinueve y una mañana lo vi cruzar con otros soldados. Lo miré y él trató de devolverse pero yo me hice la loca. Más tarde volvió a cruzar por allí y yo me quedé mirándolo unos segundos. Esa tarde le dije a mi primo que él me había gustado:

—Eloísa, ¿verdad? —me preguntó el niño.

—Pues claro, pero que no lo vaya a saber nadie. Él es nuestro enemigo.

—¿Qué le gusta?

—No sé. Tal vez la manera como me mira —y le conté lo del agua.

—¿Verdad? ¿Él le gusta?

—Yo no repito lo que digo.

El niño es muy despierto. Al día siguiente lo vi pasar con el soldado, entraron a la tienda de al lado y cuando salieron entraron a la cantina.

—Lo acompañé a cambiar un casete que le salió dañado y me va a dar un refresco. ¿Me da un refresco? —le preguntó el niño.

El soldado comenzó a hablarme de música caliente de Colombia, de salsa, y para que no notara que yo no sabía de eso, movía la cabeza: que sí, que muy bonita. En el pueblo lo que gusta es la música mexicana, nadie escucha nada distinto de rancheras y corridos prohibidos. La música de los niños, de los jóvenes y de los más viejos son canciones guerrilleras y canciones de narcos. Punto.

Después, cuando aparecía el Ejército, a mí me gustaba entrar a un restaurante porque él iba allí a tomar café y yo lo miraba y seguía mi camino. Una tarde entré, bajé hacia el lavamanos y él me cogió por un brazo y sin decir nada me dio un beso. La verdad es que me gustó. Sentí que ese beso era como decirme «usted es alguien». Me fui para mi trabajo con un hormigueo y una cosa en la boca del estómago, y ya no hice más que pensar en él.

Las dos mañanas siguientes lo vi cruzar y entrar al restaurante. Yo dejaba pasar un tiempo y salía detrás. La segunda vez me dijo:

—Camine hacia el lavamanos, quiero decirle una cosa.

El lavamanos queda en un sitio más o menos escondido del resto pero respondí que no. Me daba miedo que me vieran hablando con él.

Más tarde supe que buscó a mi primo a la salida de la escuela y me mandó a decir que nos viéramos a las siete de la noche detrás de la casa. Si se quiere, eso era más peligroso: las rondas, los ojos de los vecinos… Aunque todo el mundo se va a dormir muy temprano, uno no sabe. Le dije al niño que me lo dejara pensar y cuando pasaba de regreso a la escuela me preguntó qué había decidido.

—Dígale que sí. Que en el ceibo —un árbol grande—. Allí nos podremos mimetizar con el tronco.

Antes de que atardeciera fui a la casa, me puse un bluyin, una blusita oscura, esperé y salí cuando creí que era la hora.

Una noche cerrada porque llovía, pero desde la puerta pude distinguir el bulto y la línea del fusil. Qué mimetizada ni qué carajo. Así fuera más oscuro nos podían ver. En un pueblo de selva, acostumbrado a la luz de las velas en las habitaciones y afuera oscuridad total, uno tiene ojos de gato, y como decía El Duro, oído y narices de tigre.

Alejandro recuerda muy bien aquella noche:

—A las cuatro regresé al lugar donde acampábamos, unos quinientos metros selva adentro, y un poco antes de las siete me evadí armado. Recuerdo que llovía como llueve en la jungla, y como habíamos hecho la zona de vivac sobre la falda de la montaña, el agua bajaba arrastrando palos y hojarasca. Muy oscuro, pero uno sabe ver de noche igual que los bandidos. Uno es campesino como ellos y en la selva usa sus mismas tácticas. Ocho años como soldado profesional en el monte: nada de linterna, la linterna delata. Nada de resbalarse y caer. Ojo con agarrarse de los árboles. Algunos tienen espinas en el tronco y el que no sabe andar en la maraña se rasga las manos si los toca. ¿Una capa? Eso es en las películas. ¿Capa en una selva? Allá las sendas son tan estrechas que si uno no es experto no las ve ni de día, y para andar tiene que abrirse paso con el peso del cuerpo. El que se ponga una capa para la lluvia da el primer paso y se queda allí engarzado y asegurado como en una camisa de fuerza. ¿Capa? En la selva uno aprende a olvidarse de la lluvia.

Aquella noche bajé al pueblo desconfiado. «Si me toca darle un balazo a ella, pues también se le da. Eso es lo de menos», pensé cuando comencé a caminar porque todavía no sabía con quién me estaba entendiendo. La profesión de uno es con armas y cuando va al combate le pierde el miedo a la muerte y se arriesga a lo que sea. Uno con un arma…

Esa noche no sentía tanto temor por ella, pero sabía que si en aquellos pueblos uno se distrae, la misma gente lo mata.

Allá uno no sabe quién es quién y por eso bajé con desconfianza.

Llegué al pueblo y unos segundos después ya estaba ella
allí, escurriendo, parada contra un árbol tratando de confun-
dirse con el tronco. Llovía tanto que no le podía ver la cara tal
como era. Pensé que debía tener inundada hasta la boca. «Serán besos de buzo», pensé, y me dio risa. De todas maneras
sentía en el fondo que mi preocupación no era que me sucе-
diera algo a mí, yo estaba armado, sino a ella y llegué a pensar: «Yo me conozco y sé que me hago matar, pero ¿ella?».

En todos estos pueblos del Caguán, cuando el Ejército se
retira, por las noches salen guerrilleros de cualquier lado. Es que
allá todo el mundo es guerrillero y los familiares y los vecinos están pendientes hasta del movimiento de un perro.
Y además hay rondas de vigilancia, llueva o alumbre luna.

Bueno, por fin hablamos. Era la primera vez. Allí, haciendo gárgaras porque en ese momento llovía más fuerte, me
preguntó mi nombre:

—Buitre Dos —le dije.

—Ah… ¿sí? Se lo creo, porque yo me llamo Lechuza.

—No, mentiras, Buitre es una de las compañías de mi batallón. Mi nombre es Alejandro.

—Y el mío, Eloísa.

—Eloísa es un nombre de vieja.

—Pero a mí me gusta. Usted no sabe lo que quiere decir
Eloísa para mí.

—¿Qué?

—Muchas cosas.

En ese momento yo estaba alerta con ella, el fusil en posición y pensaba: «Si hace algún movimiento sospechoso, le
disparo».

Pero no. Ella me miraba a la cara, no movía los brazos, no
movía nada. Sólo me miraba.

En la selva y en el pueblo por las noches se juega al silencio y hablábamos muy bajo, pero esa vez no pasamos de «¿Qué hay? ¿Contenta en este hueco? La selva no tiene ningún futuro, esto no le ofrece nada a una mujer joven. ¿Tiene compañero? ¿Cuántos son ustedes? ¿Y su papá? ¿Qué hace su mamá?». Las bobadas que se dicen al comienzo.

Al soldado le dije sólo dos o tres cosas, porque aunque me pareciera simpático era el enemigo y no podía saber mucho de mí ni de mi familia, pero a pesar de que me gustaba quería que se fuera pronto. Si me llegaban a encontrar con él, solos, de noche, me podían llevar a un consejo de guerra y a lo mejor terminaba como El Demonio. Además, yo esperaba que me echara mano. Al fin y al cabo ellos están en el pueblo algunos días, luego se van y uno se queda allí, pero no lo hizo. Me dio dos besos, yo lo besé una vez y se despidió. Mi primera sorpresa fue que no trató de forzarme a nada. Lo besé porque quise. Dijo que el martes siguiente volvería.

—De acuerdo. A la misma hora, pero en un sitio diferente.
—¿En dónde?
—No sé. Diga usted.
—Frente a la casa de mi mamá. ¿Sabe dónde queda?
—Sí.
Otro beso. Hasta el próximo martes.

Una semana después llovió más fuerte y Alejandro bajó tan rápido como pudo por el talud de la montaña.

—La tempestad era eléctrica —recuerda él— y los rayos alumbraban la senda. Al llegar abajo, más allá de la costa de la selva, el terreno es completamente abierto. Allí parecía de día, cinco pasos y un rayo y al minuto otro rayo. El cielo quería derrumbarse. Llegué al ceibo y no la encontré. Al minuto escuché un silbido. Era ella. Se había acurrucado debajo de unas plantas de hojas grandes con agujeros llamadas *balazo* buscando protegerse, no de la lluvia porque la lluvia penetraba lo que le pusieran, sino aprovechando las sombras, y corrí hacia allá.

El saludo fue un beso largo y cuando hablamos ella me dijo que quería contarme una cosa, pero que no era capaz. La miré y no dije nada. Yo sabía que la guerrilla estaba en el pueblo y no podía demorarme mucho.

Se acercaba el descanso. Nos iban a sacar de Guayabal para Neiva. El soldado permanece metido en la selva seis meses y sale quince días a la ciudad, y se lo dije. Ella se quedó en silencio y volví a hablar:

—Hoy es 5 de octubre. Si de verdad quiere verse conmigo, salga a Neiva el 15. Yo estaré allá esperándola —y le di una postal en la que había escrito:

«Eloísa, de verdad estoy enamorado».

La guardó para mirarla más tarde en la casa y luego respondió:

—Sí, de acuerdo, el 15. Con esta noche no vamos a poder hablar mucho tiempo, estamos a la vista de cualquiera que se asome a una ventana.

—El 15.

Me quité uno de los guantes y le cogí la mano. La tenía más helada que la mía. Ella me besó y yo le di otro beso, pero en ese momento apareció la mamá en medio de semejante chaparrón y cuando se acercó a nosotros empezó a disparar palabras como una ametralladora.

—Salga de allí, pero salga ya; camine para la casa ahora mismo...

Eloísa dejó el escondite... ¡Escondite!, y la mujer le gritaba más:

—¿Cómo se le ocurre hablar con ese hombre? Pero ¿cómo se le ocurre? Ese hombre es capaz de matarla. Para ellos, los que vivimos aquí somos basura.

La agarró por una oreja y se la llevó.

Yo salí de allí, me deslicé agachado hasta los bordes de la selva y trepé por donde creía que se abría la boca de la senda. El segundo peligro era entrar al área de vivac sin que me viera el centinela. A esa hora, con aquellas borrascas, uno permanece más nervioso que de costumbre y le dispara a cualquier rama que mueva la lluvia.

El día que llegué a Neiva busqué a la hermana de un soldado amigo y le dije que fuera a la terminal de las chivas, autobuses abiertos, y despachara una carta. No sé por qué esta vez la marqué a nombre del primo. Si iba con el de la muchacha, era seguro que la agarraba la guerrilla y podrían fusilarla. Detalles pequeños, pero en esta guerra uno se la juega a cada paso.

Las chivas paran en el restaurante El Camionero y los choferes comen mientras los guerrilleros de la clandestinidad miran sobre por sobre, retienen los que quieren y después dan permiso de entregarle a la gente la correspondencia *limpia*.

—En la carta yo le había mandado la dirección de la familia de mi amigo el soldado y unas señas para que pudiera llegar allá, con la recomendación de viajar en compañía de la menor de las tías para que la guiara. A ella la ciudad le parecía otro mundo y no sabía cómo tomar un autobús, cómo atravesar una calle. Nada.

Desde luego, una semana antes de la fecha logré que me destinaran a patrullar el camino, y preciso: el día 13 la vi cruzar en la chiva de la tarde. Iba con unas amigas y dije: «Se me dio».

El día 15 mi compañía estaba llegando a la ciudad después del mediodía, un día largo, y lo primero que hice fue
llamar a la casa del soldado. Estaba allí. Busqué la dirección
que yo cargaba en uno de los proveedores del fusil y un poco
antes de anochecer fui por ella, tomamos un taxi y nos fuimos al bar Madremonte a beber algo y a decirnos lo que no
habíamos podido aquellas noches.

—¿Quiere bailar? —le pregunté al comienzo.

—Sí.

—Pero antes de bailar vamos a hablar de nuestros problemas. Cuénteme de su vida. ¿Usted quién es? Aunque no ha
querido decirme nada, lo que yo he entendido es que tiene
algo que ver con la guerrilla o fue guerrillera. ¿Sí o no?

Se rió.

—Hablemos primero de su vida —insistí.

Y bueno, hablamos de su vida, y a pesar de que yo era un
soldado profesional y sabía quién era ella, me concentré en
sus palabras con la seguridad de que las iba a guardar para
siempre, pues no se trataba de denunciarla, ni de echarle mano
y entregarla. Me interesaba mucho como mujer. Si yo hubiera
sido otro la habría hecho hablar y después la habría entregado. Pero qué va. Yo estaba enamorado.

—Cuando yo le contaba mi vida en la guerrilla él me miraba en silencio, no perdía palabra, no me quitaba los ojos de
encima. Estaba allí callado, bebíamos poco y hablábamos sin
parar —recuerda Eloísa.

—Hable, saque lo que tenga atorado que yo voy a hacer
lo mismo... Mire: con seguridad, con toda seguridad confíe
en mí porque yo nunca voy a contarle nada a nadie. Olvide
que soy un soldado. Estoy aquí porque usted me gusta.

—¿Qué le gusta? ¿Mis piernas? Usted dijo la noche de los rayos que lo electrizaban las mujeres de piernas largas y caderas de hoyito. Eso debe ser lo que busca.

—Lo que busco es lo que usted tiene en la cabeza. Usted es una mujer interesante... Y estoy enamorado.

—Eso se dice fácil.

—¿Fácil? A mí no me parece fácil mostrar el juego que tengo en este momento, hermana.

Me contó por qué llegó su familia a Guayabal, habló de la escuela, de su mamá, pero no salía de allí y le dije que me contara algo más importante.

—Es que usted es de otra parte —respondió ella.

—¿Y qué? Soy hijo de campesinos como usted. Soy hijo de unas personas que tuvieron que salir de su tierra porque llegó un momento en que el campo era hambre por la mañana y hambre por las noches. Igual le sucedió a su familia cuando el campo se jodió y ya no daba ni para comer. Usted lo que tuvo fue una medio escuela, con un par de maestros que tampoco tuvieron escuela y le enseñaban bobadas... Con su cabeza habría llegado lejos. Yo igual. Yo no tuve derecho ni a un bachillerato completo, mucho menos a una universidad. Salí del campo cuando era muy pequeño.

—¿Y...?

—En la ciudad nos metimos en un inquilinato. ¿Usted sabe qué es un inquilinato? Una casa ajena. En cada pieza una familia muy jodida, muy arruinada que se vino del campo creyendo que en la ciudad se vive mejor. Era una casa vieja con tres patios, en el último estaban los lavaderos y un nogal adulto con el tronco retorcido, algunas veces me trepaba y desde allí veía las tejas de barro cocido cubiertas de musgo y, más abajo, las barandas de los corredores. En las habitaciones había una luz colgando de la punta de un cable. En el segundo piso, donde nosotros vivíamos, techos altos de cal y entre la cal, vigas a la vista, o sea, techos artesonados, como decimos los albañiles, y más abajo vigas atravesadas de pared a pared. De una de ellas bajaba el cable de la luz.

No teníamos más que tres camas y como las paredes eran muy anchas, paredes de un metro hechas con adobe, o sea ladrillo de barro pisado, en una abrieron espacio para una alacena con tablas y allí guardábamos dos o tres cosas y aun así sobraba espacio. Los pisos eran de madera roída y de cada hueco salía una rata. Me volví un tigre para matar ratas y ratones.

Los corredores del primer piso tenían ladrillos cuadrados y en cada puerta se veía un candado. Las mamás se iban a trabajar temprano y dejaban a los niños encerrados. Otras los sacaban al corredor metidos dentro de cajones altos para que no pudieran salirse. Esas eran las cunas. Todavía es lo mismo, pero aquellos niños vivían sucios, y si uno lloraba los demás lloraban. Un escándalo…

En aquella habitación vivíamos mi mamá, un tipo y nosotros tres. Mi mamá dijo que era el papá de nosotros… Bueno, a él lo dejó mi mamá. Yo estaba muy pequeño y no me acuerdo de él.

—¿No se acuerda?

—En parte no me acuerdo. En parte no quiero acordarme. Yo no conozco a mi papá. Así: no lo conozco y no siento vergüenza por decirlo.

—Yo sí conozco al mío: es El Demonio. Abusó de mí cuando yo tenía ocho años. Nunca le he contado esto a nadie, ni a mi mamá, porque él se enfurecía y decía que si hablaba me cosía los labios. Y también me callaba por miedo a las lenguas del pueblo, que son largas. Un pueblo tan pequeño…

En esos días, él era quien me daba de comer. Yo aún no trabajaba, iba a la escuela porque quería aprender todo lo que me enseñaran y un poco más si era posible, y regresaba por las tardes a su casa, él me encerraba y yo comenzaba a temblar de miedo. Por la noche regresaba borracho y yo sentía algo así como una pesadilla, pero estaba despierta temblando y esperando a que apareciera con esa cara de viejo y el pelo encrespado adelante como si tuviera cachos. El Demonio llegaba con una botella de cerveza en la mano y yo volvía a decir:

—Estoy despierta, esto no es un sueño, es la realidad.

Él roncaba un tanto y cuando dejaba de roncar, me decía:

—Usted no es mi hija. Usted es mi mujer.

(Silencio).

Yo vivía allí abandonada, al lado de un camino que no conducía a ninguna parte porque no conocía a nadie fuera del pueblo y no veía para dónde correr y, como siempre, hasta donde me acuerdo, vivía triste. No me gustaba tener amigos, no me gustaba jugar, el maestro me llamaba La Egoísta, y tenía razón porque sólo pensaba en mí. ¿Qué más iba a hacer? Eso era lo que me daba la vida.

Pero una noche soñé que volaba. Atravesé el techo y comencé a elevarme, y vi abajo a mi mamá y a mi papá llorando. Mi papá azotaba a El Demonio con un garrote y mi mamá levantaba la cara y los brazos, y antes de entrar en las nubes, les grité:

—¡Ahí les dejo su hijueputa vida!

Lo último que vi fue el camino dando vueltas en medio de la selva, y en la selva los guerrilleros aplaudiendo.

Un tiempo después, no mucho porque recuerdo que acababa de cumplir los nueve, una tarde salí de la escuela y ya en la tienda de mi abuelo aproveché un descuido y cogí una caja con tabletas de Novalgina o algo así, y antes de que atardeciera la escondí en medio de unas tablas en la casa de El Demonio.

Cuando oscureció, salí al camino que parte el pueblo en dos y en un chorro de agua cerca del puente comencé a tomármelas de a veinte, de a veinte. Eran cien. Pepas blancas. Cuando las terminé me senté a esperar el vuelo, pero una hora después empecé a sentir que me hundía:

—Ya voy a elevarme —pensé, y me acosté allí mismo.

Pero en lugar de volar sentí candela en el estómago y luego punzadas, bocanadas de saliva que me ahogaban, y vómito. Vomité hasta el hígado. Un poco después ya no tenía nada que devolver, pero seguía llamando al tigre, como les decimos a los bramidos que uno da cuando siente cada mordisco en la boca del estómago.

Recuerdo que estaba allí, agarrándome de un poste y la cabeza descolgada, cuando me pareció escuchar a alguien:

—Camarada, ¿qué le sucede?

—Me tomé unas pepas.

—¿Pepas?

—Sí. Me quería morir.

Eran Tomás y Fabián. La ronda nocturna de la guerrilla.

Cuando reconocí las voces porque estaba aturdida, me dejé caer y uno de ellos dijo: «Párese, póngase de pie, hermana», pero no pude. Se me ablandaron las piernas. Una debilidad en todo el cuerpo…

—¿A dónde la llevamos? —le preguntó uno al otro.

En Guayabal no hay médico, no hay un enfermero, no hay nada. Los muchachos tomaron en dirección de la casa de El

Demonio y alcancé a decirles que no, que me llevaran a la de
mi mamá y me cargaron, porque además de mi debilidad se
me adormeció el cuerpo.

Mi mamá preguntó qué estaba sucediendo, Fabián se lo
dijo y cuando ella agarró la onda estalló, me dio un golpe en
un brazo y luego empezó a gritar: «Leche, démosle leche que
se muere». Pero en la casa no había leche ni para el desayuno.
Entonces mi papá y los muchachos salieron a buscarla.
No recuerdo más. Se me fue el mundo. Después dijeron que
los vecinos les dieron dos botellas y que mi papá me las hizo
beber.

Alejandro movía la cabeza, como diciendo «la locura». Nos
volvimos a quedar callados y yo tosí para hacerlo aterrizar
nuevamente.

—Ahora cuénteme algo chévere. Algo guapachoso, hermana —dijo muy serio.

—Bueno, que a los diez años conseguí mi primer lápiz
labial. No sé por qué a los pocos días de haberme tragado las
cien pepas comencé a sentir la necesidad de pintarme la boca.
No lo sé. Quería mantenerme bien arreglada, y tal. En ese
momento trabajaba en la bodega donde pesan el café y pude
comprar el primero que vi en una tienda. Recuerdo que lo
pagué sin fijarme en el color y salí corriendo con él en la mano.
Después vi que era horrible: rojo encendido, de mujer vieja.

Aquella tarde no sabía para dónde corría y cuando me
fue pasando la emoción, me senté al lado del bambú y como
no me había pintado nunca, y como no tenía espejo, tomé la
tapa de un tarro de hojalata y guiándome por el reflejo empecé a pintarme. Pero me teñí demasiado. El labial quedó embadurnado por fuera de los labios, yo creo que algo en la
mejilla, algo en la quijada, y así, bien untada, levanté la cara y

me fui caminando muy orgullosa. Los que me miraban se burlaban de mí y yo también me reía, estaba feliz, me había cambiado la cara y no me importaba que se rieran o que dijeran lo que les diera la gana porque en ese momento creí que era una mujer diferente.

Después le conté recuerdos de cuando era niña: la pierna muerta por las mañanas, la historia de *Campeón*, un gallo pinto que tenía El Demonio en la casa, lo áspera que era mi mamá conmigo.

Yo quería que Alejandro se desilusionara o que se conformara con lo que yo soy, y él se levantó, fue hasta la rocola, metió una moneda y empezó a sonar esta canción de Patricia González que me aprendí de memoria aquella noche. No me gusta cantarla ni silbarla. Me gusta decirla así, como es y como la siento:

> *Un dejo de tristeza me acompaña y siento que es, tal vez, mi propia muerte.*
>
> *Soy triste sin saber por qué motivo.*
>
> *De niña la tristeza fue mi sino. Por una de esas muecas del destino, jamás pude reír como otra gente.*
>
> *Tal vez mi propio yo nunca fue triste. Son sólo circunstancias imprevistas, que amoldan a su antojo la conciencia…*
>
> *Por eso mis canciones son tan tristes. Tú mismo me lo has dicho sin cesar.*
>
> *Quisiera sonreír como me pides, sin esa mueca larga de pesar.*
>
> *Tal vez mi propio yo vive contento; será por la costumbre de llorar.*
>
> *Perdóname estas cosas que te cuento… Soy yo, mi propio mal.*

En ese momento olvidé *La cruz de marihuana, Los corridos prohibidos* y toda esa música de la guerra porque acababa de encontrar que las canciones románticas son las que dicen las cosas más importantes de la vida. Hablábamos, casi no bebíamos, y a las diez sentí hambre. No había comido desde la mañana y él dijo que estaba igual. Pedimos un pollo asado.

El cantinero salió a la calle y apareció más tarde con una bolsa: pollo, tortas de maíz y ají picante. Otra cerveza. Comimos en silencio, y luego del silencio, un silencio como en la selva por las noches, él volvió a hablar de lo de El Demonio conmigo, y de toda esa tragedia:

—En las casas de inquilinos es lo mismo —dijo—. Pan de cada día. No me asusta pensar en eso. Eloísa, ¿sabe una cosa?

—¿Qué?

—Ahora usted me gusta más.

Otro silencio. Luego me contó que en el inquilinato a donde llegaron del campo les dieron una habitación en el segundo piso. Era una casa vieja, tres patios, las paredes cayéndose a pedazos.

—En la época de lluvias —dijo él— se colaba el agua porque habían quitado las tejas para reparar el techo y mi mamá cubrió aquello con una tela plástica. Pero bueno, el agua pasaba. Lo que nunca se acaba allí es el comienzo de las noches; cuando ya es de noche, la gente estalla. La miseria, la angustia de acostarse sin comer, y otra angustia: la de no tener un pan para mañana. Y claro, hombres y mujeres se tiran a matar. Y si no hay hombres, las mujeres se la cobran a los niños. Uno escucha todas las noches cuando los niños despiertan gritando porque les han caído con un zapato, o qué carajo, con una olla vacía. En el inquilinato las ollas sirven para golpearles las cabezas a los niños.

Otro cuento es el lavadero. Un lavadero pequeño para quince familias. La pelea por un puesto empieza temprano y el lugar está todo el día lleno de viejas discutiendo. Otras ve-

ces se agarran por el pelo y terminan contra las paredes a
coñazo limpio. Igual que cuando comienza la noche.

—¿Cuánto duró esa vida?

—Mucho. Hasta cuando nació el tercero de mis hermanos. Un poco después de haber llegado Orlando, la mujer que
arrendaba las habitaciones le dijo a mi mamá que debíamos
irnos porque allí no admitían a tantos niños. Los niños siempre son los culpables de todo. Dicen que mortifican y los lan-
zan a la calle. En ese momento ya estábamos solos. Mi mamá
echó a ese tipo y se enamoró del que vive hoy con ella. Nos
fuimos para una casa de madera en las afueras de la ciudad.
Eran dos habitaciones y tres camas. Cuando tuve que buscar
trabajo pero seguir estudiando a la vez, nueve años, ya éramos siete. Después fuimos ocho. Hoy somos ocho de dos
uniones. ¿Y su casa? Cómo era su casa en Guayabal?

—Usted las conoce, de tablas y tejas de metal, unos hor-
nos por el calor del mediodía. La de El Demonio era más pequeña que la de mi mamá. Sobre las vigas del techo el tipo
había encaramado pedazos de manguera, una escopeta vieja,
jaulas para gallos de pelea, la pata de un gallo con su espuela
colgaba de un clavo cerca de la puerta. Por la noche, cuando
comenzaba el frío, las tejas y las tablas traqueaban igual a mí,
encalambrada de miedo.

A las once de la noche o algo así, el bar Madremonte estaba casi vacío y llegaron dos policías, pidieron documentos de
identificación, recorrieron el local y cuando regresaron a buscar la puerta, uno de ellos se quedó mirándome y sonriendo.
Alejandro también lo miró pero no dijo nada. Los policías se
fueron. En ese momento entraron cogidos de la mano un hombre joven y una mujer mayor que él. Nos miraron de reojo y
se sentaron en una mesa del fondo. No me importó quiénes

fueran, si guerrillos o gente de la inteligencia militar. Se lo comenté a Alejandro y dijo que no eran más que una pareja con ganas de beber y de escuchar música, como nosotros.

—¿Qué más cosas recuerda de cuando era niño? —le pregunté.

—Del inquilinato nos fuimos a vivir a una casalote en las afueras de la ciudad. Paredes hechas con tablas, pisos de ladrillo que uno va recogiendo en las demoliciones, algo de lo que sobra en las construcciones para cubrir la tierra, tejas metálicas y frío por las noches. Al atardecer era una casa oscura. No me parece haber visto luces a través de las uniones de las tablas. Y era una casa silenciosa. Ahora mismo no recuerdo sonidos que me traigan a la memoria algo en particular.

Afuera había una franja de tierra estrecha con hierba y maleza. En diciembre mi abuelo me regalaba algún juguete pero la mayoría los hacía yo mismo con latas, con tapas de cerveza, con puntillas y tablas pequeñas. Inventaba cosas hasta donde me llevaba la imaginación.

—¿Y su mamá?

—Una mujer con mucho temperamento. Delgada, cara seria. Trabajaba a toda hora: por días como empleada doméstica en casas de familia, en cigarrerías, en una peluquería. Cuando pudo hizo cursos de belleza, pero nunca consiguió con qué poner su propio salón. Ese fue su sueño.

—Pero ¿ella sí hablaba con usted?

—Claro. Del estudio, me enseñó a sumar y a restar estando muy chico. Me enseñó los oficios, a cocinar, a lavar, a planchar. Preocupada porque los hijos salieran al otro lado. A los que no estudiaban sus lecciones los castigaba con un garrote.

Entré muy pequeño en la escuela. En ese momento se pagaba una matrícula barata a principio de año y mi mamá rebuscaba para comprar las cartillas, los cuadernos y los lápices

como fuera, con ayuda de mis tías, algunas veces de la gente
donde trabajaba y algo tenía yo.

Cocinábamos con querosén. Una cocinita pequeña. Nunca nos faltaron los tres golpes de comida al día... Papas, arroz, fideos. Carne muy de vez en cuando. No había mesa. Comíamos sobre una tabla en el piso. ¿Qué más? Que nunca fuimos a la iglesia. De misa y de santos y de esas cosas, nada. Soy ateo, pero creo en el Dios que existe. A los nueve años estudiaba pero me tocó empezar a trabajar en *la rusa*.

—¿En la... qué?

—Como ayudante de albañil. *Rusos* somos los albañiles. *La rusa* es la albañilería y yo tenía que llevar algo a la casa, porque éramos pobres como un diablo.

—Eso no se dice.

—Bueno, pobres como El Patas. ¿Ahora sí?

—Sí. Mucho mejor.

—Bueno, al comienzo me ganaba menos de lo que me costaba un plato de sopa diario durante la semana, una tarde se lo dije al jefe y él se rió:

—Hermano, yo no pago por enseñar.

De malas, me tocaba recibir lo que me diera. Cualquier moneda era más que nada.

Entonces trabajaba medio día, desde las seis de la mañana ayudando a mezclar arena con cemento, a cargar ladrillos, a mover una carretilla con tierra, a cargar baldes con mezcla. Mezcla son cemento y arena revueltos con agua. Trabajo áspero por el peso de la mezcla. Me salieron ampollas en las manos desde el primer día, luego se volvieron callos. Después terminaba con las manos molidas manejando la maceta, el martillo, el puntero. Todo muy duro a esa edad, pero al poco tiempo era ayudante. Me gustaba hacer bien lo que me dijeran.

Salía de trabajar a las once y me bañaba, un plato de sopa, me alistaba y me iba para la escuela. Clases hasta las cinco de la tarde y por las noches hacía mis tareas. No era mal estudiante. Tampoco mal *ruso*.

Soy el mayor de los hijos. Después de mí viene mi hermana, que tiene veinticuatro, sigue el de diecisiete y de ahí para abajo, todos pequeños y pobres. El compañero de mi mamá es el padre de los últimos cinco: otro *ruso*, o como dice uno en la construcción, un colega.

Bueno, a los cinco años, cuando cumplí catorce, ya era capaz de hacer una casa solo. Me gustó primero la carpintería y me volví *gorgojo*. Después la pintura y me volví *pintuco*. Al final me ganaba un dinero que alcanzaba para la sopa del mes, y si era juicioso, para ayudarme en el estudio, y si era más juicioso todavía, para comprar un par de zapatos y un pantalón. Y eso que ya era oficial de brocha gorda. Vivía con mi mamá y algo ayudaba en la casa, y bueno, me pagué el estudio en la escuela primaria y quería seguir porque «de *ruso* no voy a llegar a ningún lado», decía.

A los doce o algo así me dijeron que llevara el maletín de un ingeniero que llegó a la obra, un edificio de treinta pisos, y estuve con él toda la mañana, pero cuando lo escuché hablando de sus cálculos estructurales, me pareció una maravilla. Entonces traté de no perderle ni una palabra, ni un gesto, nada, y desde aquella mañana comencé a pensar que algún día sería ingeniero. A la semana siguiente lo vi llegar nuevamente y le caí a la entrada. El maestro de obra se dio cuenta de mis pilas y dijo que lo volviera a acompañar. Ese día le pregunté dos o tres cosas al ingeniero y como él vio mi curiosidad, me dijo que me fuera a trabajar con él a otra obra con mejor sueldo.

Le pregunté si cerca de aquella construcción había escuelas nocturnas y respondió que no, que el edificio quedaba en las afueras de la ciudad. Lo pensé un segundo y le dije que mejor me quedaba donde estaba.

—Usted debe ser el único que no quiere mejorar —me dijo.

—Porque quiero mejorar le digo que no. Si me voy con usted no podré trabajar de día y estudiar de noche.

Más adelante terminé primaria y pasé a bachillerato, es decir, a sexto grado. Allí tenía que trabajar todo el día y ya por la tarde iba a la casa, me bañaba, me ponía un pantalón y una camisa, no tenía más, y salía para el colegio nocturno. En la ciudad hay escuelas y colegios por las noches. Entonces, *rusa* y estudio. Tenía facilidad para las matemáticas. En matemáticas yo fui el mejor de toda la primaria y de los cursos de bachillerato, y como le ponía pasión, los maestros me dedicaban más tiempo que a los demás.

Precisamente por aquello y por *la rusa* me fue creciendo el sueño de ser ingeniero. No pensaba en más. Los cinco años de escuela primaria los hice con un esfuerzo muy grande, pero de verdad muy grande, pero ya en bachillerato nocturno... No. Qué va. Cuando terminé séptimo grado tuve que tirar la toalla, imposible *rusa* y estudio al tiempo.

Al año siguiente trabajé todo el día y parte de la noche y logré ahorrar algunos centavos, y al siguiente tomé cursos de matemáticas en una academia, me fue muy bien, pero con matemáticas conseguía menos. Ahí sí no había trabajo.

Regresé a *la rusa* y seguí con la brocha, pero llegó el año en que se acabó la construcción. Que la economía está quebrada. Que no se pone ni un ladrillo. Que el desempleo, los constructores quebrados, gente a la calle y todo ese tropel.

Volví a tirar la toalla. En este país el bachillerato y la universidad son para los que tienen cómo, y que los demás comamos mierda.

Bueno, pues completé un año sin poder pescar nada, a pesar de que ya era muy buen *ruso*. La crisis seguía viva, no se movía un ladrillo, y llegó el momento en que no tenía con qué pagar un autobús, un refresco, nada, y una mañana mi mamá dijo:

—Alejandro, el hijo de Cecilia se fue para el Ejército. Le pagan poco, pero es algo.

Yo estaba dispuesto a embarcarme en lo que saliera, siempre y cuando fuera legal... Es que mis amigos de aquella época hoy están muertos, cayeron presos o son drogadictos. Ninguno tuvo una guía ni una oportunidad de aprender algo.

Bueno, esa noche me puse a pensar y dije: «Por lo menos en el Ejército le dan a uno de comer tres veces al día, los tres golpes. Y le dan ropa y dónde dormir. Vamos pa los tres golpes».

Al mediodía me presenté y me aceptaron. Conseguí cómo llenarme la barriga.

Tenía diecinueve y entré como soldado regular. A los dos meses me mandaron para lo que llaman orden público. La guerra. Los primeros combates. Mis primeros compañeros muertos y heridos. Terminé de prestar mi servicio, un servicio duro, áspero, mucha selva, mucho monte, y después a los páramos. Ahí vive uno entre la niebla. Mucho frío.

Cuando volví a la calle, ¿qué iba a hacer? Regresar a *la rusa*. Trabajé con la brocha unos seis meses pero se volvió a acabar el trabajo, y busque: nadie conseguía nada. Mi mamá se fue a vivir a un pueblo pensando que la vida era menos cara y yo me quedé solo en la ciudad. No hacía nada, no trabajaba, no conseguía un empleo por ningún lado. Estuve mucho tiempo así. Yo pasaba hojas de vida en la industria de la construcción, en oficinas de contabilidad, en oficinas de ingenieros. No había nada, ni para barrer, y una noche dije:

—Ya sé dónde me reciben sin ningún problema: en la guerra.

Me presenté nuevamente al Ejército, y claro, que usted soldado profesional, que a servirle a su patria, que «Oh, gloria inmarcesible», y tal, y yo «Sí, que a la patria. Que muy chévere, y tal». Me mandaron para una región donde zumba la guerra. Un pueblo en los Llanos Orientales llamado Saravena pero le decían Sarabomba.

Antes de irme, le dije a mi abuelo:

—Abuelo, me mandan para Saravena.

Ya sonaba ese nombre. Uno nombraba Saravena y la gente decía «guerrilla, violencia». Es que en Colombia a la gente, por más ignorante que sea, la guerra le enseña geografía. Bueno, le dije:

—Abuelo, a Saravena —y mi abuelo se puso una mano en la cara:

—Ay, Dios mío, hijo.

—Abuelo, tengo que probar suerte. Aquí me estoy muriendo de hambre.

Y mi abuelo más pobre que yo. Se quedó callado. Luego se secó las lágrimas.

Estuve tres años en sitios como Fortul, Tame, Arauquita, que como le digo, la gente oye nombrar en otras partes y ahí mismo dice «guerra».

Era un batallón que cuida un oleoducto de los gringos y una base de bombeo de crudo. Ahí teníamos ciertas comodidades: un casino con televisor, un gimnasio. Pero salíamos de allí y nos encontrábamos con la guerra: bombas, voladuras del tubo con explosivos, emboscadas…

—Cuidar un… ¿qué?

—Oleoducto. Tubo por el que conducen el petróleo crudo, negro, espeso… ¿Bien?

Bueno, estuve allí mucho tiempo y en un mes de enero me mandaron para estas selvas.

Otra cerveza. Después de un silencio, volví a preguntarle:

—Alejandro, ¿por qué se fue su papá?

—No sé nada de ese señor. Se fue. Luego apareció el colega y ahí sigue. Ocho hijos... Mi pobre vieja.

—¿Y las mujeres? ¿Usted tuvo novias cuando era niño?

Vivía en un barrio que llaman Palestina. De la casa a la escuela gastaba media hora a pie. Una calle de arcilla que se volvía lodo en las épocas de lluvia. Ese camino me recuerda a mi primera noviecita. Yo tenía ocho años, ella siete. El noviazgo era mirarla, luego acompañarla hasta la escuela. Nos íbamos caminando. Un día le di el primer besito. A la salida la esperaba y regresábamos, la dejaba en la puerta de su casa. Se llamaba Diana.

Diana era amiga de un compañero de escuela y un día la miré y me gustó, y esa misma tarde le dije a él:

—Se la voy a quitar.

—No creo —respondió—. Ella es mi novia.

Hablé con ella y dijo que quería terminar con Álvaro. Así se llamaba el *chuflas*.

Al día siguiente, en el recreo, le dijo que no quería nada más con él. Y no quiso... Una cosa muy inocente, siete, ocho años. Yo seguí acompañándola a la escuela por esa calle de tierra y casas bajitas, sin un árbol, sin una acera. Casas y polvo en épocas de sol. Casas y charcos en invierno. Yo le cogía la mano y saltábamos sobre los charcos. Luego hubo otras...

—Eloísa, ¿sabe una cosa? Hoy tengo una novia. No vivo con ella pero digamos que es mi compañera.

(Silencio).

—Alejandro, yo tuve un hombre en el monte y aunque ya murió, siento que todavía estoy enamorada de él.

—Eso no me importa. Debe ser un guerrillero y en este momento está enterrado en la selva, pero usted y yo estamos aquí. Yo también tengo compañera, pero en este momento la única que me importa es Eloísa.

—Alejandro, no sé si creerle porque yo nunca he tenido nada que dure. Pienso que si algún día consigo algo es para perderlo más tarde, aunque con él no me resignaba; en el fondo tenía como una esperanza de volverlo a ver, pero algo me decía que iba a llegar el momento en que me quedaría nuevamente sola. Siempre ha sido así con todo. Nada es mío.

—Usted es una mujer joven y ya está derrotada. Mire: yo no sé qué voy a hacer pero tengo que sacarle esas cosas de la cabeza. Deme tiempo… ¿Qué más?

—Bueno, pues salí del monte y regresé al pueblo a prestar servicio en la clandestinidad, y tres meses después de la despedida bajaron unos muchachos y me dijeron que él había muerto. No fue en un combate: iba en una camioneta con otros guerreros vestidos de gente común y los paramilitares los emboscaron. Un balazo en el cuello.

Lo que no le conté a Alejandro aquella noche, ni se lo he contado nunca, es que cuando yo tenía aquellos momentos de locura con el guerrillero que me hizo tan feliz, en el instante de la moridera me subía un trastorno, veía luces, creía que la selva temblaba y los ojos se me abrían como platos, pero al mismo tiempo se me encaramaba la rabia a la cabeza porque me parecía que no estaba con Tulio sino con El Demonio y sentía unas ganas tremendas de atacarlo. Pero cuando la moridera iba pasando volvía a sentir que sí, que estaba con Tulio, pero en ese momento había dejado escapar la felicidad y los ojos se me volvían a cerrar.

Ahora me sucede igual.

Claro que uno siente la necesidad del amor, pero ni antes, ni esa noche, a pesar de lo que decía Alejandro, tenía la ilusión de encontrar a alguien fijo, porque yo pensaba: «¿Para qué me voy a enamorar si a mí nada me dura?».

En el monte un día uno está aquí, otro día más allá, otro más allá, y muchas veces cambia la pareja. Si me gustaba una persona, pensaba: «Sí, con éste sí... Yo he vivido tan mal que ahora lo único que quiero es ser feliz». El sexo es lo único feliz que había en mi vida. Sola me parecía que no era nadie... Bien. Pasaba el calor de las noches, pero cuando amanecía terminaba todo porque era posible que esa misma tarde, chao, adiós. Y a hacer de cuenta que no lo había visto. Más adelante conocía a otro, más adelante a otro. A olvidarse de ellos y a pensar en que no existieron.

Una tarde me dijo Alberto, un guerrero que hablaba mucho con los jóvenes:

—Camarada, somos como los gitanos.

Eso lo aprende uno el primer mes y va sintiendo que en la guerrilla, más que amor, hay acompañamiento. Y más que amor se trata de no dejar que la soledad lo vuelva a uno calavera. Allí uno rara vez se enamora de alguien. Sin compañero uno se siente solo, aunque tenga a mucha gente al lado. Alberto también decía: «El único enamorado fiel que tiene una guerrera es el arma».

—Bueno, tal vez sí. Me siento derrotada —continué diciéndole a Alejandro—. Unos pocos meses después de haber entrado a la guerrilla pensaba que ya era una guerrera, pero una guerrera medio derrotada, medio... Como que uno no sabe de verdad qué es lo que quiere en la vida, y mientras los veteranos hablaban de política y de cosas de la guerra, yo estaba recordando a mi mamá o al segundo maestro, que sí nos hablaba, pero él me tocó apenas unos meses. Ese año ya estaba en cuarto de primaria, era la que más estudiaba y más cosas aprendía, pero en ese momento se me acababa el estudio. En la escuelita no había más cursos. Y de mi mamá y del maestro pasaba a lo que me pone triste. Esas cosas se me quedaron en la cabeza y aunque una sea la más fuerte del mundo, no logra olvidarlas.

Alejandro intentó hacer sonar otras canciones, pero la pareja del fondo se tomó la rocola y empezó a moler música mexicana, hombres despechados, balazos, todas esas cosas.

—Yo he matado —le dije—. Maté a los que querían abusar de mí. Dos balazos.

—Yo también he matado por lo mismo.

—¿Por lo mismo?

—Sí. Yo también estoy contra los bandidos. Usted mató en esta guerra para salvar su vida, o su honra, y yo también. Estamos empatados. ¿Qué más?

—Pero es que usted es un soldado.

—¿Es que los soldados pueden matar, porque sí?

—No, Alejandro. Es que para mí los soldados son otra cosa.

—¿Sabe por qué quería hablar con usted en calma? Para que entendiera que yo soy un campesino igual a usted. Que usted no quiere a su papá y yo tampoco. Que no los conocemos. Que usted tuvo que irse a la selva a buscar la vida y yo también. Mire: yo estoy en el Ejército porque si no me alistaba me moría de hambre. Fui albañil a los nueve años. Yo he trabajado desde niño y usted también. Yo era muy bueno, pero muy bueno para las matemáticas, soñaba con ser ingeniero y no pude porque éramos pobres. Usted también es pobre... Eloísa, le pido una cosa:

—¿Cuál?

—Que me mire como a un ser humano, no como a un soldado. Que piense que detrás de mi camuflado hay un hombre y que ser soldado no es matar a todo el mundo, el soldado no es el enemigo. El enemigo es otro. Mire, hermana: usted y yo somos dos jóvenes del mismo país. Lo que pasa es que la vida nos puso en dos orillas diferentes, pero somos iguales, como los camuflados que usted tenía en la selva y como el que yo llevo en la selva.

Volvimos a hablar de la pintura en los labios y me dijo que le gustaba verme arreglada.

—Me fijé en eso la primera vez que la vi: una chica campesina, pobre, pero limpia y bien pintada.

Aquella tarde en Neiva, esperando salir por primera vez, compré un labial brillante y Alejandro se quedó con él en la boca. Fui al baño, me volví a pintar y él volvió a untárselo. Y así toda la noche. Después me dijo:

—Sálgase de ese pueblo. Aquí afuera hay un país mejor. ¿Qué la espera allá? Usted es una mujer joven que no tuvo tiempo de ser niña. Como yo. Nosotros a los nueve años ya éramos viejos: yo un albañil, usted una trabajadora de cantina, una jornalera con azadón y machete. ¿Qué espera en Guayabal? ¿Que la coja un peón, la llene de hijos y la ponga a criar gallinas y puercos? Eloísa: vayámonos para una ciudad grande. Míreme como a un ser humano, no como a un soldado.

La verdad, la verdad, esa noche, cuando vino por mí, mis pensamientos eran negros. Todavía lo miraba como a un *chulo* del Ejército, o sea un gallinazo, un enemigo, y pensaba eliminarlo. A la medianoche ya habíamos hablado de estas cosas pero yo seguía con el único pensamiento de acabarlo, igual que cuando salimos a la calle. En ese momento pensé: «Si me

da una oportunidad, lo mato. Y si intenta algo contra mí, esto
será de quien salte más rápido: me mata o lo mato».

¿Por qué? Porque él ya sabía cosas de mi vida. Lo de El
Demonio y lo de la guerrilla. Yo había aprendido en la selva
que el único secreto es el que no conoce sino uno mismo.
De todas maneras, pensé: «Vamos a ver. Si este soldado no
vale la pena, yo lo acabo».

Pero en ese momento se quedó mirándome. Tenía los ojos
como espejos limpios. Nadie me había mirado así. Nunca.
Nunca, y cambié la papeleta: «Este hombre no tiene malas
intenciones».

A mí nunca me habían gustado los soldados. Lo que escuché desde cuando llegamos al pueblo es que allí habían bombardeado y que mataron a casi toda la gente. Y que ellos eran
nuestros enemigos porque hacían de sirvientes de los ricos
cuando los ricos eran quienes nos tenían con hambre. Es que
yo nací en guerra, crecí en la guerra y desde niña sé que en
este cuento el soldado es aquel que viene, y bueno: «Bandidos. Muéranse, hijueputas».

Hasta ese 15 de octubre, nunca había hablado con alguien
del Ejército, y sin embargo la vida me dio a un soldado. Y hoy,
por Dios, mi compañero es Alejandro, el «Buitre Dos»... Es que
yo escupí muchas veces para arriba hasta que me cayó en la
cara: ¡un soldado!

En Madremonte no bailamos, ni él me dijo que nos fuéramos a la cama. La verdad es que me sorprendió cuando en un
comienzo propuso que habláramos hasta el amanecer, y si
cuando hubiera amanecido no habíamos acabado, no importaba. Seguiríamos hablando. Yo ya conocía el cuento del bai-
le. Ese era un plan diferente.

Pero esa noche él cambió mi cara de soledad y me despertó una confianza que nadie me había inspirado nunca. Lloré

cuando recordaba todo lo que me había dado la vida, cuando no pude estudiar más siendo mi único sueño, cuando pensaba en la muerte: llegar a matar a una persona era lo que más sentía. De todas maneras había llegado a matar a dos, no en combate sino defendiéndome, pero los había matado.

—Los guerrilleros son como los animales de la selva: todo el día en guardia esperando a que aparezca el que se lo quiere tragar a uno. Y cuando atacan se muere el que menos uñas tenga —le dije más tarde.

—Eso no es solo en la guerrilla. Eso es en todo. Y si usted no tiene nada porque está jodido, peor. Y si le tiene miedo a la muerte, mucho peor —respondió.

Esa noche lloré, y lloro cuando hablo con él de estas cosas, porque nunca había tenido a una persona que abriera tanto el corazón para escucharme, sin pedirme nada a cambio.

Sin embargo, yo iba de un lado para otro. A pesar de que se trataba de un soldado y me daba miedo contarle tantas cosas, porque tampoco éramos novios, ni amantes, ni nada, yo pensaba a ratos: «No, en algún momento él me va a entregar». Pero me arriesgué y cuando le pregunté qué hora era, dijo:

—La una. Ya es 16 de octubre.

En ese momento había dejado de verlo como a un soldado y le conté todo. Todo. Hasta…

—Alejandro, ¿le digo otro secreto? Yo no me llamo Eloísa. Mi nombre verdadero es Sonia, pero cuando llegué a la selva un comandante me dijo que en adelante yo sería Eloísa. La camarada Eloísa. Y a mí me gustó ese nombre. Yo no sé qué pasa con Eloísa pero me encanta y quiero seguirme llamando así toda mi vida. Yo ya no soy Sonia, nunca me vaya a decir así, ¿vale?

—Vale.

—¿Prometido?

—Prometido.

—Júrelo.

—Lo juro.

—¿Cómo me llamo?

—Eloísa, la de las piernas largas y los senos parados y duros.

A las dos volvimos a sentir hambre, tal vez por hablar tanto, o porque por la emoción de vernos ni él ni yo habíamos comido bien, y un poco después entró un vendedor de pinchos. Otra cerveza, pinchos y más tortas de maíz.

Yo sentía tristeza al recordar, pero emoción porque por fin alguien estaba cerca de mí, y en la medida en que yo iba hablando y me escuchaba, confiaba más en él. Yo tenía necesidad de salir de ese mango atravesado en la garganta. Me sentía tan asfixiada con aquello guardado en el fondo, que llegué a pensar: «Eso es lo que me está matando», aunque lo más difícil del mundo es tener que recordar todo lo que estaba recordando y llegar a decírselo a alguien. Bueno, cuando se me acabó el rollo, me tranquilicé. Hice el esfuerzo de creer que él nunca me defraudaría y no dije más. Ni una palabra. Él lo debió entender y también se calló.

A las dos y media se habían ido las personas que estaban en aquel lugar y quedamos solos. En ese momento propuso que me fuera a vivir con él. Lo miré, y antes de que yo respondiera algo, dijo:

—No hable. Piénselo primero y después, otro día, me dice sí o no. Si es no, yo lo voy a entender.

Se calló, pensó en algo y luego me dijo:

—Si uno quiere vivir mejor, tiene que hacer un esfuerzo por olvidar las cosas malas.

—¿Olvidar? ¿Olvidar a El Demonio? No puedo. ¿Cómo se le ocurre que uno sea capaz de esconder un pedazo tan tenaz de su vida y decir «ya, está olvidado?».

A las tres me volví a pintar la boca y él me la volvió a despintar y así, sin pintura, porque en ese momento ya no me importaba, nos fuimos para Azafata y bailamos hasta cuando clareó el día.

En ese viaje estuvimos once días hospedados en el Hotel Central, una habitación modesta según Alejandro, pero a mí me parecía grande y elegante. Salíamos poco de allí, en parte porque yo temía ser vista con él por alguien de la guerrilla que se mueve en las ciudades. Es que aunque él se vista como un doctor se le nota a leguas que es soldado: la cara quemada por el sol y el cabello con su corte de hongo. Y tampoco salíamos mucho porque queríamos estar juntos. Los días de descanso que le daba el Ejército nos parecían minutos. Algunas veces caminamos por los parques y el domingo estuvimos en el estadio de fútbol. Nunca había visto tanta gente junta. Por la noche fuimos al cine. Tampoco había entrado nunca a un teatro a mirar una película. Yo no sabía qué era el cine, y cuando terminó le dije:

—El cine es como la magia.

—¿Magia?

—Pues claro. No se vaya a burlar de mí, pero es que nunca pensé que hubiera cosas diferentes de la selva, del camuflado, de los balazos y de la misma Neiva. Nunca había imaginado que pudiera haber un mundo diferente. Alejandro: no puedo entender, verdad, no puedo comprender todavía que haya sitios donde la gente no hable siempre de plomo, ni de morirse, ni de hacer emboscadas. Eso no me cabe dentro de la cabeza.

Se rió y continuó pensando, y cuando entrábamos al hotel me puso la mano en el hombro:

—Nos queda una semana. ¿Quiere que vayamos todos los días a cine?

—Yo sí… Pero eso cuesta mucho. No nos va a alcanzar el dinero. El mío no es mucho.

—Yo cobré varios sueldos acumulados. Vamos a volver a cine.

—Pero que no sean películas de bala, ¿sí? ¿Me lo promete?

—Entonces, ¿de qué?

—Que no sean de bala.

Problema áspero, porque al día siguiente comenzamos a preguntar por películas sin balazos y cuando explicábamos, se reían:

—¿Quieren películas para niños?.

—Cualquier cosa que no sea violencia —decía él, y las dos o tres personas con que hablamos movían la cabeza: que no sabían.

Al final, el hombre del hotel dijo que había una de mexicanos.

—¿Una ranchera tranquila? —le pregunté y me dijo que no.

—Las rancheras siempre son de balazos —contestó.

Alejandro se fue hasta el batallón y habló con un oficial, el oficial le dijo dónde presentaban buen cine y empezamos a ir. Las películas tranquilas no eran muchas y los dos últimos días repetimos alguna. A mí no me importaba que fuera la misma porque cada vez encontraba cosas que se me habían escapado en la función de la víspera y éso me fue abriendo la mente. Hasta ese momento yo creía que la guerrilla estaba en todo el mundo y cuando me di cuenta de que no era así, pensé que, definitivamente, mi cabeza estaba llena de aserrín.

Se acababa el recreo y la víspera de irnos para la selva yo seguía hablando de cine, o sea del mundo que no conocía y él me dijo:

—Como en Guayabal no hay luz eléctrica no pueden proyectar películas… ¿Usted quiere saber cómo es el mundo? Búsquese un libro y ábralo. Yo leí cuatro o cinco y me pareció que leer un libro es como ver una película. Después sólo estudiaba textos de matemáticas.

—No entiendo cómo se pueda parecer un libro a una película. Es que no me cabe en la cabeza. Mire: en lugar de cartillas o textos, en la escuela nos daban aquellas guías escritas en hojas de papel. Y en la guerrilla es obligación leer y cada guerrillero tiene que cargar un libro en el morral, pero yo lo llevaba sólo para que no me sancionaran. Era un libro sobre Simón Bolívar, un libro como muy político y me aburría. Entonces resolví abrir bien los oídos en las clases y así comencé a pensar en un Bolívar guerrillero, un Bolívar revolucionario, un Bolívar que no había ido a una escuela militar sino un hombre construido en las faenas diarias del compromiso social llevado a la guerra. Mejor dicho, un Bolívar levantado en armas. Como dicen, un subversivo.

El libro se llamaba *El ser guerrero del Libertador*. Recuerdo, por ejemplo, el juramento de Bolívar en un sitio llamado el monte Sacro y luego cómo fue organizando un ejército guerrillero. Los camaradas nos repetían cómo el libro, que entre otras cosas fue escrito por Valencia Tovar, un general que, sin embargo, combatió a la guerrilla, muestra a Bolívar como guerrillero y no como a un militar.

—¿Qué juró Bolívar en ese monte?

—Lo aprendí de memoria: «No daré descanso a mi espada ni tranquilidad a mi alma hasta no ver liberado a mi pueblo del yugo español».

—¿Qué otras cosas leen allá?

—Bueno, yo escuchaba, no leía. Estudiábamos la vida del Che Guevara como el hombre nuevo: él pensaba que revolucionario es la estatura más alta del ser humano. Al Che lo estudiábamos por su compromiso con una causa: la causa noble de la revolución para la construcción del socialismo. Y por su desinterés: después de haber estado en lo más alto de un gobierno, lo dejó todo y se fue a hacer realidad su pensamiento. Un tipo que actuaba como pensaba.

—Hermana —dijo Alejandro aburrido con mi rollo—, busque un libro de otra cosa y hablamos después.

El día doce del descanso él se fue a la capital a ver a la mamá y yo regresé a Guayabal pensando en los tales libros, y esa misma tarde empecé a preguntar quién tenía uno. Nadie, pero nadie tenía un libro en el pueblo. Creían que me había vuelto loca.

—¿Libros? ¿Y usted para qué quiere eso? —me contestó Onías, el dueño de una cafetería, y entonces pensé: «¿Quién puede saber todo lo que pasa en este pueblo? Pues Alverjita, la chismosa más chismosa de la bolita del mundo».

Fui hasta su casa:

—¿Libros? Niña, usted debe estar fumando de la buena... ¿Libros? Los únicos que he visto están en la casa del cura. Busque al padre Domingo.

Cuando se lo pregunté, el padre Domingo casi se cae. Al parecer, nadie le había pedido un libro en todo el tiempo que llevaba como párroco, se rió y me alcanzó uno sobre la vida de un santo. Lo llevé y leí unas cuantas hojas pero no comprendí ni una palabra de lo que decía allí, y además me pareció otro discurso político pero con palabras en clave, como muy lejanas a uno: sapiencia suma, labios impuros, la gruta sepulcral, olor a santidad, Cedrón, ateniense, y otra vez un monte: el monte Líbano —las recuerdo muy bien por raras y porque no se dejaban comprender. Es que no dejaban que uno las entendiera, y por rebelde me las grabé en la cabeza aunque no supiera lo que querían decir—, pero después me puse a pensar: «Carajo, soy una vieja de diecinueve años y no entiendo lo que leo».

Al día siguiente le confesé la verdad al padre Domingo y él me aconsejó ir a Neiva y buscar una biblioteca pública.

—¿Qué es biblioteca? —tuve que preguntarle.

—Un lugar done hay muchos libros. Uno va allá, pide el que quiera y se lo prestan.

Alejandro regresó al batallón tres días después con tremendos deseos de volverme a ver. Nos esperaban seis meses de separación: él en la selva buscando guerrilleros y yo en el pueblo tratando de encontrar un libro.

—En ese momento —me contó después— yo tenía mezquinos en las manos y la víspera de salir para la jungla fui a la enfermería y pedí que me los cauterizaran. Eso significaba que podría quedarme allí unos días más, y tal como lo había calculado, el enfermero dijo:

—Voy a darle ocho días de incapacidad para que se quede. En la selva pueden infectarse estas heridas.

Ese mismo día buscó a la hermana del soldado y me disparó otra carta diciéndome que regresara a Neiva.

Llegué a los dos días y permanecimos en la ciudad una semana más, tratando de conocernos mejor, hablando de nosotros, pero a mí me parecía que a medida que hablábamos, menos nos conocíamos. Eso sucede cuando uno quiere adelantársele a la vida.

Sabíamos que a la semana siguiente él tenía que salir para el área de operaciones, como dicen los soldados, y en medio de una conversación me preguntó si había abierto un libro. Le conté lo del padre Domingo y me dijo:

—Ah, pero mire a dónde se fue. Apuesto a que le dio algo de rezos.

—No, era la vida de un santo, pero como no entendí ni jota, él me explicó lo de la biblioteca.

El hombre del hotel dijo que sólo había una y nos fuimos, pero saltó otro problema: no sabíamos qué pedir. Se me ocurrió contarle a la señora que yo no entendía lo que leía y ella nos mandó a la sección de niños. Alejandro me miró humillado y como a mí me importaba un carajo que supieran que no era preparada, en lo de los niños le dije la verdad a otra señora.

—Comience por estas imágenes. Luego le diré con qué libros debe seguir.

Me dio varios álbumes con dibujos y me aconsejó que mirara bien cada uno, leyera lo que decía debajo e intentara interpretar de qué se trataba, pero Alejandro estaba colorado, no sabía qué hacer y le dije que se fuera al batallón y regresara por mí cuando cerraran la biblioteca. Quería estar sola.

La señora me dio quince álbumes y me fue explicando esto y aquello, y ya bien tarde regresó Alejandro, pero como no había terminado de estudiarlos, la señora dijo que volviera.

Regresé por la mañana. En el hotel él alegaba que le daba vergüenza poner la cara para semejante estupidez.

—Bueno, sí, una estupidez. Me voy sola —le respondí—, y me fui.

—Yo sabía que usted iba a regresar porque ayer le vi ganas de aprender. Aquí le tengo estos tres libros. Comience a leer —me dijo la señora:

El sapo enamorado, El cocuyo y la mora y Yoco busca a su mamá. Leí dos veces El sapo enamorado y, claro, lo entendí. ¿Quién no sabe qué son una rana y una pata? ¿O un cocuyo y una mora? Es que aquellos libros hablaban de cosas cercanas a mí.

Empecé a leer y a ver al sapo moviéndose en un charco y a la pata blanca en su casa. Alejandro tenía razón: leer un libro es como ver una película. Además, el del sapo enamorado se parecía a mi vida en esos días.

Es la historia de un sapo triste que en un momento determinado salta de alegría, se ríe, va al charco y regresa, canta, se vuelve a reír. Se ha enamorado de una pata blanca. Pero como es tímido y no sabe leer, se vale de una rana que sí sabe, y ella le escribe las cartas y va hasta donde la pata y las deja debajo de la puerta. La pata no se imagina quién se las manda, pero igual, el sapo salta de felicidad. Esa ya no es la magia del cine, sino la magia del amor.

El sapo le dice a la rana que le preste un lápiz, nunca en su vida había cogido uno, y empieza a hacer dibujos y la rana los lleva, y claro, la pata está intrigada. ¿Quién se los mandaba? El sapo ahora está más que enamorado. Está loco, le estalló el amor, y como no cabe en el cuerpo, una mañana deja el lápiz, sale al campo y comienza a recoger flores y va a la casa de la pata con un manojo en la mano. Ella abre la puerta y descubre quién es su enamorado.

Cuando la señora vio que había terminado de leerlo por segunda vez, se acercó sonriendo y me preguntó:

—Hija, ¿qué entendiste? ¿Sí ves que uno puede entender los libros? Para eso son.

En ese viaje yo estaba descubriendo cosas. La manera como me hablaba y me miraba esa señora… Nunca me habían tratado con cariño. Descubrí el cariño. Y descubrí que los libros son como películas. Esa noche pensaba en el hotel: «¿Por qué el maestro nunca nos habló así en la escuela? Si él hubiera sido como la señora… En esa época yo tenía seis años, siete años, ocho años. Si él hubiera hablado así, hoy yo estaría lejos».

—Hija, ¿qué entendiste?

—¿Un sapo verde enamorado de una pata blanca? Que el amor es tan bonito que cuando uno cae, allí no importan ni el color, ni que las personas sean distintas.

En Guayabal la escuelita era de tabla y techos metálicos. Asistí a los cuatro cursos. Luego, para la selva. En el salón, quince niños del campo, las guías llegaban de San Vicente del Caguán. Aprendí a leer y a escribir pero nunca tuve un libro. Sólo recuerdo que me hubieran enseñado lectura y escritura. Historia no, geografía tampoco.

Tuve dos maestros. El primero era don Agustín, un viejo de unos cuarenta y tantos años, casi cincuenta, pero con el pelo negro y las patillas largas y peludas. En el primer año de escuela yo era una de las más pequeñas, seis años o algo así, y tenía ganas de aprender el abecedario primero que los demás, pero no sé por qué me costaba trabajo pasar de la letra «k», y como casi siempre lo hacía, una mañana no salí al recreo y me quedé en el salón estudiando. Yo quería estudiar, aprenderme rápido lo que enseñaban, saber de todo y si pudiera, adelantármele al maestro. Con el abecedario yo comenzaba como una bala: «a, b, c... ¿qué sigue después de la k? ¿Qué sigue después de esa letra?». Cerré los ojos y apreté los párpados para recordar, y cuando estaba en «¿qué sigue después de la k?», sentí un golpe, pero un golpe violento en el oído derecho y se me fue el mundo. Yo no sé si por el golpe o porque no podía mantenerme en pie, caí al suelo y vi a don Agustín allá arriba mirándome:

—¿Desobedeciendo? ¿No les prohibí que se quedaran en el salón?

Creo que dijo eso porque yo lo escuchaba en sueños. Le ordenó a un niño que me ayudara a pararme, pero no fui capaz.

No podía quedarme quieta. Así estuve todo ese día, y el otro y el otro. Ahora caminaba como un borracho. Me despertaba por las mañanas, me levantaba, y ¡tras!, contra la cama, contra la pared. Duré más de dos meses con un zumbido en el oído y un mareo que me tumbaba. Tenía que permanecer sentada.

Después le dije a un comandante de la guerrilla que me dolía mucho el oído.

—¿Y eso?

—Que hace dos meses don Agustín me pegó con la mano abierta y tengo que estar sentada para no chocar contra las paredes.

—¿Don Agustín? A nadie se le dice «don» en este mundo.

Llamó a uno que le decían enfermero, y él me dio gotas y unas tabletas y le dijo a mi papá que me sacara a donde un médico en Neiva, pero mi papá no tenía cómo. A los cuatro meses vino la cosecha de amapola y me llevaron.

No sé qué le hablaron los guerrilleros a don... bueno, a Agustín, y él nos dijo una mañana:

—La letra con sangre entra. Así me educaron a mí, y así es como yo enseño... Ah, y no me vuelvan a decir «don». Yo me llamo Agustín.

Ese día cambió. Llamó a los padres y les pidió que cada uno le llevara algo con lo que ellos quisieran que castigaran a sus hijos.

Mi mamá fue a la casa y sacó del zarzo unas riendas que fueron del abuelo cuando él tenía dos caballos, y se las llevó al maestro. Cuando entré a segundo grado se me olvidó y ¡zas!, con las riendas en la espalda, dos, tres veces. Yo tan pequeña...

—Las riendas son de su mamá. El castigo se lo da su mamá porque eso es lo que ella quiere. Vaya, póngale la queja a ella —dijo el maestro.

Bueno, es que a mí me fascinaba el estudio y no quería salir a recreo sino quedarme en el salón tratando de aprender algo más. El maestro me ponía tareas y yo las terminaba pronto y le pedía que me pusiera más para aprender más y más. Pero un día él dijo que nadie podía quedarse en el salón. Me pareció que eso no era conmigo porque yo era la mejor de la clase y al día siguiente me quedé haciendo una tarea de castellano porque en la casa no tenía dónde sentarme a estudiar y, además, había cumplido siete años, tenía que ayudar a lavar la ropa, a barrer, a cocinar cuando regresaba de la escuela. Bueno, me quedé allí sentada y él entró:

—Espéreme aquí —dijo.

Fue a su cuarto, sacó las riendas y me volvió a azotar con ellas.

—Aquí todos tienen que hacer ejercicio. El ejercicio es parte de la educación —comentó luego, y Rodrigo, uno de los más grandes, un niño de cuarto grado, se le enfrentó:

—Maestro, nosotros hacemos mucho ejercicio: limpiar potreros con un machete, derribar árboles con el hacha…

—Ah, ¿sí?

Fue a su cuarto, trajo un rejo de los que hacen los campesinos con la piel del ganado y lo azotó delante de los demás.

El profesor tenía sus propios libros pero no nos los dejaba tocar:

—Si los tocan, les arrugan las hojas —decía.

Nosotros estudiábamos lo que él escribía en el tablero, y los niños más grandes, lo que pudieran anotar de lo que les dictaba.

Pasaron dos o tres semanas y una tarde, cuando ya nosotros habíamos salido, vino la guerrilla a buscar al maestro, que vivía con su mujer y con un hijo en uno de los tres salones. No se sabe qué hablaron con él, pero al día siguiente no hubo clases.

—Esta madrugada se fue el maestro con su familia —comentó alguien.

Rodrigo se había quejado porque el señor nos trataba mal y como a la media hora vinieron nuevamente los guerrilleros, comprobaron que el salón donde él vivía estaba vacío y trajeron rejos, garrotes, unas raquetas de madera que llamaban férulas, y las riendas del abuelo. A cada uno le entregaron el regalo que le habían llevado los padres al maestro, y el comandante nos dijo:

—Cada uno tiene que llevarle a su papá o a su mamá el garrote o lo que sea, y díganles que se los manda la organización. Y que si vuelven a hacer regalitos de esta clase, con esos les vamos a quebrar el culo a ellos mismos.

Me fui con las riendas, se las entregué a mi mamá, le di la razón del comandante y ella se puso colorada. Esa tarde las pagó con mi papá, que no sabía nada de todo este chisme.

Al poco tiempo llegó otro profesor. Un hombre más joven. Había sido maestro en otros pueblos, pero se fue quedando sin trabajo porque el gobierno cerraba las escuelas y finalmente vino a parar aquí y terminó siendo un desamparado sin mujer, sin hijos, sin un carajo en la vida.

Tenía un solo pantalón y dos camisas arrugadas. No conocía la plancha, o no tenía, o le daba pereza calentarla con carbón, y andaba con la ropa arrugada, como todos. Al comienzo miraba para el techo a toda hora y nos hablaba poco. En clase explicaba ciertas cosas y caminaba, pero algunas veces cruzaba por la ventana, y como la escuela está en una colina a la salida del pueblo, él se quedaba allí mirando el camino y pensando. Luego se frotaba los pelos de la cara con una mano y decía: «Váyanse ya». Le importaba lo mismo que aprendiéramos o no aprendiéramos. Ese día pensé que, al fin y al cabo, él estaba en Guayabal por castigo.

Una semana después, el maestro dejó de mirar por la ventana y empezó a hablar con nosotros. Traía guías, aquellas cartillas impresas en la computadora del gobierno en Neiva: ciencias, español, sociales. Si uno se ponía las pilas, aprendía más rápido y así mismo él iba subiéndolo de grado. Terminé las de tercero y me pasaron a cuarto, pero ahí se me acabó el estudio.

Octubre. La última noche de rumba en Neiva fue como quien se despide del que no va a regresar, y antes de que desapareciera Alejandro a las cuatro de la mañana, el último deseo:

—Eloísa, váyase para Guayabal y cuando yo salga nos veremos otra vez. Estaré de regreso a mediados de febrero.

Pero se fueron noviembre, diciembre, enero, febrero… Ni una señal. Así eran mis cosas. Había cometido un error al esperar algo del mañana, cuando la vida me había enseñado que debía pensar solamente en lo que llegaba cada día. De todas maneras, después de esas dos semanas en Neiva no entendía cómo alguien podía olvidarse de una persona a quien le había dicho tantas cosas que llegan hasta el fondo, y me parecía mentira que por fin yo hubiera sido capaz de creer en algo. Una mañana, hablando sola, solté así:

—Eloísa, ¿usted cuándo va a meterse en la cabeza que la vida nunca le va a dar nada? Usted no ha tenido nada y no lo tendrá jamás. Olvídese de sufrir y siga su vida. Punto.

Sin embargo, lloraba porque creía que, a pesar de todo, aquel encuentro había sido una de las pocas cosas alegres de mi vida.

—Lo alegre me parece tan extraño —le dije a mi mamá y le conté mi rollo.

Justo la tarde siguiente yo estaba lavando la ropa cuando llegó una camioneta y el chofer le entregó una carta a mi tía, pero mi mamá la alcanzó a ver con ella en la mano, recordó mi cuento y claro, se pilló la jugada. Aunque el sobre decía «Amalia», era un mensaje para mí.

—Esa carta no es suya, es de mi hija. Entréguemela —dijo, y se la quitó.

Alejandro decía en aquel papel que llevaba meses esperando una respuesta mía y preguntaba qué estaba sucediendo puesto que él me había escrito muchas veces. Mi mamá leyó aquello y le dijo a mi tía:

—Amalia, usted tiene que estar escondiendo más cartas. Entréguemelas todas.

Mi tía las sacó de donde las guardaba.

Con ellas en las manos, mi mamá me llamó:

—Deje esa ropa ahí. No lave más.

—¿Por qué?

—Tengo una sorpresa para usted.

—¿Qué?

—Esto. Tenga. Esto es suyo —y me dio un paquete.

Salí al patio, me senté sobre unas piedras y empecé a leerlas, y a medida que leía, lloraba. Había cartas escritas desde octubre y yo me preguntaba: «¿Qué pasó?».

No me cabía en la cabeza que él hubiera pensado tanto en mí, y yo en silencio. Una locura, una verdadera locura, pero a la vez pesar por lo que yo mantenía en la lengua:

—Al fin y al cabo es un soldado. Soldadito, igual a todos.

Eso estaba olvidado ya y volví a tener la imagen linda que tenía de él. En ese momento sentí que lo volvía a querer. Él es la persona que más he querido: más que al guerrillero de los momentos de locura en la selva, aunque a aquél no lo olvido del todo, y empecé decir una de las canciones de Patricia González que Alejandro puso en la rocola del café de Neiva cuando le conté esta historia:

> A uno lo quiero por ser, con quien comparto mis días.
>
> Con el que veo amanecer, con el que puedo tener, ternura y paz en mi vida.
>
> El que de mí se dejó llevar por senderos sin espinas.
>
> El que a mi lado plantó un árbol que floreció, dando sombra y dando vida.
>
> A aquél lo quiero por ser pasión encendida, por ser torrente de piel, cuerpo henchido de placer y ser la fruta prohibida.
>
> Porque su fuego me da, bases de tranquilidad que me interrumpen la calma, y en todo ese caminar él me cura las heridas.
>
> Sigo queriendo a los dos sabiendo que les hago daño a los dos.
>
> Sintiendo que no les puedo dar lo que quisiera, porque comparten mi tiempo.
>
> Que me perdonen los dos, pero los sigo queriendo.
>
> Que me perdonen los dos, si aún les sigo mintiendo.
>
> Que me perdonen los dos, si quiero estar a su lado.
>
> Yo no lo puedo negar: no puedo dejar de estar… de los dos enamorada.

Luego volví a leer las cartas, esta vez en orden. La que más me gustó es un poema, un mensaje o algo así.

Más tarde le dije:

—Usted escribe versos…

—Algunas veces me expreso. Aquello no es un poema, son frases que veo en alguna parte y las voy guardando en la cabeza —me explicó.

Cuando leí la carta que había llegado ese día, vi que me esperaba en Neiva el domingo siguiente. Que él estaría allí hasta el lunes o algo así. Que tan pronto llegara lo llamara. Miré a mi mamá y ella me dijo:

—Alístese y váyase para Neiva. La están esperando.

Me dio algún dinero. Me vestí y les dije a dos guerreros que me iba a visitar a unos familiares. La menor de mis tías dijo que se iba conmigo para que me creyeran. Eché una ropita en el bolso y salí a buscar la chiva. Cuatro horas de viaje. Salimos a las dos de la tarde y cuando estaba atardeciendo lo llamé a su teléfono celular, pero lo tenía apagado.

A su vez, él llamó al hotel donde sabía que nos íbamos a hospedar y llegó por mí a las ocho de la noche.

Era febrero. Cuatro meses sin vernos. Pero como en la selva corre otro tiempo, uno de niña cierra los ojos una noche y cuando despierta ya es grande y no se ha dado cuenta a qué horas pasaron tantas cosas. El tiempo en la selva es tan diferente que uno se vuelve paciente, tranquila, como tan resignada con todo… Allá no hay afán de nada. ¿Regreso dentro de cuatro meses? En la ciudad uno dice: «¿Cuatro meses? No. Eso es toda una vida». Aquí uno sabe esperar… aunque esté enamorada.

Como él tenía idea de la fecha en que saldría a descansar y yo también, había dejado pasar los meses. Pensaba en él. Claro, tenía necesidad de verlo, pero no me iba a dejar morir si se demoraba un poco más.

Por la noche volvimos al mismo lugar de la primera vez. En la mesa de tantos recuerdos había tres hombres y como queríamos sentarnos en ese sitio, él se lo dijo y ellos se fueron para otra. Después… Bueno, caricias, besos, lo que hacen dos enamorados cuando llevan mucho tiempo sin verse. Y después algo de comer. Comíamos y hablábamos. Él hacía sonar música caliente y algunas veces canciones románticas. Primero puso los boleros de Patricia González, el único disco romántico que había en aquel lugar, luego algo del Caribe, pero la conversación se fue calentando, y como la primera vez, terminamos hablando y hablando sin preocuparnos siquiera por la hora. ¿Para qué? Estábamos tan metidos en el cuento que no volvimos a sentir hambre, ni calor, ni frío. Ambos queríamos abrirnos y decir lo que hubiera que decir. Se trataba de conocernos más. Al fin y al cabo, yo estaba convencida de que él pensaba en serio.

Primero hablamos de los cuatro meses sin cruzar palabra.

—La tal tía Amalia sabía muy bien que usted se estaba jugando la vida con la guerrilla y eso le daba a ella todo el campo para abusar. Sucede que algunos días de servicio yo salía a hacer retenes de control y cuando la encontraba, ella me decía:

—Entrégueme las cartas que yo se las hago llegar a la muchacha —y yo se las daba con severa ilusión.

—¿Cómo está Eloísa? —le preguntaba.

—Muy bien. Le manda saludos, que le escriba.

Como ella va o viene de Neiva con frecuencia, cuando yo la veía hacía el que la requisaba: una mujer con la cara plana, sin huesos encima de las mejillas. ¿Cómo les dicen? ¿Pómulos? Eso: pómulos escondidos, el cabello muy negro, largo. Cuando llevaba blusa transparente los pezones parecían dos granos de café. Caderas secas y piernas largas. Ver en la selva unas piernas largas es una rumba. Pero las de Amalia son gruesas y parejas, tobillo relleno. Mejor dicho, mujer fría: «Mujer de secano», dice mi abuelo que es campesino. Las demás son mujeres húmedas. Uno las conoce por los pómulos redondos y salidos, y los tobillos afilados… Las cosas que uno recuerda tanto tiempo solo en esa selva.

Venga, hablemos —le decía yo a Piernas—. ¿Y Eloísa dónde está? ¿Qué está haciendo? Dígale que le mando saludos, que la quiero mucho y que no hago más que pensar en ella.

Como sabía que Amalia cruzaba por allí cada semana, yo cargaba cartas en los bolsillos para entregárselas.

—Alejandro —le dije—, Amalia sólo quiere ser ella. Mi mamá dice que es una mujer egoísta, y además de egoísta, solamente sabe mandar. Es la única que tiene un negocio, y como es sola, algo puede guardar. Yo creo que ella descarga la envidia en los que van encontrando algo diferente en la vida.

—Yo entendí lo mismo cuando supe que ella no tuvo la oportunidad de salir de Guayabal y lo único que le cabía en la cabeza eran la guerra y la amapola: media vida metida entre la milicia, en una selva que es territorio de bandidos. Claro, sabe que salir de allí es progresar en la vida y como ella no pudo hacerlo, le dio envidia, escondió las cartas y cerró la boca.

No recuerdo qué dije después, pero él me interrumpió. Me puso una mano en el hombro y preguntó, así, de una:

—Eloísa, ¿usted conoce la guerra tal como es?

—No. Nunca he combatido —respondí.

—Pero, ¿por lo menos ha estado en medio de una balacera?

—Sí. Cerca, pero no he combatido.

—Entonces usted no sabe lo que es duro.

—Tal vez no.

—Cuénteme algo. En todo ese tiempo en la guerrilla tuvo que haber sentido la acción, el plomo. ¿Vio alguna vez a algún muerto en combate?

—Bueno, la primera vez fue en los Llanos, cerca de donde comenzaron a entrenarnos. Una mañana el Ejército apareció en un banco de sabana, llano abierto. Los guerreros estábamos en una mancha de selva. En la mancha de selva había una cañada, y al fondo, un arroyo. Fue un ataque de sorpresa, una delación, y con el plomo que llovía, los más jóvenes corrimos sin saber para dónde. Yo salí a la llanura buscando no sé qué, sin pensar que el bosque es más seguro. Bueno, corrí al frente, me tendí, volví a correr... Los guerreros que estaban como guardias de seguridad avanzaron para responder el ataque y nosotros nos quedamos allí, pegados al suelo.

Ese día murieron varios camaradas. Después supe que fueron quince. Édison cayó cerca de mí: un balazo al lado del oído le abrió la nuca y otro le alcanzó el pecho, se lo atravesó y le dejó un hueco en la espalda. Yo era compañera de escuadra de Édison, un niño, quince años. Un loco, mejor dicho, un muchacho alegre y muy *abeja*, muy despierto, a todo le buscaba buen ambiente y todos lo veían bien. Él no se amargaba por nada, campesino de mi pueblo, hijo de un par de campesinos del cerro Cristo Rey. El viejo cultivaba cafecito, la señora vendía las gallinas que criaba.

Édison se había venido con la guerrilla hacía muy poco. Aquella mañana iba a cumplir dos meses vestido de verde, igual que los demás. Todos éramos muy nuevos. No sé dónde estaba él en el momento del ataque, sé que de pronto El Duro me dijo: «Cójalo», «cójalo».

Miré hacia atrás y lo vi tendido. Cuando me acercaba tembló, dejó caer sobre la hierba el brazo que tenía doblado contra el pecho. Se le desenganchó la quijada y la boina manchada con sangre rodó a un lado de la cabeza. Se estaba muriendo. Coger a un muerto me parecía absurdo, y tenerlo que cargar y luego arrastrarlo, una pesadilla fatal, pero era una obligación porque la guerrilla acostumbra a llevarse siempre a sus muertos.

Aquella mañana los veintiséis nuevos habíamos salido del campamento, a una hora y media de aquel punto, en otra mancha de selva. La noche anterior habíamos limpiado la vegetación baja, las zarzas, la hierba con los machetes y después recogimos toda esa maleza. Un campo limpio. Árboles, y en los árboles, las hamacas.

Un poco antes de las ocho de la mañana habíamos llegado al arroyo a bañarnos desnudos: ellos en calzoncillos, nosotras en tangas y sostén. De pronto escuchamos los disparos. Cuando empezó la plomera corrimos para todos lados y me tropecé con dos niñas muertas, estaban desnudas, y con un muchacho también muerto y también desnudo. Yo igual: descalza, tanga y sostén, todos pálidos sin saber qué hacer. Es que no teníamos ninguna experiencia.

—Coja a ese muerto como pueda, cójalo, lléveselo, arrástrelo —repitió El Duro.

Otros se encargaron de tres más. Como todos éramos niños, unos se pusieron a llorar, otros no hallaban qué hacer. Yo me quedé sola y El Duro repitió:

—Tonta, cójalo, lléveselo para que no lo encuentren los *chulos* del Ejército.

Pensé que si no obedecía me podrían llevar a un consejo de guerra. Si uno se pierde y lo encuentran, creen que se fugó y lo fusilan. La verdad es que esa mañana no le temía al fusilamiento sino a que me mataran como a El Demonio, o bueno, como a Ember. Si hubiera abandonado al muerto, y como andaba perdida, me habrían dicho «desertora».

Mi treinta y ocho se había quedado con la ropa. El muerto estaba allí entre la hierba, vestido y sin arma. Primero me lo cargaron en la espalda pero pesaba mucho. ¡Cómo pesan los muertos! Hice un gran esfuerzo para tratar de sostenerlo pero se me aflojaron las tuercas de las muñecas y lo dejé escurrir. Cayó al suelo y empecé a arrastrarlo. Le agarré la mano todavía caliente y jalé. Pero como el balazo le destapó los sesos, a cada tirón la cabeza chocaba contra mi pierna y contra mi pecho y me untaba, porque además cuando hacía fuerza me dolía la pierna y me caía, y el muerto me caía encima. Lo arrastraba como podía.

Al llegar al borde de la cañada me tiré al fondo, solté el cadáver y los dos rodamos. El muerto rodaba detrás de mí aporreándose contra las piedras. Él cayó al arroyo, que en esa época llevaba pocas aguas, quedó boca arriba ahogándose de risa, un brazo abierto, el otro al lado temblando con la corriente. Cara afilada, carifileñito decimos allá, moreno, las cejas oscuras, ni un solo pelo en el rostro y yo sentada en el barro de la orilla, cerca uno del otro. Muy cerca. Me quedé algún tiempo donde estaba y cuando pude respirar vi una piedra, me senté en ella y me quedé allí sin mover un dedo.

Calculaba que arriba había mucho Ejército por la cantidad de disparos. Aquí me sentía un tanto resguardada, pero, ¿por cuánto tiempo?

Una vez desahogada me limpié la sangre en el arroyo. Yo lloraba… Y aquel cadáver al lado. No lo podía dejar. No recé oraciones porque no sé oraciones, pero lloraba y le pedía a Dios que me ayudara, que alguien me ayudara a salir de allí. No me imagino cómo será Dios, pero a pesar de las cosas de mi vida, pienso que es algo muy sagrado, aunque cuando siento que la vida me sabe amargo, pienso, algunas veces, sólo algunas veces, que Dios no existe.

Hubo un tiempo en que no creía que existiera porque le pedía que me echara una mano y parecía no escuchar. Y yo pensaba: «Dios es una ilusión». Aunque no sé mucho de Él porque la primera vez que entré a la iglesia fue el día que se casó mi mamá. Tenía cinco años. Luego fui otra vez. Es una iglesita pequeña, paredes de piedra desnuda, bancas de madera rústica, una imagen de la Virgen, un Cristo arriba, al fondo. Cristo de itaúba, una madera recia, y dos cuadros pegados en cartones.

El día de su matrimonio, mi mamá tenía una faldita morada con blanco y una blusita parecida, zapatillas, un ramo de flores del campo.

Mi papá, un pantalón negro, una camisa blanca, una corbata negra. Fueron algunas personas vestidas con lo que mejor tenían: ropa recién lavada. Ropa modesta.

Los casó el padre Domingo. Después del matrimonio, los niños nos fuimos para la casa y los grandes a celebrar en Cambalache, una cantina con nombre de tango.

Esa mañana, sentada sobre aquella piedra, allí al lado del cadáver pensé en mi espejo pero no lo tenía. Era una de las pocas veces que no estaba conmigo ese espejo. Entonces me miré en un charco y me vi la cara lavada, los pelos desgreñados y sentí necesidad de pintarme. Pero tampoco tenía el lápiz labial. Sentí vergüenza.

Una media hora después me recosté en un árbol y continué llorando. Yo miraba el cadáver. ¿Qué pensaba con ese muerto al lado? Primero arrepentirme por haberme metido en eso. Por mí, yo lo habría dejado en el arroyo pero la orden era que no cayera en manos de los soldados. Para ellos un muerto es un trofeo.

En aquel momento lo único que tenía en la vida era un muerto. Y eso me gustaba. ¡Mucho!

—¿Por qué?

—Porque él era el único que no me jodía.

Debía ser mediodía cuando escuché pasos arriba. Me agarré de las raíces y fui ganando pendiente hasta cuando pude estirar la cabeza, protegida por el tronco de un árbol. Miré a través de las copas de una palma y vi el sol encima. Sí, era mediodía. ¿Las doce? Puse la oreja contra el suelo: los pasos eran de caballo.

—¿Alguien a caballo? No debe ser el Ejército —pensé, y esperé unos minutos.

El caballo parecía dar vueltas, luego lo escuché patear cauce arriba. Había penetrado por una zona menos empinada y buscaba agua. Estaba solo. No me descubrió. Bebió. Luego se fue. Silencio nuevamente.

Más tarde, tal vez a las dos, comenzaron a chillar las chicharras, aquellos escarabajos de los árboles que cuando castañean se escucha un eco ronco, parejo, que cubre la inmensidad de los Llanos, y me pareció que estaba aturdida. Chicharras tan pequeñas que no se ven. O si uno las ve, las agarra y las pone en la palma de la mano, ellas se callan. Son nubes.

Édison continuaba moviendo el brazo sin parar, como el chillido de las chicharras, y me miraba con fijeza. Una mirada secreta como la mía. Ojos pequeños, abiertos, negros, apuntándoles a las copas de los árboles, pero yo sentía que él me miraba como preguntándome qué le había sucedido, y yo le decía:

—Los dos estamos muertos, hermano. Mírese esos ojos vacíos, ojos de tristeza, pero usted ya quedó sano. La que anda en un problema soy yo.

Si no estuviera tan mojado... Era media tarde y su pantalón me tenía que servir. Debía lavarlo y colgarlo para que se secara antes de que anocheciera. El agua le había quitado la sangre y se veía limpio. Pero le zafé primero las botas y me las puse. No se le habían caído. Raro ver a un muerto con botas, si los muertos siempre están descalzos.

Luego sí le desabroché el pantalón, lo desabotoné punto por punto y cuando estaba libre fui jalando, pero Édison se corría como diciendo «No me desnude». Le dije que dejara la maricada:

—¿Vergüenza a estas alturas? Usted ya no necesita ni ropa ni un carajo, hermano. Tranquilo, no vaya a joder ahora que tengo un lío por culpa suya. O no. Por culpa de los *chulos* del Ejército, que… Mire cómo le dejaron la nuca.

El arroyo le había limpiado también la cabeza y ahora, a medida que se corría mientras yo cobraba pantalón, me pareció que el chorro de agua, mansa porque el arroyo no era ancho, sonaba hueco cuando chocaba con el agujero.

Por fin le quité el pantalón, estaba pesado por la humedad. Lo juagué cuanto pude, lo refregué contra una piedra y lo volví a juagar y luego lo exprimí. Después lo colgué en la rama del árbol que teníamos al lado para que se fuera secando. Ya debían ser las cuatro de la tarde. El sol estaba más bajo y la luz comenzaba a amarillarse.

Me senté nuevamente al lado de Édison y volví a llorar.

—Por lo menos a usted le fue mejor que a El Demonio. Un balazo en la cabeza mata más rápido que tantos golpes con un cuchillo, hermano. ¿No es verdad que usted no sintió nada? Corrió y de pronto vio un jardín de estrellas y sintió que en ese momento se le iba el mundo. ¿Escuchó después más balazos? ¿Verdad que no? O le deberían parecer zumbidos a lo lejos… Cuando me lo echaron a la espalda y lo dejé caer, usted se golpeó la cabeza contra el mundo… O esa media cabeza que le queda, pero usted no sintió el golpe, ¿verdad?

—Édison, perdóneme, no lo hice a propósito, es que la pierna se me afloja, y con el susto mucho más… Lo suyo fue rápido y tal vez sin dolor. ¿En qué momento iba a sentir el balazo en la cabeza? En cambio, lo que debe doler que le saquen a uno los ojos antes de darle el golpe de gracia. Pobre Ember… Y pobre usted, hermano, pero a usted ya lo arreglaron, carajo.

Cuando empezó a oscurecer sentí alivio porque las sombras lo protegen a uno. Cuando comienza a atardecer en la guerra, uno sueña con que se lo trague la noche.

A esa hora el brazo de Édison dejó de moverse y luego, ya con la luz de la Luna, vi que estaba rígido como el cabo de un azadón.

—Ahora sí lo veo bien muerto, hermano.

Más tarde lloraba y quería que apareciera mi familia y me sacara de allí. Luego me tranquilicé. Me concentré en el chillido de la nube de grillos y de la jauría de saltamontes que cantan al comienzo de las noches. Coros que cubren la llanura como una sábana y atraviesan la selva, y si uno no está acostumbrado, también se le meten en el sueño. Los grillos relevan a las chicharras. Al comienzo de la noche, las chicharras se duermen y los que despiertan y chillan porque tienen hambre son los grillos. Los grillos me gustan.

Después, para calmarme, me quedaba mirando los puntos de luz de las candelillas, que son los mismos cocuyos. Parecen un firmamento en la pradera y en la selva.

A eso de las ocho aumentó el calor, luego hubo brisa y mientras tanto se apagaron las candelillas, pero mi cabeza siguió moliendo recuerdos para hacer más corta la noche.

Édison: la única lección de religión me la dio un tipo en la guerrilla. Esa fue la segunda vez que entré a la iglesia. A los seis meses de estar en el monte llegó un hombre de la ciudad.

—Es un comisario político —dijeron.

—¿Comisario político?

—Sí. El Cura.

Y de verdad tiene cara de cura: una barbita… No una barba que uno diga, ¡qué bruto! No. Una barbita. Unos anteojos grandes y un caminadito con las manos al frente y los dedos trabados unos con los otros. Uno lo veía de lejos y decía: «Mariela», pero cuando hablaba de echar bala, «El Duro».

Había querido ser cura pero lo echaron y se metió en la política. Un tipo con la cabeza bien equipada: dijeron que leía mucho, y algo escribía. Comenzó hablándonos de Simón Bolívar y del Che Guevara, los duros más duros. Al día siguiente el hombre se fue al pueblo, estuvo por allí haciendo inteligencia, escuchando a la gente, metiéndose por los rincones y después se coló en la iglesita, y cuando regresó nos reunió a todos:

—Camaradas, en esa iglesia hay un hijueputa y lo vamos a quemar.

—¿Un hijueputa? ¿El padre Domingo?

—No. El mercenario que tienen colgado en la pared, y a los mercenarios hay que destruirlos. ¿Saben cómo lo llama la burguesía? San Miguel Arcángel. ¿Alguien sabe quién fue san Arcángel?

—Nadie.

—Para que vean la clase de rata que era ese caballero se «los» voy a contar: el comandante de los ángeles se llamaba Luzbel, pero Luzbel era un revolucionario como Simón Bolívar y como el Che. No, más duro que Bolívar. Y claro, no estaba de acuerdo con la miseria, ni con tanta podredumbre pequeñoburgesa, y un día se rebeló: «El pueblo, unido, jamás será vencido», y tal.

—Camaradas, ¿ustedes por qué están aquí? Porque no los dejan expresar estas cosas. Ahora eso lo llaman terrorismo, y si hablan les mandan a los milicos a descuartizarlos y a desaparecerlos. Y claro, allá no podía faltar el torturador y ese era nada menos que el tal Miguel Arcángel, un mercenario del imperialismo. Por eso los curas le pintan alas, y como no podían desaparecer al comandante Luzbel porque sería una torpeza, le ordenaron a san Arcángel:

—General, un operativo para reducir a ese terrorista.

Y a esa voz, el lacayo se fue contra el comandante y sus revolucionarios, y para qué: como Arcángel estaba del lado de los poderosos, en ese momento tenía la fuerza y mandó al comandante Luzbel a un campo de concentración. Y que usted está degradado, y los evangelios, o sea la prensa como brazo de la burguesía, comenzaron a señalarlo como el auto-denominado Lucifer y el confeso Ángel del Mal, le pintaron cachos y cráneo de chivo, dijeron que el bandolero Lucifer era un narcoterrorista que olía a azufre y tenía rabo de bestia, porque era una bestia completa. Ese es uno de los cuentos con que tienen alienado al pueblo.

—¿Entonces?

—Camaradas, a tomarnos mañana la iglesia.

Antes de las nueve bajamos en tenaza y la rodeamos. El Cura entró adelante y nos ordenó caer por asalto, y una vez todos adentro se fue directo al cuadro, le ordenó a un joven que lo bajara a culatazos y él se lo llevó a coces hasta el centro de la iglesia y allí se le paró encima y siguió pateándo-lo. Cuando estaba hecho pedazos, le metió candela.

—¿Y a ese otro? —preguntó una camarada señalando el segundo cuadro.

—¿A ese? A ese lo llaman san José. Dejémoslo ahí colga-do. Es un cornudo.

Con la luz de la Luna vi que el agua comenzaba a des-prenderle al camarada la piel de la cara y de ese brazo tan quieto, estirado por encima del arroyo como señalándome, como pidiéndome algo.

—Édison, ¿qué quiere? No le puedo dar nada. ¿No le dije que yo al único que tenía en la vida era a usted?… Mire qué tan feo se está volviendo. Mire esa cara. Si tuviera una crema o algo parecido se lo untaría. Pero aquí… Si no tengo ni con qué vestirme, y carajo, usted pidiéndome cremas para la piel.

Yo no puedo hacer nada, hermano. Ojalá el agua no lo siga descascarando.

Estuve allí en silencio un buen rato, escuchando el escándalo de los monos nocturnos que se quedaban encima un rato y luego se alejaban y más tarde regresaban, y después empecé a recordar las caras de la gente que quería: la de mi mamá, la de mi papá. Veía la cara de mis hermanos… Y veía la cara de El Demonio y sentía un rencor que me quemaba el sostén.

Esa noche vi a El Demonio con sus pelos de cabra en la cara, con los dientes quebrados, Mordisco, esas mechas de escoba sobre la frente. Y le vi los ojos como dos puntos de fuego, iguales a los de Lucifer. Recordé que ese hombre es el demonio, y que el infierno es su casa. Él es Lucifer.

Para mí el infierno es una casa de tablas, no tenía piso, una pieza oscura, una cama hecha con palos enterrados en el suelo, una ventana pequeña, un fogón con leña. Allí medía la eternidad.

Y también me acordé de mis tías, las hermanas de mi mamá. Ellas no eran el demonio pero una tenía cara de bruja, como realmente es. Ella siempre me humilló. Una mañana yo estaba tan necesitada que tuve que buscar trabajo en su negocio. Me puse a cocinar y cuando me salía algo mal, me tiraba las ollas, me insultaba delante de la gente. Mi tía me llegó a pegar y decía que me largara, pero yo necesitaba el trabajo.

¿Cuánto tiempo habría pasado? El escándalo de las ranas vaquero no había terminado. ¿Serían las nueve de la noche? ¿Las diez? Les dicen vaquero porque los machos gritan *Ueee, ueee*, igual a los caporales de los Llanos arreando su ganado en primavera, cuando comienzan las lluvias. Miles, millones de vaqueros arreando al tiempo, *Ueee, ueee*, unos primero, otros después, igual a la gente cuando hace la ola en el esta-

dio de Neiva. Las ranas vaquero son pequeñas, pero los gritos parecen de animales muy grandes porque inflan la papa-
da más que todas las ranas y con el agua de los charcos la
bulla se oye más ronca y más fuerte. Y como son millones…

Ahora podría ser la medianoche y la mancha de selva
quedó envuelta en la niebla. Parecía un velo de luces pequeñas. Habían vuelto a alumbrar los cocuyos pero si no estaba
mal, y yo no estoy mal en esta tierra porque soy de aquí, también había luciérnagas encendiéndose y apagándose, y como
son nubes, la gente extraña ve ese manto de brillos, pero no
piensa en la estación de sequía y habla de espíritus.

Édison empezó a oler mal. No era un olor fuerte, pero
como estábamos cerca uno del otro porque él era quien me
iba a salvar, no quería retirarme de su lado. Y a la vez comencé a sentir un frío muy tenaz.

A esa hora bajó la niebla y vi el pantalón del camarada,
fui gateando hasta el árbol y lo bajé. Estaba más frío que yo, y
mojado, pero mojado. ¿Cómo se iba a secar en este frío? Si me
lo hubiera puesto así me habría matado el helaje. Lo volví a
colgar y regresé a la piedra. Nunca había sentido tanto frío en
una tierra tan caliente durante el día.

Un poco después subió un tanto la niebla y me pareció
que la Luna brillaba más. Yo no la podía mirar bien por las
copas de los árboles, pero veía que la luz en ese momento era
más blanca. ¿Qué horas serían? La hora no se calcula por la
Luna. Por lo menos yo no sé calcularla. Los rayos penetraban
la niebla y se formaban una serie de bultos como fantasmas,
pero no se movían. Ahí, quietos: ramas, troncos; unos rectos,
otros ladeados. A ver: uno, dos, tres están de lado. ¿Y rectos?

Uno, dos… Qué bobada contar fantasmas, pero si no los contaba no se iba rápido la noche.

—Édison, ¿qué son esos ojos?

Los ojos del muerto no habían cambiado pero con la luz de la Luna brillaban, y con la niebla se veían azules. La cara ahí, entre el arroyo, pero no toda. El agua le cubría hasta las orejas y, claro, parte de la boca.

—Édison, la que está muerta soy yo. Usted qué va a sentir frío… ¿Sabe una cosa? A usted sí le puedo contar lo de El Demonio. No le estoy diciendo que usted se parezca al demonio, hermano, sino que El Demonio es mi papá. ¿Se acuerda de él? Una noche me dijo que yo era su mujer y… Carajo, usted ahora puede entender lo que quiera y saber todos mis secretos porque ya está tieso.

—Édison, ¿sabe una cosa? Cuando yo regresaba de la escuela, El Demonio me dejaba encerrada para que nadie me mirara. Un día me vio salir de clase saltando de la mano de Alberto. ¿Se acuerda de Alberto? Íbamos jugando a cruzar charcos y él le dio una paliza al pobre, y otra a mí cuando llegamos a la casa.

Un tiempo después en la escuela, el maestro empezó a contar cuentos de un hombre que a la vez era lobo y yo le pregunté:

—¿Qué es Hombre Lobo? —y él se quedó mirándome, luego le clavó los ojos a Juana, y después dijo:

—Un demonio que se come a las niñas.

Creo que me puse colorada. Sentía vergüenza. Hermano, ¿usted cree que el maestro había descubierto el secreto?… Pues ese día fue cuando me nació la idea de pintarme la boca como las mujeres grandes para verme distinta. Mejor dicho, alegre.

—¿Y usted? Édison, usted se está hinchando. Mire esa mano: los dedos gordos y, espere un momento: tiene las muñecas más gruesas. Usted era más flaco cuando lo arrastré ayer por la mañana. ¿No se acuerda que yo lo cogía por esa mano? Ahora no me vaya a decir que fui yo la que lo maltrató... Con la fuerza que tengo.

Tal vez una hora después lo vi más hinchado. La lengua ya no le cabía en la boca y el estómago parecía un balón. Estiré la mano y traté de desabotonarle el uniforme porque creí que lo iba a reventar y cuando amaneciera se vería peor, pero no pude. Entonces volví a encogerme. Necesitaba mi mano para cubrirme el hombro lo mejor que pudiera. Hacía tanto frío... Me concentré en el ruido del agua que chocaba contra las raíces de los árboles, hacía un remolino y regresaba al cauce tranquilo. Una cantidad de sonidos distintos, según donde chocara cada chorro: uno contra la piedra grande, otro contra un tronco, éste se mete en un hueco, hace remolino y vuelve a salir como si alguien estuviera sorbiendo.

Mi tía hablaba con un gato gris, pero ella decía que no era gris sino azul y que como era tan viejo tenía que hablarle casi a gritos porque se estaba quedando sordo. El gato la seguía a todas partes. Unas veces yo la escuchaba alegando con él. Otras le pedía marido... Pero la vieja era ella porque el gato buscaba hembra por las noches fuera de la casa y regresaba antes de amanecer. Un gato jodido que peleaba por las viejas y algunas mañanas aparecía con la cara hecha rasguños.

Cuando amanecía, ella le daba de comer pescado hervido, huevos, carne guisada con pasta y, claro, leche... Édison: ese gato comía mejor que yo. Me acuerdo de él porque con esta Luna yo también veo de noche. Ahora lo estoy viendo a

usted tal como es: un gordo que me saca una lengua gruesa...
Cómo se ha puesto usted, camarada. Usted que tenía hace
unas horas la cara afilada.

En ese momento, *tu, tu, tu.* Cantó el tente, un pájaro negro
que cuida a los niños en las casas de los campesinos, y dije:
—La una de la mañana.
Miré y vi el pantalón de Édison en el árbol. Colgaba como
piernas de un espectro, porque la Luna seguía alumbrando y
la niebla permanecía allí.
—Édison: en este momento me estoy dando cuenta de que
El Demonio abusaba de mí para castigar a mi mamá. Claro,
era por eso. Imagínese: pagar conmigo las palizas que le daba
mi papá, y todo lo que lo hacía llorar cuando iba a decir que
mi mamá era de él, y que yo también era de él. Claro.
A Édison también se le estaban hinchando los ojos a esa
hora porque parecían más abiertos y salidos de sus agujeros.
Un muerto con unos ojos como para que los demás no lo olvi-
daran. Le miré la mano y ahora la tenía abierta por la misma
hinchazón.
Bueno, me quedé sin saber qué pensaba el camarada de la
bronca que le venía contando.
El brazo de Édison ahora continuaba rígido, tal como mis
piernas cuando se me aparecía El Demonio por las noches.
Yo estaba acostada a medio dormirme porque el susto no me
dejaba entrar en sueño, y cuando sentía chirriar el candado
en la puerta trataba de sentarme y no podía. Pero hacía un
esfuerzo tan grande como el que hice esta mañana arrastrán-
dolo a usted hasta caer en esta olla, y saltaba de la cama y me
sentaba en un rincón, pero El Demonio se revolvía a tientas,
me agarraba y me levantaba de allí...

—Édison, ¿sabe de quién me estoy acordando ahora? Del pobre Nacho. Usted tuvo que haberlo visto vestido de mujer. ¿Quién no lo vio en el pueblo?

Nacho siempre ha vivido en la soledad, lo suyo es el juego de las ausencias. Yo siempre escuché que se había vuelto así porque cuando niño, el papá decía que él era un juguete y lo vestía de mujer, lo pintaba y le metía los pies en los zapatos de la mamá, y él fue creciendo y se quedó con ese trauma.

Nacho vive solitario, trabaja en el campo como un ser común y corriente, pero baja al pueblo y se roba en las tiendas los sostenes y las tangas de las mujeres y se los pone. Para él es algo normal.

Una vez el Ejército lo vio disfrazado de vieja. Los soldados lo agarraron y un sargento que era muy macho, como todos ellos, dijo que no, que el tipo era un subversivo camuflado de mujer que andaba haciendo inteligencia, y que su obligación era detenerlo: seguridad nacional. Pues lo arrastraron delante de la gente y lo maltrataron a patadas, a culatazos y comenzaron a interrogarlo en medio de carcajadas:

—Maricón de mierda, usted es un subversivo. Diga que no y se muere.

Nacho estaba aterrado, no les contestaba.

—Maricón, te vas a morir —le dijo otro, desaseguró el fusil y le metió la punta del cañón dentro de la boca.

A Nacho se le salieron las lágrimas.

—¿Por qué no habla este subversivo hijueputa? —preguntaba el sargento en medio de la burla de los soldados, hasta que doña Zoila se les enfrentó a los valientes:

—Porque él nunca habla —les gritó—. Él es un hombre bueno, un trabajador y nunca habla. Nacho no le falta al respeto a nadie. Déjenlo con su locura.

—¿Locura? Espérese le quitamos la locura —dijo el sargento y les hizo señas con la cabeza a los soldados y los soldados le cayeron nuevamente a patadas.

—Hable, maricón. ¿Usted es un subversivo?

Y para que no le siguieran dando pata, Nacho por fin habló:

—Confiese que usted es terrorista.

—Sí, yo... te... rro... rista.

—¿Desde hace muchos años?

—Sí. Muchos... años... Hoy... bajé al pueblo...

—¿A hacer qué? ¿Inteligencia para la subversión?

—Sí. Inteli... gencia para su... ver... sión.

—¿Y para qué te disfrazaste si todos sabemos que eres un maricón? ¿Ah? ¿Ah? Habla, cabrón.

—Soy un... niño.

Nacho no era afeminado. Nacho tuvo mujer y tuvo un hijo antes de que se le desbaratara del todo la cabeza. Él baja los domingos, vende plátanos, vende cosas que él mismo cultiva en el campo sin ofender a nadie. Todo lo contrario. Es un hombre bueno, pero se viste de mujer cuando le dan sus arrebatos. Que yo sepa, nadie le ha conocido hombre, ni le volvieron a conocer mujer desde cuando Carmen lo dejó por robarse los sostenes en las tiendas.

—O que se lo pregunten a Alverjita, que sabe todo lo que sucede en ese pueblo. Édison, ¿no es así?

—Diga que sí, hermano... Alverjita vive en la parte alta, saliendo para Neiva. Vende bizcochos y cositas de comer. Pero qué chismosa tan dura esa mujer. Qué lengua tan brava... Yo creo que ella se pilló lo de El Demonio conmigo y lo del otro demonio con Juana porque alguno de ellos, o los dos, soltaron la lengua en alguna borrachera y ella le dio la onda al maestro de la escuela...

Volví a llorar y un poco después cantó el paujil: las dos de
la mañana.

—Édison, el día que el maestro se quedó mirándome y
luego miró a Juana, dijo que lo que hacían las niñas con el
Hombre Lobo se llamaba el Pecado Secreto.
—¿Qué es eso? —le preguntó un muchacho, y él respondió:
—Miedo y dolor.
Y es así. Con El Demonio era sufrir. Tan distinto que con
Tulio, el camarada que mandaron para otra columna cuando
entré a la guerrilla porque estábamos enamorados. Lo de Tu-
lio fue una locura completa que comenzó antes de vestirme
de camuflaje...

Ya había dejado de llorar pero sentía que el frío me en-
cogía. Me puse de pie, fui hasta el árbol y toqué el pantalón
de Édison. Estaba igual de mojado y más frío que yo... y que
Édison, allá boca arriba sobre el agua. Lo bajé del árbol y me
lo medí por encima del cuerpo. Me quedaba corto. Él tenía
las piernas más cortas que yo. Lo volví a colgar y pensé que si
no me lo ponía por la mañana iba a correr peligro, porque yo
tan descolorida y los troncos de los árboles oscuros. Si llegaba a aparecer alguien por allí, ¿cómo iba a confundirme con
la mancha de selva? Uno claro y los árboles oscuros, pues
alumbra y lo localizan.
A esa hora me ardía más la piel, rayada desde la cintura
porque en aquella mancha de selva, como en todas, había una
planta con hojas largas y sierras en los bordes que llamamos
lamedera.
Me volví a sentar sobre la piedra, al lado de Édison. Traté
de olvidarme del ardor y en ese momento, *fuiii, fuiii,* la galli-
neta: tres de la mañana. No faltaban más que dos horas y
media para amanecer. En los Llanos y en la selva amanece

más temprano y anochece más temprano. A las cinco y media ya es de día.

Las botas me quedaban ajustadas y me ardían los pies. Como siempre. Es que con esas botas de caucho que le dan a uno en la guerrilla, iguales a las de los soldados, a la semana los pies se llenan de hongos y cuando uno camina parece que pisara sobre brasas. Bueno. Por lo menos tenía botas, pero el hambre me atenazaba el estómago. Me empezaron a chillar las tripas y antes de que anocheciera yo no había visto en los árboles una fruta o algo que se pudiera comer. Creo que la palma no tenía racimos y los palmitos debían estar muy altos.

Pensaba en llenarme la barriga con algo. Lo único que había allí eran barro y agua, me agaché, metí la cara en el arroyo y empecé a chupar, pero al momento dije: «Carajo, me estoy tomando la juagadura de Édison» y me subí más allá de donde estaba él y continué chupando hasta cuando sentí el estómago como una piedra helada.

En ese momento, *puro, puro*. Cantó el puro: las cuatro de la mañana.

—Édison, son las cuatro. Ojalá vengan pronto por nosotros porque usted está oliendo a leche agria y, carajo, mire esa cara. No me había fijado: parece que se hubiera quemado con el sol. La piel se le está cayendo en tiras.

—Édison, ¿por qué no me deja ir si el muerto es usted? Ya sé: no quiere irse solo y me tiene aquí esperando a que el Ejército me mate.

—Édison, a la hora de la verdad, ¡usted es un hijueputa!… Tan hijueputa como El Duro, que me dejó cuidándolo.

Lloré otra vez pensando en mi suerte.

Después me arrepentí y le pedí perdón al muerto por lo que le había dicho y el muerto me iluminó: claro, comer hojas de los árboles. Claro.

Caminé hasta el que yo había visto más verde antes de oscurecer y le arranqué una rama. Hojas tiernas y amargas como todas las hojas de los árboles, pero con semejante hambre, qué amargo ni que… Me las comí todas y como me quedó la boca avinagrada me agaché a chupar agua. Las hojas no me quitaron el hambre y me volví a acurrucar.

—Édison, es que me está sonando tanto lo que dijo el maestro ese día… ¿Sabe de qué me acuerdo ahora? Él dijo algo así como que cuando el Hombre Lobo se comía a una niña, él era El Demonio y que todo eso se llamaba un *aquelarre* a la luz de las velas. El pueblo sin luz eléctrica… Bueno, ahí sí me emputé y le pregunté al maestro:

—Qué es a-que-la… ¿qué?

—¡A-que-la-rre!

—¿Qué es eso?

—Cuando las brujas se acuestan con el demonio —dijo. Y yo le respondí todavía más emputada:

—Pero es que aquí no hay brujas.

—Bueno, tampoco hay hombres lobo… ¿o, sí?

Me senté con la cara más colorada que antes.

—Édison, ese día aprendí que uno no debe escupir para arriba. Édison, usted ya no escupe.

Cantó la pava cuyuya: cinco de la mañana. Ya va a amanecer y cuando amanezca voy a tomar por este arroyo arriba y busco mi ropa. Tengo que encontrarla, yo me estaba bañando por aquí cuando empezó el tropel.

A esa hora ya cantaban todos los pájaros. Qué suerte: ni una ronda de hormigas durante el día ni por la noche; ni tábanos que perforan el pellejo, ni gusanos, pero a Édison se le empezaba a caer el cabello. Poco a poco. Había comenzado a ponerse calvo. Se le iban desprendiendo los pelos de la cabeza.

Bueno, del pedazo de cabeza que le dejó ese balazo, y el agua se los estaba llevando

A esa hora el olor era aún más áspero.

—Édison, usted huele igual a El Demonio. Nunca supe que ese hombre se bañara bien. Por las mañanas se echaba agua en la cara, y ya. Y la casa de El Demonio, ya se lo dije: el infierno, olía a todo eso, y además a polvo porque nunca le pasó una escoba, no compraba escobas, ni dejaba la puerta abierta para que entrara el aire. El infierno tenía una ventana pequeña que tampoco él abría, y la ropa sucia permanecía en un rincón. Y como allí mismo hacíamos la comida, la casa olía a lo mismo que usted, Édison. Por eso no me espanta su olor. Claro, dentro de unas horas me voy a sentar más allá, pero no se asuste, hermano, no lo voy a dejar solo… ¿O quiere que me maten a cuchilladas y me vaya con usted? Oigan a éste: que me vaya con él.

Amaneció antes de las seis. El día era tibio y Édison había vuelto a mover el brazo con el impulso del agua. Pensé que la temperatura del comienzo del día lo había animado nuevamente, pero tenía un color verdoso parecido al de El Demonio cuando se levantaba oliendo a cerveza y llamando a Amaaanda.

—Lo único que sabe ese hombre es blasfemar —decía mi mamá.

A esa hora tenía que haberse ido el Ejército. Los balazos se escucharon hasta cuando comenzó la noche pero ahora todo parecía en calma. Tampoco estaban los camaradas, pero con la luz vi muy al fondo una mata de banano y me fui caminando con cautela, paso entre paso a través de la mancha de selva. Descolgué un racimo y me lo comí. Eran bananos verdes, pero eso no me importaba. Para mí era comida, verde o madura, como fuera. Era comida.

Más arriba descubrí un árbol pequeño cargado de frutas. Unas frutas redondas y moradas como las ciruelas, ni dulces ni amargas. Comí muchas. Cuando estuve llena subí un poco más, y carajo: a unos veinte metros descubrí que alguien se había bañado en ese punto cuando comenzó el combate porque distinguí una ropa. Claro, allá era donde yo me había desnudado antes de toda esta bronca. Mi uniforme, el labial, el espejo, el machete y el revólver habían quedado a unos doscientos metros del muerto, ahí, en mis narices, pero con el miedo y esa balacera y ese tropel, lo único en que uno piensa es en desaparecer.

Fui hasta allá, me vestí, dejé ahí mismo las botas de Édison, me puse las mías y cuando me vi vestida, que ya podía esconderme detrás de los árboles con más seguridad, volví a sentir miedo, pero mucho miedo; traté de ordenarme el cabello, me pinté los labios y empecé a pensar nuevamente en mi familia, los llamaba y comencé a alucinar, a imaginarme camas con colchones, a ver hamacas, almohadas. Escuchaba a Édison llamándome, que no lo dejara solo, pero yo estaba muy cansada y tenía sueño. Miré buscando la parte más espesa de la mancha de selva, y cuando creí distinguirla caminé hacia allá y me detuve al frente de un árbol grueso con el tronco como el de un ventilador: un árbol bamba. Limpié con el machete la maleza en medio de dos de las bambas, pero no había terminado de hacerlo cuando me derrotó el sueño y ahí mismo me eché y me quedé sepultada en sueño, como dice mi papá.

Desperté un poco después del mediodía porque el Sol había comenzado a bajar. Tal vez la una de la tarde, la una y media. Otra vez el coro de las chicharras en los árboles, pero a pesar del ruido escuché un graznido como el ladrido de un perro y corrí hacia donde había dejado a Édison. Un perro, no. Eran tres animales grandes, no sé si perros o pumas, acercándose al cadáver. Pensé usar el revólver pero cuando le fui a echar mano dije «No. Ruido no. Un balazo puede atraer a alguien y me busco otro problema». Tampoco quise gritar. Corrí con la fuerza que tenía y cuando los animales me sintieron, desaparecieron.

El cadáver estaba intacto pero podían regresar, así que me senté al pie de otro árbol desde donde yo lo pudiera ver, porque arriba volaban los zamuros —así les dicen a los gallinazos en los Llanos—, calculando bajar para comerse el cadáver. Pero el gallinazo no arrima cuando ve a alguien cerca, de manera que caminé hasta la costa de la mancha de selva, me quité la blusa del uniforme y di unos pasos por la llanura. Luego regresé a mi sitio. Tuvieron que haberme visto porque continuaron volando sobre nosotros, pero ninguno se atrevió a bajar.

—Édison: se dice gracias.

El Sol bajó más. A esa hora escuché a un grupo de monos aullando con tanta asfixia como si cargaran piedras, y dije «Voy a dispararle a uno». Cogí el treinta y ocho, y otra vez: no puedo hacer ruido porque me van a descubrir. Y si disparo y bajo a uno, ¿qué? No tengo con qué hacer hoguera. Y si tuviera fuego, el humo es peor que el ruido. Me dio rabia, cogí una piedra y se la lancé a uno de los monos que habían llegado primero y, carajo, increíble: le di en una pata cuando saltaba de un árbol a otro y el animal chilló más fuerte porque en ese momento lo tenía, caray, a dos metros, una rama baja, y como el golpe tuvo que haber sido fuerte llamó a los demás y me rodearon desde los árboles, y el de la pierna empezó a orinarse encima de mí, y los demás a orinarse encima de mí, y otros a cagar en las manos y a mandarme la porquería, y yo corra y los monos detrás aullando. Corrí quebrada arriba para que no la tomaran con Édison, pero no podía escapármeles. Entonces salí a la llanura, subí un poco más y luego me devolví. Ellos aullaron un rato, luego se fueron y yo regresé a buscar al muerto. Lo miré desde lejos y me pareció que ahora tenía los ojos como los de las ranas.

—Édison, ¿por qué me mira así? Yo no me he escapado. Aquí estoy, jodida por culpa suya, hermano.

Me quedé allí pensando que debía poner el miedo en orden o me volvía más loca de lo que estaba. El miedo-miedo era a que no llegaran por mí esa noche y tuviera que irme y dejar al muerto. Si volvía el Ejército el único miedo era que me agarraran viva y me torturaran para hacerme hablar. Recordé a Nacho y me pareció ver nuevamente a la jauría tratando de estallarle la cabeza. Ese día creí que hasta los árboles se querían ir del pueblo. Sí. Lo mejor era que me mataran. Un balazo y descansaba como Édison. En ese momento yo prefería un tiro de fusil a seguir temblando el resto de la vida. Es que a mí me criaron con miedo.

Hacía mucho se había acabado el combate, ya no más balazos ni más tropel... De todas maneras, cuando uno está solo piensa en muchas cosas y cualquiera puede resultarle. Uno no sabe.

Cuando el Sol marcaba las cuatro, sí, las cuatro, escuché voces y ¡tras!, al suelo. Me arrastré cañada arriba buscando un tronco caído, una piedra para protegerme mejor, pero ya llanura afuera no encontré nada y me acomodé lo mejor que pude en medio de la hierba seca. Yo de verde, el pasto amarillo por la sequía, carajo, pero me quedé ahí. Las voces iban bajando. Cuando estaban más o menos donde encontré mi ropa, oí que alguien dijo:

—Camarada, aquí hay una boina.

Era la mía. Apenas ahora me daba cuenta de que no tenía boina, y como dijeron «camarada», pensé: «No son los *chulos* del Ejército», y di dos gritos.

Nos buscaban a mí y a Édison.

Cuando me encontraron, yo no hablaba. Estaba ida, tenía miedo, tenía sueño, tenía cansancio. Empacaron al muerto dentro de una bolsa negra de plástico y me dijeron: «Camine».

Nos fuimos arroyo abajo, siguiendo la mancha de selva.

Un mago

Alejandro tenía los ojos más abiertos que los de Édison aquella tarde.

—Ojos de ahorcado —le dije.

—De ahorcado enamorado. Usted tiene que ser mía —dijo, y me besó.

Unos besos que me floreaban la boca. Yo lo besaba igual. Luego comimos algo en silencio y no sé por qué hablé del trato en la guerrilla, de los castigos, de los fusilamientos y nuevamente de aquellos que tuve que matar por defenderme. Esa es una carga.

Hablamos del abuso y él repitió que era el mismo en todas partes, siempre que hubiera seres humanos de por medio, y comenzó a recordar su primer año en el Ejército, antes de ingresar como soldado profesional.

—Desde la entrada —dijo—, por lo menos hace nueve años en aquel batallón, yo no sé si en los demás, uno caía en un cuento de supervivencia, de sálvese quien pueda, pero a

la hora de la verdad no tenía sino dos caminos: si el asunto
era sobrevivir, se le iban despertando unas habilidades que
nunca creyó tener, y se iba haciendo líder y comenzaba a re-
sistir y a imaginarse cosas que le permitieran mantenerse sin
caer en problemas. Por ejemplo, buscaba que lo nombraran
de estafeta, o para trabajar en periódicos, así fuera repartién-
dolos, en oficinas, en cosas así.

Si tomaba el segundo camino, se podía joder. Y joder era
volverse drogadicto, marica o bandido. Es que cuando uno
entra al Ejército, y me imagino que también a la guerrilla, es
un niño que mandan a una guerra que no es la suya, y si no
abre los ojos termina en otro paseo.

A mí me tocó como comandante del batallón a un coronel
muy chévere, muy inteligente, muy buena persona. Un tipo
humano, honrado, entregado a su carrera... Bueno, con un
deseo de ser mejor todos los días, y no le importaba llamar a
quien fuera y pedirle ayuda en el campo que necesitara. Por
ejemplo, llamaba bachilleres para que le ayudaran, por ejemplo, en sus discursos. A otros les decía que le aconsejaran libros interesantes, hablaba con la gente, le preguntaba por su
vida, por sus experiencias... claro, si encontraba que uno era
bueno en alguna cosa.

Yo llegué a donde mi coronel recién entrado porque un
día él necesitaba que revisaran un cuadro de presupuestos y
el sargento Rojas le dijo:

—Mi coronel, en mi compañía le tengo al mago para los
números.

—¿Es bachiller?

—No, mi coronel, pero es bueno.

—Que venga. Quiero ver qué tan mago es sin haber terminado el bachillerato.

Me entregó unas hojas y me explicó de qué se trataba. Él no
tenía tiempo de revisar todo ese asunto. Me dieron una mesa,

lápices, papel en blanco y yo empecé a revisar línea por línea. De verdad era una tarea fácil, pero de mucha concentración.

Trabajé el resto de la mañana, toda la tarde y antes de las seis le dije al ayudante: «Frito el pollo». Me dijo que lo esperara.

A la media hora llegó mi coronel y me preguntó cómo había encontrado los errores y yo le fui explicando uno por uno, y él movía la cabeza, que sí, y cuando terminamos, comentó:

—A usted lo necesito aquí.

De ahí en adelante, casi todos los días por la mañana mi capitán decía:

—Alejandro, ¡al comando!

Pero lo decía de mala gana, como con rabia. Bueno, yo me hacía el loco y me iba para el comando.

El ejemplo de mi coronel fue una maravilla porque él era un hombre bueno. Fue una suerte haber conocido a una persona que yo veía muy íntegra, muy honorable y me cambió mucho la vida pues, usted sabe, yo no tuve papá y en ese batallón encontré a alguien que me daba un gran ejemplo.

Con mi coronel llegué a tener una relación tan buena que terminé apoyándolo en cosas importantes, en auditorías de gastos, en cálculos de costos para mejoramiento de ciertos programas específicos de la tropa. Él necesitaba muchas veces destacar cosas del batallón y llamaba a algunos bachilleres para que escribieran artículos y los hacía publicar en la prensa. Yo de castellano poco y en esos casos él no me hacía llamar. Pero sí sentía que mi trabajo le parecía útil.

Mi coronel era un tipo muy humano en el trato. Y, además, siempre estaba enseñando. Era un hombre muy sencillo pero con mucha autoridad, con los oídos abiertos para aprender algo del soldado. Hacia abajo había un grupo de capitanes asignados, unos serios pero rectos, otros fanáticos. Y entre todos, el peor era mi Capitán Lavaza, que asumió el comando de mi compañía y tenía bajo su rango a tres tenientes iguales a él. Lo llamábamos así: Capitán Lavaza.

Lavaza era un tipo más bien bajo, blanco, un aspecto muy militar, es decir, muy organizado, bien presentado, botas brillantes, bigote perfilado, retador como pocos. Odioso como pocos. En la vida civil podría ser alguien de familia rica. ¿Por qué no?

El problema es que desde cuando le tocó decir por las mañanas, «Alejandro, al comando», se volvió mi enemigo. Es que uno tan joven y con el apoyo del comandante, se salta algunas veces el conducto regular. Eso me llevó a la guerra con aquel oficial.

Una de las primeras fechorías del capitán fue anunciar un robo imaginario de diez millones de pesos de la oficina donde trabajaban él y los oficiales. Una tarde nos reunió y dijo que allí había un ratero que se había llevado un dinero de su propiedad.

Diez millones. Ojalá mi coronel se ganara eso, pero era la palabra del capitán contra la de unos niños que estábamos comenzando.

Bueno, el cuento es que para «recuperar» ese dinero, lo digo así, «recuperar», él retenía los salarios completos de los soldados de toda la compañía, ciento sesenta, sabiendo que eso está prohibido. ¿Qué podíamos hacer? Yo no era el tipo que iba a quejarme ante mi coronel. Lo podría haber hecho, tenía toda la oportunidad… pero… ¿después?

Eran sueldos bajos, pero sume usted a toda la compañía. Bueno, sueldos bajos pero mirándolos desde el bolsillo del soldado, uno encontraba a muchas familias que vivían gracias a ellos: ese era el dinerito que enviaban a sus hogares en el campo, otros se lo mandábamos a la mamá en la ciudad.

Podía ser nada, pero significaba todo para nuestras viejas. Muchos se habían venido como voluntarios pensando que sus sueldos les iban a ayudar a las mamás porque afuera uno no consigue trabajar como gente honrada. Bueno, pues el tipo nos descontó y nos descontó, y no hubo ninguna investigación, ni un proceso: el capitán era quien nos pagaba.

En el Ejército se trata de joder a los nuevos, y cuando éstos se vuelven veteranos, hacen con los nuevos lo mismo que les hicieron a ellos, y esos a los que les siguen. Una cadena de nunca acabar.

Allí había algo que llamaban Castigos Ejemplares. Bueno, esa era la especialidad del capitán… ¿Sabe por qué le decíamos Lavaza?

A los soldados que no comíamos en los horarios normales y nos encontraban alimentos diferentes de los del rancho —el comedor de los soldados— a la medianoche uno de los tenientes bajo el mando del capitán nos levantaba, nos llevaba a la cocina y allí nos hacía comer hasta cuando nos veía vomitando. Y lo que vomitábamos teníamos que volvérnoslo a comer. ¿Y qué nos habían hecho comer? La basura de lo que sobraba durante la comida. Mejor dicho, lavaza mezclada con el agua con que habían aseado los comedores, los platos y las ollas. Claro, de entrada uno veía eso y empezaba a vomitar, pero tenía que seguir comiendo.

—Yo no sé lo que es comer lavaza —lo interrumpí—, pero sí aguantar hambre cuando le toca a uno un comandante que se roba la plata de los víveres y, ya sin fuerzas ni para caminar, tiene que comer lo que encuentre. Una vez fue carne de culebra; otra, gusanos que salen del tronco de las palmas. Son días y noches sin dormir por el hambre —dije, y Alejandro continuó:

—Yo pasé muchas noches en blanco, pero no por hambre. Una o dos veces a la semana el capitán mandaba a la medianoche a uno de los tenientes a despertarme y me hacían ir a la guardia. Allí tenía que ponerme a cazar moscas y cuando lograba cazar una o dos, tres cuando tenía buena suerte, porque….. ¿cazar una mosca con las manos? Bueno, pues tenía que cazarlas. Una vez agarradas, bajo la vigilancia del oficial de guardia que no duerme y esa era su distracción mientras comenzaba a amanecer, bajo la vigilancia del oficial de guardia tenía que arrancarles las alas y tratar de alinearlas. ¿Quién pone en formación varias moscas? Así se me iba la noche. A las cinco de la mañana regresaba al alojamiento a bañarme. Y luego todo un día de actividad, algo que llaman Orden Cerrado, temas como armamento, ejercicios, esfuerzo. Tremenda paliza.

Otro de los tenientes tenía un castigo ejemplar para los soldados que se demoraban haciendo sus camas: algo simple. A los últimos tres les clavaba grapas en las orejas con una cosedora de oficina. El tipo cosía al soldado y si el soldado llegaba a decir algo, le clavaba dos, o tres… Hasta que cerrara la boca. Pero un día lo pescaron perforándole la oreja a un muchacho y lo sancionaron. Los expedientes existen. Las historias quedan. Tienen que estar en el batallón.

¿Sabe qué dijo después el teniente? Que él estaba buscando que le dieran la baja como castigo. Que lo echaran del Ejército. Pero como era el mejor tirador de la Escuela, premio número uno, el campeón, no querían dejarlo ir. Y no lo dejaron ir.

—Esos tipos me parecen iguales al que se quedaba con el dinero de la comida —dije—. En la guerrilla a quien se porta mal lo ponen a sembrar mil matas de banano. Los domingos traían un camión y llamaban a lista: Fulano, Zutano. A nosotros y a la misma gente del pueblo castigada nos llevaban a trabajar gratis en sus cultivos: banano, maíz, lo que es huerta;

a cargar leña, a arreglar el camino, a preparar la tierra. Yo eché pico y azadón tantas… ¡Estas manos!

Una vez me castigaron por discutir con una camarada. La sanción fue hacer cercas por el borde del camino, al rayo del Sol. Hacíamos huecos de un metro y cuando terminábamos estaba lloviendo. Llueve dos o tres veces al día. La selva es lluvia y Sol. En pleno aguacero cargábamos los postes sobre los hombros y los sepultábamos uno por uno. No podíamos irnos de allí hasta no terminar la tarea.

Usted ya conoce esa selva. De allí sale muy buena madera y la guerrilla tiene aserraderos por todos lados. Pero al campesino le prohíben derribar un árbol sin su permiso. Creo que ellos son los dueños de este país. En la selva tienen casas de madera elegantes trepadas sobre horcones. La casa amazónica, dicen…

En mi grupo había otro guerrero que, a aquel que no le caía bien, le colgaba piedras o le llenaba de tierra el morral para acabarlo en las marchas de entrenamiento. Nunca había pensado en que un capitán del Ejército fuera igual a un guerrillero cuando tiene mando. Alejandro, dígame con sinceridad: ¿usted cree que hay alguna diferencia entre el camarada que nos obligó a darle cuchilladas a El Demonio y el capitán de las grapas en las orejas de los soldados? Dígamelo ahora mismo.

—Eso no lo sé… En el batallón se turnaban los oficiales pero el capitán no quería perderse ningún castigo. Durante la revisión de baúles a las dos, tres de la madrugada, al soldado que le encontrara alimentos guardados le montaba un drama. Tener allí, por ejemplo, un frasco de salsa picante es muy normal. A mí me encontró uno y me lo hizo beber de un golpe: la boca abierta y adentro el frasco, hasta cuando sentí que se me reventaba la garganta del dolor.

—¿Qué diferencia hay con darle una cuchillada a alguien que cometió un error? A mí no me parece que aquel que le embute a uno un frasco de salsa picante en la boca sea menos criminal que el otro.

—Bueno, yo no voy a discutir eso… Mire, a todos nos tocaba un servicio que llaman Centinela de Baños. El trabajo es hacer la limpieza. Imagínese cómo son los baños de los soldados en un batallón… Éramos ciento sesenta, gente maleducada, y una fila de sanitarios con cortinas de por medio.

El castigo ejemplar del capitán era esperar a que yo terminara mi trabajo y cuando me faltaba por asear un sanitario, mandaba al teniente y me obligaban a untarme la cara con la porquería que rebosaba. Después le hicieron lo mismo a un muchacho en castigo por practicar una religión distinta de la de los oficiales, y cuando él se vio embadurnado de todo aquello, oliendo a mierda, oliendo a orines, y vio al capitán muerto de risa y al teniente burlándose de él y señalándolo con el dedo, el muchacho empezó a dar gritos. Que se enloqueció, dijeron después. Nosotros no volvimos a verlo.

—Volverlo a uno loco untándolo de porquería es tan criminal como mostrarle su propia tumba, ¿o no?

—No lo sé, pero a mí esos oficiales trataban de enloquecerme por orden del capitán, no de mi coronel. Durante el descanso o a la hora del refrigerio uno lleva algún alimento en la mano, una bolsa con papas fritas, cosas así, y si llegaba a cruzarme con algún teniente, el teniente se acercaba, escupía dentro de la comida y uno tenía que comérsela así.

—Bueno —dije yo—, en el monte uno encuentra cuevas, huecos en la tierra donde los duros machacan a aquellos que no hacen las cosas como ellos quieren. A Arley, un muchacho de mi pueblo, lo tuvieron casi una semana dentro de un hueco cubierto con palos y salió de allí hablando solo.

—Escaparse del batallón por cinco días es deserción. Pero si son cuatro y medio, el soldado es enviado al calabozo. Por una riña, por cualquier falta a la disciplina, al calabozo, un sitio de torturas. Hay calabozos más perversos que otros: altos, cortos, bajos, oscuros o con suficiente claridad, de cemento, de madera. Si se trata de que el soldado no pueda acostarse, son angostos, pero también pueden ser altos. En esos uno puede dormir de pie o sentado pero nunca acostado. Y cuando uno encuentra la manera de dormir en el piso, entonces le salen al paso otros problemas.

Uno: el oficial o el suboficial que pasa por allí durante las noches regando agua con una manguera para que el suelo permanezca mojado. El soldado está en calzoncillos.

Dos: le entregan la comida dentro del calabozo y uno tiene que ponerla en el piso, pero hay que buscar el sitio porque una de las cuatro esquinas es para defecar, la otra para orinar, la otra para comer y el resto para quedarse metiendo droga porque muchos se desesperan allí doblados, comiendo en un muladar, con sueño y sin poderse echar. Cuando estuve allí, vi soldados que pasaban por la guardia panes o frutas con droga, y claro, iban directamente a los calabozos. Adentro hay una cadena que pone las cosas en circulación, si hay dinero.

—Como para suicidarse.

—Claro que se suicidan. El suicidio no es nada raro en un batallón. Lo que sucede es que no hablan nunca de eso, pero la presión y el castigo desde cuando amanece desesperan a la gente. Por eso se ahorcan o desaseguran el arma y se pegan un tiro. Y el sueño de los que no se suicidan es darle muerte al oficial. En la selva las cosas cambian. Allí los oficiales se amansan. Ellos saben cómo es la cosa cuando son intensos.

—¿Usted vio algún suicidio?

—Uno. El muchacho estaba encerrado por alguna falta menor en algo que llaman habitación de detenidos, y cuando crucé por allí lo vi colgando del techo. Pues había cogido su menaje, una bolsa de lona donde uno carga con los platos de la comida, los cubiertos y el jarro. La bolsa tiene una cuerda para colgarla en el hombro y él se la había echado al cuello y cuando crucé lo vi meciéndose con los pies y los brazos descolgados. Ya había muerto. Lo otro es la mariconería…

—En la guerrilla es parecido. La gente piensa que un guerrillero es un macho, pero qué va. Ahí zumban los maricas. Antes eran más y por eso comenzaron a reclutar mujeres. Las que se resignan son para que las usen. Yo lo veo así. Y las otras…

—Pues en mi primer batallón aquello era a la vista. Allá se clavaban unos a los otros delante de los demás. Mire: por las noches se pasaban de unas camas a otras. Todas las noches lo mismo. Al principio uno se impresiona, luego se hace el loco. A callarse si no quiere problemas. Y los días de visita… Los días de visita muchos se quedaban tirando en los alojamientos.

—Y también se deben matar entre ellos. Como tiene que hacerlo uno en la guerrilla algunas veces, ¿o no?

—Claro. Para no ir más lejos, a mí me amenazó de muerte un cabo, ¿sabe por qué? Por los privilegios que tenía estando tan cerca de mi coronel. En ese ambiente, con armas, bien amargado, bien presionado, muchos creen que el asunto es matar a los compañeros. Ese cabo me dijo una mañana: «Soldadito, usted lo único que tiene que hacer es darme la oportunidad, y yo lo mato».

—¿Y usted qué hizo?

—Pues no le di la oportunidad… Ahí uno necesita recordar aquello de «soldado avisado no muere en guerra», y el batallón es guerra, por eso cuando uno viene aquí ya sabe cómo manejar esas cosas. Claro que los oficiales que son basura en el batallón siguen siendo basura en el terreno algunas veces.

En una oportunidad nos llevaron lejos de la ciudad a un trabajo de vivac, carpas, polígono, aprender a lanzar granadas. Un mes en el campo. El día que terminamos, a dos de los que trabajábamos con mi coronel el capitán nos hizo cargar los equipos de comunicaciones que son más pesados, y nos ubicó cerrando la fila para agotarnos más. Una marcha de diez horas por una carretera, de noche. Como nos veían agotados, los compañeros nos recogían. Otras veces algunos cargaban nuestros morrales, pero en un momento, en plena madrugada, nos perdimos del grupo, y con armas y con aquella carga encima nos sentamos y nos cogió el sueño a la orilla del camino.

Recuerdo que nos despertaron las luces de un camión en la cara. Nos hicieron trepar y, una vez arriba, unos tipos que no conocíamos nos molieron a palo. Nunca supimos quién del Ejército estaba dentro del camión. Cuando amaneció, llegamos a un campo. La tropa ya estaba formada, el camión se acercó y nos tiraron en medio de los demás para ponernos como ejemplo de cobardes.

—Soldados cagada. Ustedes son una mierda de soldados —dijo el capitán, y nos dejaron allí tirados tal vez media hora. Estábamos adoloridos, maltratados, casi sin dormir.

Después nos levantaron y regresamos a los camiones, pero a los camiones les quitaron las puertas y nos pusieron a nosotros de puertas, agarrados con una mano a los extremos de las rejas y con la otra cogidos uno del otro para contener a los demás. Otras doce horas de viaje hasta el batallón. Un día de pie sin podernos sentar como los demás. Cuando llegamos teníamos los brazos lesionados y estábamos enfermos de los nervios… Yo duré quince días con las manos paralizadas.

En el Madremonte era casi medianoche. Aquel sitio nos gustaba porque después de las diez la gente empezaba a irse y el bar quedaba casi vacío. El cantinero bajaba un poco el brillo y nos quedábamos allí, a media luz, hablando en voz baja y mirándonos como si tratáramos de hipnotizarnos el uno al otro. A mí me gusta Alejandro porque sabe escuchar… Aunque no esté de acuerdo con algo, sabe escuchar. Y sabe decir las cosas. No es una tumba que habla sólo lo que le conviene pero cuenta poco, cuando de lo que se trata es de abrirse. Como lo de la otra mujer.

La primera noche en el bar me había dicho:

—Tengo una novia, o una compañera, como usted quiera, pero no voy a seguir viéndola. Usted es la mujer que yo busco.

No le quise preguntar dónde estaba ella, no le quise preguntar nada, pero él continuó:

—Ella no sabe qué es la vida. Y, además, usted es usted.

Y después de haber hablado lo que hablamos, me volvió a decir:

—Yo lo sabía: usted ha sufrido. Conocer la vida es una ventaja. Por eso quiero que vivamos juntos. Siempre.

Salimos de allí a la una, nos fuimos caminando hasta el hotel paso a paso y yo le cogí la mano y empecé a decir otra de las canciones de Patricia González con el acento que la canta ella:

Cuéntale que hay otra, háblale de frente, dile que te olvide.
Dile que consigo con una mirada, lo que no consigue.

Dile que hace tiempo y sin que me buscaras la engañas conmigo.
Y que te perdone por andar en brazos de un amor prohibido…
Dile que comprenda que el amor es libre, libre como el viento,
que no puede atarse por más que una quiera, a los sentimientos.
Cuéntale que hay otra en su lugar. Cuéntale que tiene una rival,
cuéntale que tiemblas cuando beso los rincones de tu cuerpo
enamorado y que te queman mis pasiones…
Cuéntale que hay otra en su lugar, cuéntale que tiene una rival.
Cuéntale que estás enamorado, pero cueeentalééé.

Ya llegando al hotel me repitió lo que me había dicho antes:

—Si quiere vivir conmigo váyase para Guayabal. Piénselo, hable con su mamá y me avisa. Usted verá.

La calle era oscura pero nos veíamos las caras como al mediodía porque ambos sabemos ver de noche. Allí había una vitrina con luz que iluminaba hasta la acera del frente. Él dio dos pasos y se atravesó en el camino, otra vez mirándome como para hipnotizarme, y me preguntó:

—¿Se va conmigo, o se queda?

—Me voy con usted.

Estuvimos allí una semana. Al jueves siguiente me fui para Guayabal y le dije a mi mamá: «Me voy con Alejandro». Le conté cómo era él y cómo pensaba:

—Él me quiere y yo también.

—¿Está segura de que no la va a dejar cuando pierda el entusiasmo?

—Sí. Segura.

Hablamos toda la tarde y al día siguiente le pedí a mi tía, la bruja, que me prestara una maleta y, cosa rara, dijo que sí. Y si le hubiera pedido prestado el gato, a lo mejor también habría dicho que sí.

—Fíjese —le dije a mi mamá—, ella sólo respeta a quienes tienen algo.

Empaqué la ropa y le pedí a la menor de mis tías que me acompañara nuevamente a Neiva:

—Salga usted con el equipaje. Si le preguntan algo, diga que es suyo. Respondió que sí. Ella nunca se negaba.

Me despedí de mi mamá, busqué a mi papá y le dije que no sabía si volvería porque la guerrilla nunca me perdonaría haberme ido con un soldado. No fue una despedida con llanto. Qué va, fue feliz. Yo iba a vivir mejor, iba a cortar con el pueblo donde lo único que me esperaba era la guerra. Se lo dije a mi mamá y movió la cabeza: que sí. Luego dijo:

—En el mundo tiene que haber algo mejor. Huya de esta guerra usted que puede, y no vuelva hasta cuando se acabe todo esto. Y si no se acaba nunca, no vuelva nunca.

Tal vez mi tía pensaba en lo mismo. Por eso debió haberme prestado la única maleta que tenía alguien en la familia.

Eloísa llegó al Séptima Avenida con sus cosas, de verdad pocas.

Recuerdo un par de zapatos, tres o cuatro blusas, un par de faldas y unos bluyines. Eso era todo lo que tenía después de haber luchado tanto, después de haberse jugado la vida desde niña. Dijo que se iba a vivir conmigo y nos vinimos a la ciudad ella, la maleta y yo.

Llegamos por la noche. Cuando el autobús entró a los primeros barrios y comenzaron a cruzar por la ventanilla casas y calles que nunca terminaban, avenidas, avisos de colores, ella pegó la cara contra la ventanilla. A la izquierda se ve una ciudad plana como las mesas de billar y por su lado montañas tan altas que no le dejaban ver las cumbres, así tuviera la cara contra el cristal. Un panal de casitas unas contra otras y calles angostas, unas rectas, otras siguiendo las curvas de la pendiente, y yo acerqué la cara contra su mejilla. Eloísa decía que se sentía en otro planeta.

—Eran montañas llenas de cocuyos grandes, las luces de las lámparas de las calles y las de las ventanas de las casas —recuerda ella—. Terminaba una montaña y aparecía otra y después otra, porque se distinguían bien las cañadas que las separaban, pero hasta en el fondo de las cañadas había casas y calles.

—¡Una película! —le dije a Alejandro, y él sonrió:

—Sí, pero en vivo.

Desde cuando el bus se detuvo unos minutos en un pueblo, casi una hora antes de llegar, todo me impresionaba. Era un sitio en el camino donde vendían mucha comida y yo decía: «¿Por qué tantos quioscos juntos y abiertos y llenos de gente si es de noche?».

—Parada obligada para los que viajan lejos —me explicó.

Yo pensaba en una ciudad con casas bellas y jardines y todas esas cosas, y cuando entramos vi las montañas iluminadas, sí, es cierto, algo que no se ve en otro lugar, pero por donde cruzaba el bus las casas eran parecidas a las de cualquier pueblo: unas sin terminar, tablas en lugar de ventanas, paredes con manchas, puertas torcidas.

Sentía mucho frío. Alejandro me prestó una chaqueta, metí los brazos y quedé allí aprisionada, ya no podía moverme como lo hacía en tierra caliente.

Dejé de mirar las montañas y ahora lo que veía era una ciudad llena de muertos. Pero llena de muertos. Muertos debajo de las ventanas, muertos cerca de las puertas de las casas, muertos en las esquinas, y dije: «Aquí la guerra es en serio». Volví a pegar la cara contra la ventanilla del bus y cuando veía un muerto hacía *chic* con los dedos.

—¿Qué sucede? —preguntó Alejandro.

—Los muertos. Hay muertos por todos lados.

—Esos son desechables.

—¿Desechables? ¿Qué es eso?

—Gente pobre que tiene que dormir en las calles.

—¿Qué quiere decir desechable?

—Lo que se usa una vez y luego se tira... Una toalla de papel.

—Pero la gente no es desechable.

—En este país sí. Mañana le voy a mostrar cómo resucitan sus muertos.

Yo sentía impresión. Gente tirada en las calles...

Tal vez media hora más tarde llegamos a la casa de una mujer que le había ofrecido una habitación a Alejandro, y cuando entramos yo sentí que se movía el piso.

—Es mareo por el ruido de los autos —dijo Alejandro—. Las avenidas congestionadas de autos a esta hora, aquel rebaño de gente que trabaja por las noches corriendo a buscar los autobuses, todo eso la tiene a usted congestionada. Yo sí la vi pálida cuando descargamos la maleta.

—Alejandro, las cosas me están dando vueltas, quiero vomitar, quiero vomitar.

El gas de los autos la había mareado.

—Eloísa, ¿qué sucedió? —le pregunté cuando salió del baño.

—Es el olor de esta ciudad. Me duele la cabeza, quiero devolver más.

Volvió al baño. Cuando salió, tenía otro mal:

—Me arden los ojos como si me hubiera puesto gotas de limón. ¿Qué me estará sucediendo?

—También es el gas de los automóviles.

La mujer había trabajado toda la vida en un hospital como empleada del aseo y algo había aprendido, y cuando la vio como un papel le dio una tableta:

—Aunque usted no lo crea, esta muchacha anda intoxica-
da. Claro, viene de un lugar donde el aire es el más puro del
mundo, y me imagino, el silencio también. Nosotros no sabemos, o se nos olvidó del todo el silencio del campo. Ahora,
imagínese: ella viene de más lejos. Allá sí que debe haber paz.

—Eloísa. ¿Me dijo que así se llama usted?

—Sí.

—Eloísa, ¿qué más siente?

—Estoy aturdida.

—Claro, tantas horas escuchando el zumbido de ese bus.

Nos quedamos allí y dormimos mal. La cabeza continuaba dándome vueltas, no quise comer nada y antes de amanecer me sentí un poco mejor.

Al día siguiente, muy temprano, Alejandro dijo que fuéramos a ver a los resucitados y cuando salimos… sí. Los muertos de la noche caminaban, ya no estaban tendidos frente a
las puertas ni debajo de las ventanas; tenían los ojos amarillos como la bilis, ojos oxidados, y los veíamos andar cansados y rompiendo las bolsas de la basura que sacan de las casas
para que se las lleve un camión. Rompían, esculcaban y de
pronto metían la mano en el fondo, sacaban algo y se lo echa-
ban a la boca.

Esa mañana cambió la ciudad. Era una ciudad llena de
basura: basura regada por las calles, frente a las puertas, esquinas llenas de basura. Eso me impresionó. Muchas puertas
se habían torcido porque estaban carcomidas como las patas
de los árboles viejos y de los árboles secos. Y lo que tenían las
casas al frente no eran manchas sino muros descascarados.
Estaban húmedos y roídos.

Y ese panal de luces y callecitas que parecían amarradas
de las lámparas de las esquinas eran montañas amarillas, pero
estaban ahí cerca, encima de uno como muros cubiertos por

casas de madera, de latas, de cartones. Mirándolas bien, las calles no eran calles sino escaleras con peldaños de cemento o de piedras, y por ahí, subiendo y bajando, una ronda de hormigas. Tierra seca, sin flores, sin un árbol. Allí no se veía ni una mancha verde. Pero ni una.

—Calles para que trepen cabras —dije, y él me explicó que ese era uno de los sectores más feos de la ciudad.

—Bueno, pero ya estamos aquí —comenté.

—Pienso que no vamos a permanecer mucho tiempo en este lugar, la vida nos va a cambiar. Eloísa, soporte unos meses la incomodidad y ya verá cómo podremos buscar un lugar mejor.

—No tengo ninguna prisa… ¿Cómo dice mi papá? Ah. «Lo que importa no es *dónde* viva uno. Lo importante es *cómo* viva». Usted sabe, yo me adapto con facilidad a lo que sea.

—Llame a mi abuelo y salúdelo, dígale que usted es Eloísa, que llegó anoche —dijo Alejandro, y me dio una moneda. En la esquina había un teléfono público, lo descolgué y… ¿qué hago ahora?

Marqué los números que él iba diciendo, esperé y el teléfono *pi, pi, pi…*

Él se rió y me explicó que la moneda era para meterla dentro del aparato.

Yo tenía miedo de hablar con el abuelo, me lo imaginaba como mi papá, hombre callado y tranquilo. O a lo mejor era brusco, como mi mamá.

Bueno, metí la moneda y marqué. Contestó la voz de un hombre mayor. Y yo:

—Soy Eloísa, ya llegué…

Un hombre que no me volvió a dejar hablar:

—Hija, dígale a Alejandro que la traiga ya. Quiero conocerla. Quiero saber cómo es usted. Le voy a tener algo que le gusta. Hija, dígale a Alejandro que me la traiga ya…

Me dejó loca: ¿una persona que no lo conoce a uno y ya le dice hija? ¿Y que lo trata como si uno fuera una persona? El abuelo parecía diferente a la gente que había conocido hasta entonces: a mi mamá, a mi papá, a los del pueblo, a los camaradas del mando. A todos, menos a la señora de la biblioteca de Neiva. Era igual a ella: «Hija, ¿qué entendiste?». Ahora también tenía al abuelo y le dije a Alejandro:

—Vámonos para su casa. Ya.

—Pero es que quiero comprarle una chaqueta para el frío y para que la vean mejor vestida.

—Que el abuelo me conozca como soy. Además, ya se me olvidó el frío. Vámonos.

Atravesamos varias calles de basura y llegamos a una más ancha. Claro, más basura y más resucitados, y como quería ver y quería encontrar algún sitio donde no hubiera desperdicios, me adelanté, pero cuando pasé de la mitad de la calle y ya veía la acera del frente cerca, un autobús estuvo a punto de atropellarme. Yo escuché que Alejandro me gritó algo pero en ese momento, *chrrríí*, la frenada del autobús. Yo no sabía que cuando se cruzaba una calle en la ciudad había que mirar hacia los dos lados antes y me quedé allí, clavada al piso. No me podía mover, y el chofer:

—Vieja hijueputa, fíjese…

Alejandro trató de abrazarme, pero ahora yo estaba corriendo.

—Esta es una guerra abierta. Se ven muertos por las noches y los autobuses tiran a matar. Esta es una guerra que no conocía y no estoy preparada para sobrevivir aquí —le dije, y él no respondió. Cuando me alcanzó, estaba pálido.

Les agarré miedo a las calles y más adelante me quedé quieta en una esquina pensando en un nuevo cruce, pero los autos no se detenían y Alejandro me mostró el semáforo:

—Uno puede cruzar cuando ese muñeco se pone en verde. El rojo es «no pasar» porque, usted ya sabe: *chrrrí*, o si no, ¡*pum*! Mujer al hospital… O al cementerio. ¿Me quiere dejar viudo desde ahora?

—¿Entonces?

—Los autos y los buses cruzan cuando la luz es verde para ellos.

Nos subimos a un bus urbano y me encontré al frente con una barra que impedía el paso. «Fácil», pensé, y me agaché para cruzar por debajo, pero, por un lado, Alejandro me tiró de la blusa para que volviera atrás, y por el otro, la gente estaba mirándome y riéndose. En ese momento sí sentí vergüenza y me bajé.

—Yo no vuelvo a subirme a un autobús en esta ciudad. ¿Dónde está la casa del abuelo?

—A quince calles de aquí.

—Muy cerca. Vámonos caminando —le dije.

El barrio donde vive el abuelo es más limpio. Allá vi árboles en las calles y las primeras flores asomándose frente a las casas. Alejandro, ¿se acuerda cuando conocí al abuelo?

—Sí. Estuvimos allí el resto de la mañana, mi abuelo la miraba y me miraba y se quedaba callado. Luego empezó a preguntarle a Eloísa por su vida: ¿cómo es la selva? Ah, los monos son trapecistas. Yo creo que los monos se parecen a los seres humanos en algunas cosas… ¿A qué sabe la carne de mono? Y tantas serpientes en esa selva virgen. Hija, ¿usted les tiene miedo a los tigres? ¿Por qué no la han secuestrado los guerrilleros? ¿Cómo será un combate?

Sí, ella había comido carne de mono. Los tigres se alejaron cuando comenzó a crecer el pueblo y los cazaban para quitarles la piel. Pero la carne de tigre no se come, o los que la han comido dicen que es picante. Un combate es un bombardeo. Le tocaron dos pero se metió debajo de la cama, estaba muy pequeña. ¿Guerrilleros? Algunas veces cruzaban por allí. Sí. Con uniformes camuflados, como los del Ejército. ¿La selva? Árboles y más árboles, unos contra otros, una barrera oscura. Sí, claro, con pantanos, mucho calor pero ella estaba acostumbrada a internarse en la selva. No, nunca la mordió una serpiente, pero las ha visto muchas veces: siempre huyendo, le temen al hombre. Para que lo muerdan, uno tiene que estar muy de malas. Sí, había comido carne de serpiente, la de boa; la boa es el mismo pitón, y sabe igual al pescado. Sí, en la selva también hay fantasmas. Por allá vive Bracamonte. El Bracamonte tiene la figura de un hombre pero con los pies al revés y aquel que trate de seguirlo se pierde y no vuelve a aparecer jamás.

—Ah. Ese está bueno para mi colección de cuentos de fantasmas. Cuando Alejandro era pequeño yo se los contaba. Siempre los mismos. Y el niño siempre se asustaba, pero al momento me decía: «Abuelo, otra vez»... Hija, ¿qué otras historia de selva sabe usted?

Cuando le dijo hija nuevamente, ella se emocionó y me miró:

—Igual a la señora de la biblioteca —dijo. Y el abuelo preguntó:

—¿A cuál señora?

—A la de la biblioteca de Neiva que también es cariñosa —le expliqué, y Eloísa se le acercó y le dio un beso. El abuelo también se emocionó.

—Bueno, pero cuénteme esa historia de selva, hija.

El abuelo estaba sentado con los brazos estirados sobre los de la silla y se pasaba los dedos por el bigote, fino como en las películas de su época.

—Abuelo: ¿sabe el cuento de la Muelona? —le preguntó Eloísa, y como él movió la cabeza, que no, Eloísa empezó a contar:

—La Muelona es alta, los cabellos largos hasta la cintura, ojos de linterna encendida. Lo mira a usted y se ríe, pero cuando se ríe usted puede verle dientes de tigrillo: dos colmillos grandes y puntiagudos y siete dientecitos en la mitad. Arriba y abajo lo mismo. Aparece detrás de los troncos podridos y cuando alguien ya está cerca, ella se le lanza y empieza a darle dentelladas hasta que se lo traga. Con ropa y todo. En la escuela me enseñaron que de noche la gente la descubre porque escucha el mismo chasquido del perro cuando está comiendo huesos, pero más fuerte, más fuerte...

—¿Cómo es el pueblo de donde viene usted?

Yo no sé si el abuelo esperó a que Alejandro saliera a hacer algo en la calle para preguntarme por la guerra o fue una coincidencia, pero allí sola me sentí más libre:

—¿Guayabal? —le dije—. A Guayabal ahora lo llaman el «Pueblo Fantasma», porque más de la mitad quedó vacío después de los bombardeos y de tanta bala cuando regresó el Ejército, hace unos pocos meses. En ese momento dijeron que se había acabado la República Independiente que le dio el gobierno a la guerrilla.

—¿Y dónde está la gente?

—Huyeron a Neiva por miedo a que los mataran o se los llevaran presos diciendo que eran guerrilleros, y ellos son campesinos.

—¿Qué tan grande es Guayabal?

—Unas doscientas casas, pero ahora están desocupadas por lo menos ciento cuarenta.

—¿Ciento cuarenta casas abandonadas? No lo puedo creer.

—Sí, claro. La gente comenzó a irse antes del bombardeo y también por amenazas, ya sea del Ejército, ya sea de la

guerrilla. Pero como le digo, allá no todos son guerrilleros.
Lo que sucede es que la gente está obligada a cumplir lo que
los guerreros ordenan. Y cuando llega el Ejército pasa igual.
Allá mandan los que tienen las armas.

—¿Cuándo se cansará este país de tanta violencia?

—Uno no tiene tiempo para pensar en eso, porque por lo
menos Guayabal sólo sabe de muertos. A ese pueblo lo ha
bombardeado el gobierno cuatro veces...

En ese momento regresó Alejandro y hablamos de otras
cosas.

Estuvimos con el abuelo hasta un poco antes del mediodía —recuerda Alejandro— y a esa hora le dije a Eloísa:

—Ahora vamos a donde mi mamá.

—Pero yo no voy en bus urbano —respondió.

—No. Ella vive a diez calles de aquí.

Mi mamá la miró de arriba abajo, y le dijo: ¿cómo le va?
Nos sentamos. ¿Usted sabe cocinar? Sí, señora. ¿Y lavar? Sí.
¿Y planchar la ropa? Sí. ¿Y cuidar niños? Sí. ¿Y de dónde es
usted? De Guayabal, en la selva. ¿En la selva? Qué miedo. En la
selva hay guerrilleros. ¿Los conoce? Los he visto, sí. ¿Qué hace
su mamá? Lo mismo que usted: en la casa.

Dijo que nos quedáramos a comer algo y Eloísa le contó
que se sentía mal. La llegada a Bogotá la había intoxicado,
como dijo la señora de la casa, y mi mamá la volvió a mirar
de arriba abajo y se quedó callada. Luego fue a la cocina y
apareció más tarde con un agua de yerbas:

—Tómesela así caliente. Luego recuéstese en esa cama
—le dijo.

La casa a donde me llevó Alejandro era pequeña, dos habitaciones; en una dormía la mujer con su nieto y en la otra guardaba cuanto trasto viejo iba consiguiendo en el hospital: un asiento cojo, dos colchones, un cajón blanco con tapa y no sé cuántas cosas más. Ella las corrió como pudo y dejó un rincón libre cerca de la ventana para que acomodáramos nuestra cama. En el techo había un vidrio.

—Se llama claraboya —dijo la mujer.

Una casa en tierra fría. Hasta ese momento no sabía cómo era aquello, acostumbrada al calor desde cuando nací, y Alejandro me regaló un suéter de lana. Tampoco estaba acostumbrada a las mangas largas y al comienzo no podía moverme con la libertad de la tierra caliente. Las paredes eran de ladrillo sin cubrir y todo tan cerrado, tan oscuro, como que yo no respiraba igual, uno que ha vivido con tanta luz y tanto sol… Y tanto aire.

—¿Qué vamos a hacer hoy? —me preguntaba él por las mañanas, y yo le decía:

—Cine —y él no me dejaba terminar:

—Pero que no sea de balazos.

Al cuarto día ya me subía a un bus urbano y no sentía mareos. Caminamos por el centro de la ciudad. Una tarde le pregunté cómo se llegaba al último piso de los edificios y él se rió:

—En una caja —dijo.

Entramos a uno y me llevó hasta el ascensor. Ahí no me dio mareo pero se me subió el estómago a la boca. No me da pena decirlo: a los diecinueve años yo no conocía los ascensores.

Ese día la prisa era entrar a un banco. A Alejandro el Ejército le consignaba sus sueldos de soldado en una cuenta y él tenía una tarjeta para retirar el dinero a medida que lo iba necesitando, de manera que sacó otra para mí, me llevó a una cabina y me enseñó a manejar la pantalla para hacer retiros: pagar en la casa la vivienda y la comida al comienzo de cada mes, sacar lo necesario para mí, economizar cuanto pudiera. No me sentía bien. Siempre he tenido lo mío y lo de él es de él. Así de fácil.

Cuando llovía, la casa de la mujer se llenaba de barro. No había cortinas, no había cuadros; nosotros le pusimos una cortina de tela barata. Alejandro me dejó pago un mes y luego yo debía sacar plata con la tarjeta y arreglar cuentas con la dueña.

Pero una mañana nos levantamos antes de las cuatro. Se habían acabado los quince días de permiso que tenía el soldado.

—Estas despedidas que no son nada bonitas —dice Alejandro—. Las lágrimas de Eloísa y el corazón que se me estaba arrugando me sembraron en el piso. Cuando pude, hice un esfuerzo y me despegué de allí. Otros seis meses en la selva. Ella se quedaba sola en una ciudad que no conocía y eso no me gustaba mucho. Lo duro era vivir seis meses separados y venir a verla quince días y después lo mismo. Haciendo cuentas, en el año íbamos a vernos sólo un mes... Entonces, ¿qué más podíamos hacer fuera de decirnos adiós? Al fin y al cabo, yo era soldado profesional y me gustaba mi trabajo.

Cadencia

En el batallón teníamos mucha actividad, pero pasó el primer mes y nos quedamos allí. Cuando no hay acción a uno le entra cierto hormigueo, no se encuentra bien. Mi profesión es la guerra, yo la había escogido y era lo que me gustaba; siempre quería estar en la selva, aunque ahora pensaba en Eloísa a toda hora.

Sin embargo, sabía que ella estaba cerca de mi mamá y de mi abuelo, especialmente del abuelo, que vive pendiente de toda la familia. Él se preocupa por las cosas de cada uno y después de conocerla me dijo que no le caía mal.

—En las personas lo nuevo es más importante que lo que ya pasó, si uno las trata con delicadeza. Hijo, es que si uno no es inteligente puede volver su casa un coliseo de boxeadores, o vivir en santa paz, y yo he visto que esta mujer es más montañera que nosotros pero, de todas maneras, muy inteligente. Y muy abierta. Hay que saberla llevar por las buenas, hay que oírla. Si se deja, la voy a ayudar como si fuera usted, porque ella no sabe lo que es una ciudad y aquí no conoce a nadie. Váyase tranquilo, yo me encargo de eso.

El domingo la llamé y no la encontré en la casa. Me comuniqué con el abuelo y respondió que estaba con él contándole cosas que lo asustaban, pero que a él le gustaba hablar con ella. Que era una mujer sincera y buena. «Ya le paso a la niña», dijo antes de alcanzarle el teléfono a Eloísa.

Transcurrió una semana más. Luego se fueron el lunes, el martes y todo continuó tranquilo, mejor dicho, muy aburrido, pero el miércoles antes de las seis de la mañana mi capitán nos alertó sobre una operación.

Había llegado una información Uno A, mejor dicho, muy confirmada, tan segura que un mayor se regaló para la misión, pues el coronel iba a mandar al frente a un capitán.

—No, mi coronel, yo voy —dijo el mayor, y ante un mayor el capitán no puede hablar.

Nos alistamos como siempre, pero íbamos a salir livianos. Llevábamos lo mínimo, y un poco después de las tres nos embarcamos setenta y dos hombres en tres helicópteros Halcón Negro. Otro más, un Arpía, como se les dice a los artillados, volaba encima de nosotros.

Cuatro de la tarde: el helicóptero buscó un terreno despejado y desembarcamos a dos kilómetros del punto donde se encontraba un campamento de la guerrilla, selva adentro.

Cuando saltamos sabíamos que debíamos abandonar pronto el sitio del desembarque y caminamos algo más de una hora. A las seis de la tarde, con la noche encima, entramos al monte y armamos el área de vivac cerca de la costa de la selva, un pelotón distanciado del otro.

Mientras nos comíamos parte de la ración de combate, una lata pequeña de leche condensada, trocitos de queso y de papa, una lata de fríjoles, café instantáneo, jamón, sal en terrones, pastillas para purificar el agua, ración que uno divide en dos o tres comidas, el mayor fue pasando de pelotón en pelotón y nos repetía:

—Es una operación Uno A, el enemigo está al frente de nosotros. Les agradezco toda su entrega, vamos a hacer las cosas bien, todos queremos salir vivos de aquí, entonces...

Nos metimos en las hamacas pero yo no podía dormir bien por la tensión del combate. Y además, pensaba en Eloísa. ¿Por qué era tan violenta cuando teníamos sexo y después se ponía triste? Me acordaba de su cuerpo, de sus senos, de sus gritos, pero no me excitaba, primero por la tensión y segundo porque estoy preparado para estas cosas. A uno le enseñan que sí, que va a permanecer seis meses en el monte pero que si no se mantiene con físico de atleta, se muere. Entonces se mete dentro de la cabeza que después del tropel va a tener dos semanas para hacer con su mujer todo lo que se imaginó, a desahogar tanto deseo de recién casado. Bueno, no nos habíamos casado pero para nosotros era igual. Ella me gustaba más que la guerra y sé que yo también le gustaba. Creo que somos como el hambre y las ganas de comer.

A la una de la mañana saltamos de las hamacas. Otra vez se planeó todo y las compañías partimos avanzando en «V».

Una madrugada oscura. En esos momentos cómo piensa uno en la Luna. Cómo quiere a la Luna. En esos instantes la deseaba más que a Eloísa porque no estaba pensando en Eloísa. Más bien tenía la garganta reseca por la tensión. Avanzábamos abiertos unos ciento cincuenta metros una compañía de la otra.

En la vanguardia se movía Águila con mi mayor. Por el flanco izquierdo iba Demoledor y por el derecho, Cobra, la tercera compañía.

Yo era el tercero en la Demoledor. Adelante avanzaban los punteros con sus chalecos de placa de acero, tan sólidos que no los penetran los proyectiles de fusil. Ellos iban abrien-

do monte con machetes, bien acondicionados con visores nocturnos que cubren muy lejos, y los demás nos desplazába-
mos arropados detrás de ellos, uno cerca del otro para no
extraviarnos. Cuando uno patrulla de noche va como hormi-
ga, muy cerca del de adelante. Detrás de los punteros mar-
chaba un soldado, luego yo, y de sexto mi capitán.

Allí no había minas porque la selva estaba intacta, los de
los visores no veían rastros de pisadas, no había ninguna señal de que hubiera cruzado gente por allí. La guerrilla pone
minas en las sendas y en lugares transitados. Avanzábamos
rápido enlazados por radio unos con otros. Rápido en la selva es paso a paso.

A las tres y quince minutos el guía le dijo a mi mayor:

—Estamos llegando.

Mi mayor fijó por radio las coordenadas y los comandantes confirmaron. Terreno quebrado y muy boscoso. Nos detuvimos y nuevamente se reunieron mi mayor y los oficiales.
El guía calculó que nos encontrábamos a quince minutos del
enemigo. No había Luna, es cierto, pero por otro lado sentí
que en ese momento la oscuridad era nuestra mayor pro-
tección.

Nos detuvimos en un punto y la primera orden fue esperar allí y atacar a las cinco y media de la mañana con las primeras luces.

Un rato después, a las cuatro y media, avanzamos un poco
más buscando rodear el campamento:

—El enemigo todavía duerme. Durante el ataque, un ataque bien calculado como éste, hay que economizar munición.

A esa hora ya avanzábamos en medialuna para taponar el
terreno lo mejor que pudiéramos. El campamento estaba al
lado de un arroyo ancho y caudaloso, el cauce pendiente como
el terreno, y las aguas correntosas.

La experiencia nos decía que aquél era un punto crítico porque, cuando se vieran perdidos, buscarían el agua para escapar. ¿Por dónde más? Pero no pudimos cubrir del todo esa zona. Era un error tratar de cruzar nadando por la fuerza de la corriente y mucho más por el peligro de ser descubiertos. Sin embargo los de los flancos, en los extremos de la medialuna, se ubicaron muy cerca del cauce.

Cuando logramos esa posición mi mayor decidió esperar y a las cinco y media comenzó a clarear y pudimos observarlos. Empezaban a salir de las chozas, se desperezaban. Mi mayor y los capitanes observaron por sus binóculos y dijeron que al parecer estaba llegando más gente.

—Deben venir de hacer alguna fechoría —comentó mi sargento.

Con la luz del amanecer apareció abajo un campamento grande, unas cien chozas individuales con techos de palma bien peinados, camas hechas con palos clavados en el suelo y atadas con bejucos, llamadas paseras. En el área de rancho, cerca del agua —la *rancha*, donde cocinan—, se veían ollas grandes y utensilios para alimentar a más de cien.

Seis y cuarenta y cinco. Tomamos posiciones definitivas. A esa hora cada tirador tenía alineado en el blanco a un guerrillero. Nos separaban de ellos entre ochenta y cien metros pero el fusil Galil da un blanco efectivo a trescientos cincuenta metros.

Siete y quince. Fuego con cadencia lenta pero muy efectiva, porque todos éramos soldados profesionales con cinco, seis, siete años en el servicio y mucho trabajo en polígono.

Cada pelotón estaba armado con dos ametralladoras M60 emplazadas en sus bípodes, barriendo de costado a costado el campamento con un alcance mayor que los de los fusiles: casi dos kilómetros. Seis monstruos escupiendo fuego. A esa hora, con la resolana al frente, veíamos el humo que salía por la trompetilla del fusil con cada disparo.

Pero además de las ametralladoras llevábamos morteros de 60 milímetros, lanzagranadas MGL con sus tambores repletos. Teníamos muy buen armamento.

Con las primeras descargas de fusil comenzaron a caer guerrilleros como patos. Antes de disparar los veíamos ordenando sus cosas en cada refugio. Eso quería decir que se trataba de un campamento fijo.

Cuando se formó el traqueteo y las cargas de mortero y las granadas empezaron a explotar, abajo se levantaban nubes de tierra, palos, palmas de los techos, y entre la tierra y los palos, cuerpos de guerrilleros estirando los brazos.

¿Seis M60 dando plomo? Eso es impresionante. Y al tiempo mi capitán gritando «¡palante, palante!». Cuando uno escucha los gritos y esa selva temblando, se le sube la adrenalina y se estremece. Como que la cabeza se le eriza, y los MGL: *fffffff*, y luego la explosión allá adelante. Ese es el calor del combate.

La granada del MGL tiene un radio de unos diez metros, y la M60 una cadencia tan severa que el ayudante carga en un estuche un cañón de repuesto, un guante y una llave, y va cambiando el cañón cuando se recalienta. Y también lleva cananas cargadas con cien cartuchos. Cuando se está acabando una le empata la otra, cambia el cañón con la llave en cosa de segundos, y cuando esa nueva canana va llegando al final, le empata otra más. El que dispara permanece tendido; con una rodilla se asegura al piso y la otra pierna estirada le da movilidad al cuerpo para poder barrer de un lado al otro. Cada M60 es alimentada por seis cananas.

Pero mientras mi capitán gritaba «¡palante, palante!», ¡coño!, cayó mi mayor. Un guerrillero trepado en un árbol.

Estaba acomodado sobre una plataforma de aquellas que se acostumbran para esperar al tigre en la cacería —también las llaman paseras—, hizo una sola descarga y le quebró el cráneo. Cuando mi mayor se estiró, Garzón disparó con la M60 a la copa del árbol y el guerrillero cayó al vacío.

—Herido mi mayor. Mi mayor está herido —gritó mi capitán y todos nos fruncimos. Mi mayor era un héroe, había ido por su propia voluntad y fue el primero en caer. Esas son las cosas de la guerra.

En ese momento le informaron a mi general:

—Mi mayor está herido de gravedad... Sí. Un proyectil en el cráneo.

Yo estaba en un buen sitio, diga a unos cien metros del río donde se bañaban algunos, visibilidad perfecta. Fui alineando enemigos y a medida que alineaba, disparaba. Vi que cayeron uno, dos, tres... cuatro. Cuatro proyectiles. Cuando se rizó el agua vi que al último se lo llevaba la corriente. Abajo localicé los otros tres cuerpos flotando con la rapidez del arroyo.

Una vez ubicado más cerca del campamento, vi que se movió algo detrás de una de las chozas y lancé una granada. Abajo volaron pedazos de techo, un cuerpo entre las tablas y la nube de tierra.

Con el fuego nutrido, avanzábamos sobre los codos y las rodillas; se llama arrastre bajo. En los entrenamientos a uno lo hacen arrastrar por lodo, por terreno duro, por donde sea. Cada mes en el batallón son horas de arrastre bajo, de trepada por cuerdas, de obstáculos, le sacan a uno lo que se dice la leche, pero uno lo hace con gusto porque ahí está su vida. La última semana mi capitán nos dejaba unos minutos para comer al mediodía, y cuando apenas acababa, otra vez al terreno, y allí vuelva al ejercicio y vomite como no ha vomitado. En el área tiene que estar uno preparado como los atletas.

Esa mañana nos arrastrábamos o corríamos agachados diez metros y al suelo. Arrástrese un trecho y luego corra. Los de los flancos llegaron a la orilla del arroyo y un soldado gritó:

—¡Se están escapando, mi capitán, se están escapando!

El enemigo no tuvo tiempo para reaccionar, y con la sorpresa y la tierra y los pedazos de chozas volando, lo único que algunos tuvieron cerca fue el arroyo. Se lanzaban al agua como sardinas, nadaban por debajo unos metros y salían a flote más abajo en un recostadero del arroyo, y lograban escapar, algunos armados, pero la mayoría sin nada.

Allí había muchos guerrilleros. Más de cien.

El ruido de cada balazo crecía por el techo cerrado de la selva. Yo disparaba pero también me cuidaba, porque para mí también podía haber un proyectil de fusil que si no me mataba, podría dejarme desfigurado. Cuando huyen, los guerrilleros se ponen el arma sobre el hombro y van corriendo y disparando hacia atrás.

A las ocho y cuarenta y cinco de la mañana, una hora y media después de la primera descarga terminó la operación y nos quedamos en silencio.

Los campamentos de la guerrilla están protegidos por campos minados y se dio la orden de encender los detectores. Quienes los manejaban fueron avanzando con cautela, barriendo un área de dos o tres metros al frente y a los lados, que es la extensión de las cañas. Detrás de ellos iba una escuadra de asalto. Doce hombres de la Cobra con su capitán entraron finalmente sin ninguna novedad. Luego avanzamos los demás.

El campamento ya no era campamento. Eran ranchos despedazados, techos por todo lado, palos, tablas, ramas, árboles quebrados, cadáveres y un silencio absoluto. Es que allí, esa mañana, no se escuchaba ni un pájaro.

Los que cayeron eran campesinos jóvenes: diez mujeres y veintiséis hombres.

Encontramos sobre el barro setenta y tantos fusiles, cantidades de proveedores, carpas, hamacas, comida, morrales, mucha munición, medicamentos y material de inteligencia, o sea teléfonos celulares, libretas con apuntes, listas de personas secuestradas, listas de gente que estaban *vacunando* y debía pagarles millones, pero millones a esos bandidos.

En aquella operación yo gasté cuatro proveedores para el fusil, cien cartuchos. Eso es una barbaridad, especialmente porque uno trata de disparar casi tiro a tiro o algunas veces ráfagas de diez, de quince, pero con mucha precisión. Yo no soy mal tirador.

Mi general acostumbraba aparecer después de los combates en un helicóptero con comida, el premio para su gente, pero esa mañana lo vimos bajar con las manos vacías y una cara como cuando a alguien se le muere un hijo.

Mi mayor estaba tendido en la selva a cincuenta metros del campamento, allí, al pie de un árbol, las piernas estiradas y los brazos a lo largo del cuerpo como se los colocaron cuando cerró los ojos. En ese momento trajeron dos camillas plegables, lo colocaron encima y lo cubrieron con una capa de hule. Mientras llegaba un helicóptero para evacuarlos, al lado de él acomodaron el cadáver de un soldado que había caído, también al comienzo de la operación.

Cuando mi general llegó a donde estaba el cadáver de mi mayor se corrió la gorra sobre la nuca:

—Él vino porque me dijo que quería venir. Él fue el que dijo. Fue él…

Luego levantó la capa, lo miró un momento y se fue de allí. Pero no miró al soldado y eso me impactó. «El soldado no vale nada», pensé en ese momento y luego lo comenté con los demás. Todos pensábamos igual. Aquel día comencé a desilusionarme de mi trabajo.

En esos momentos sobrevoló el primer helicóptero, observó el área y le dijo por radio a mi capitán que el helipuerto debía abrirse al frente, cruzando el arroyo. Detrás de él aparecieron más: dos halcones artillados, el mosquito y un poco después más tropa en dos MI 17 rusos, unos helicópteros de transporte que cargan treinta y seis hombres con sus equipos y su armamento. Los desembarcaron cerca de donde habíamos llegado nosotros la víspera y los repartieron en el área, pensando en un posible contraataque del enemigo.

Cuando aseguramos el campamento un infante cruzó la quebrada llevando la punta de una soga, la ató al tronco de un árbol y a este lado hicieron lo mismo, y una vez asegurada, por allí fueron pasando los demás, algunos de ellos con hachas, mientras otros tendían más cuerdas de extremo a extremo.

La zona escogida para el helipuerto era más abierta pero estaba ocupada por arbustos y uno que otro árbol grande y comenzaron a derribarlos. El Halcón Negro necesita un área extensa para aterrizar.

Dominada la situación nos abastecieron desde el aire con comida y refrescos. En esa operación debíamos ir livianos pensando en la movilidad y no llevábamos provisiones fuera de la ración de campaña para un día: dos bolsas por cada soldado.

A las tres de la tarde quedó despejado el sitio y llegaron los de la ley a hacer el levantamiento de los cadáveres que habíamos colocado en el centro del campamento. Tenían esquirlas de granada en la cara, en los brazos, en todo el cuerpo. A medida que les tomaban las huellas dactilares y demás, los íbamos empacando en bolsas negras para que los llevaran al batallón y allí los viera la prensa.

A las cinco estaban evacuando los cuerpos del enemigo. Es que fue una operación muy rápida. A las nueve de la mañana nos habíamos tomado el campamento, a las cinco y media no había quedado nada en el área, y por la noche estábamos nuevamente en el batallón viendo en la televisión los cadáveres de los bandidos en sus bolsas.

Mi rutina no cambiaba nunca. No tenía por qué cambiar si soy soldado profesional y lo mío es el combate, siempre la guerra con el enemigo, el tropel como decimos, y no cambió en los tres años largos que ahora llevaba con Eloísa. ¿Por qué tenía que cambiar?

En todo ese tiempo fui a verla en cuatro oportunidades y cada vez me pareció menos sufridora. Pero a medida que se le acaba la tristeza se va volviendo más indisciplinada. Las dos últimas veces me tuvo la comida siempre tarde y, además, quería que le ayudara a tender la cama. ¿Qué tal? Y además anda con una cantidad de cucarachas dentro de la cabeza que, francamente, yo creo que me equivoqué aquella tarde en Neiva cuando le dije algo de los libros y las películas.

Me parece que ahora ha cambiado, no porque pida o no pida nada. No. En eso sigue siendo la misma. Ella necesita muy poco para vivir, no exige nada y más bien quiere dar todo lo que puede, como cuando la conocí, pero ahora anda en otra onda.

Cada diez días, cada dos semanas, algunas veces cada mes, según la guerra me lo vaya permitiendo, yo la llamo por teléfono y sé que mi abuelo es su amigo y le ayudó a conseguir un trabajo, y ahora ella misma paga la vivienda y la comida. Eso no me gusta porque en cualquier momento puede llegar a creer que es una mujer independiente.

De todas maneras yo le dije a la señora de la casa donde vivimos, o donde vive ella sola casi todo el año, que abriera el ojo, pero cuando voy me dice que no, que es seria y que el abuelo es su compinche. Eso sí, algunas madrugadas la oye hablando sola pero nunca la ha llamado ningún hombre, ni la ha visto con hombres. Eso también lo sé porque la conozco, pero esas cucarachas que le están llenando la cabeza no son buenas. Vamos a ver si soy capaz de sacárselas, pero va a ser difícil porque ella es rebelde: cuando se le ocurre algo, por ahí mete la cabeza, y aunque yo le diga que no, por donde la metió termina sacando el resto del cuerpo. Es una mujer intensa.

La segunda vez que fui a verla mi mamá me dijo que Eloísa había cambiado mucho desde el día que la conoció.

Se lo he preguntado muchas veces y Eloísa lo único que dice es que lo mejor de su vida han sido estos últimos tres años.

Bueno, lo mejor de la mía fueron los últimos dos meses. Ahora yo también soy diferente.

Más que un sueño

Al comienzo creí que la ciudad me estaba aplastando. Los tres primeros días no fui capaz de salir sola. La casa es oscura y la mujer quería que mantuviera las luces apagadas hasta cuando anocheciera porque la cuenta de cobro podía llegarle muy cara, y cuando quería lavar mi ropa tenía que recoger el agua en una olla pequeña.

—No gaste mucha —decía ella.

Y cuando pasaba al baño no debía soltar la cisterna.

—Saque agua del tanque del patio con la misma olla y lave sin desperdiciarla.

Por la mañana abrí la ducha y ella me preguntó:

—¿Usted se baña el cuerpo todos los días?

—Pero, ¡claro!

—Ah. Entonces no se demore debajo de la ducha. Uno se puede asear en tres minutos. La cuenta de agua es más cara que la de la luz.

Aquello me sonó tan extraño. ¿Pagar por el agua? En Guayabal está ahí, sobra; la gente pone mangueras en el río o en tantos arroyos que bajan por las montañas, lleva hasta las casas toda la que quiera y la va depositando en tanques más altos que los techos. Yo nunca escuché que allá alguien hablara de desperdicio.

Sin embargo, lo que me arrugó fueron la falta de claridad, que es como un encierro, y el mismo encierro en una habitación donde apenas podía dar cuatro pasos, en una casa extraña, sin una flor, sin una planta, las paredes de ladrillo sin cubrir, y una noche pensé: «Si no salgo de aquí me voy a enloquecer. ¿Qué hago? Yo no puedo continuar así, Alejandro apenas va a regresar dentro de seis mes, ¿y mientras tanto?».

En ese momento ya comenzaba a asfixiarme el tiempo de la ciudad, pero al instante dije: «El abuelo». Y tan pronto amaneció, apunté en un papel la dirección de la casa donde yo vivía y me fui caminando hasta la suya. Lo encontré en el patio y cuando me vio soltó una herramienta para quitarles la maleza a las plantas y me puso una mano en el hombro.

Estuve allí toda la mañana hablando con él, escuchándole sus historias de campesino y al mediodía, cuando pasamos a la mesa para comer, le dije que yo necesitaba una cosa porque allá encerrada me estaba volviendo loca.

—¿Qué cosa? Si yo puedo…

—Abuelo, yo tengo que hacer algo, yo tengo que trabajar. La mujer de la casa donde vivo me dijo ayer que si me presentaba como desplazada, la ciudad podría darme un trabajo.

—Uno no se llama desplazado. Usted y yo somos desterrados. Hemos perdido nuestra tierra por lo que sea, pero la hemos perdido, y eso de desplazados no tiene nada que ver con nosotros. Se dice desterrados.

Antes del anochecer, la hora en que la mujer regresaba, el abuelo se fue caminando detrás de mí para ver si me perdía, pero llegamos al sitio. Él habló con la mujer y me dijo:

—Mañana la espero temprano, como hoy, y nos vamos a hablar con el alcalde de la zona. Parece que no será tan fácil encontrar algo que hacer, pero de todas maneras vayamos. Hija, ¿en qué ha pensado?

—Pues, en una biblioteca.

—En estos días hablan mucho de una que van a estrenar en El Tintal, una biblioteca donde la gente esperaba un hospital. Pero bueno, esa es una buena pista.

Temprano fuimos a donde el alcalde, le dije que era, bueno, desplazada, y necesitaba un trabajo. Él contestó que sí. Necesitaban jóvenes como vigilantes en la nueva biblioteca y llamó por teléfono a alguien.

Esa misma tarde me dieron el trabajo: vigilar que la gente no dañara los libros, que no se los llevaran, abrir bien los ojos. Dijo que me iban a pagar, hice cuentas y era un poco más de lo que me costaba vivir donde la mujer. Yo misma no lo podía creer.

—Es un programa de seis meses para que los desterrados vayan adaptándose a esta ciudad —me explicó el abuelo.

Fuimos al centro de la ciudad y me inscribieron. Cuando preguntaron por los documentos que me identificaban, él se adelantó y les dijo que yo era una desplazada y los había perdido. Me dieron un carné.

—Váyase a El Tintal, pregunte por la doctora Fulana y entréguele estas hojas. Comenzará a trabajar después de que reciba un entrenamiento —dijo el señor.

No pude dormir de la felicidad. Una biblioteca, iba a ser empleada, me iban a pagar, no tendría que pedirle todo a Alejandro. Es que yo no nací para pedir, y lo de El Tintal era más que un sueño. Iba a leer y, además, podría conseguir mis propias cosas. Así ha sido siempre, así crecí, a eso me acostumbré y la vida no me suena bien cuando tengo que decir «deme».

—Esto parece cosa de brujería —dijo el abuelo cuando me vio en su casa la mañana siguiente—. Una ciudad donde es muy difícil, pero muy difícil conseguir trabajo, y usted cae en uno, y no en uno cualquiera sino en el que quería... Eso tiene que ser magia. Anoche pensé tanto en todo lo que nos está pasando y hasta cuando no la vea en esa biblioteca, no lo voy a creer.

Lloré de la emoción. Desayunamos y el abuelo me dio un papel con la dirección de mi casa y la de él, salimos, me explicó qué bus íbamos a tomar, me mostró dónde debía bajarme al regresar, y una cosa más:

—Tome este dinero...

—Abuelo, yo tengo —le dije, y saqué del sostén unos billetes que guardaba desde antes de venirme. Poca cosa o lo que fuera, pero yo me los había ganado trabajando en una carpintería.

—Silencio. Es un préstamo. Si mañana cuando regrese sola ve que está perdida, tome un taxi, dígale mi dirección y se viene. Aquí la voy a esperar todas las tardes.

No quería ofenderlo, pero no le recibí nada.

En aquel bus traté de grabarme las calles, las esquinas, miraba los letreros de los almacenes y de las tiendas para fijar el rastro, aunque en ese momento yo sabía que vivía al pie de las montañas, pero a la derecha de donde sale el Sol: el suroriente. Y sabía debajo de cuál de todas quedaba mi casa, porque no hay dos montañas iguales. La gente de la ciudad no las sabe distinguir pero cada una tiene unas arrugas diferentes, unas cañadas distintas, la cresta es especial: unas dejan

44444

ver los peñascos en el centro, otras a la derecha, unas en una giba, otras en el fondo de un pliegue. Unas rocas brillan con el sol de la tarde, otras no. Yo me había detallado desde el primer día cómo era la que estaba al frente de la casa de la mujer y tenía mucha idea del punto de la ciudad en donde me había dejado Alejandro.

Como a la hora de camino, tal vez más, nos bajamos en una avenida muy ancha. Al frente vimos un edificio blanco, inmenso, tres dedos a la derecha de donde desaparece el Sol porque los muros están mirando de medio lado, al otro extremo de las montañas y ya en una planicie, o sea que habíamos viajado del suroriente hacia el occidente, entre dos puntos que en ese momento tenía más o menos localizados.

Cruzamos la avenida por un puente de aluminio —se llama rampa, dijo el abuelo— y entramos al edificio. Lo que primero me impresionó fue la altura de los techos. Muy altos, muy altos, las columnas macizas y grises, casi blancas. «Cemento y acero por dentro, también le dicen hormigón», me explicó el abuelo. Era un edificio lleno, pero lleno de luz por el tamaño de las ventanas, y detrás de las ventanas, verde. Todo verde. El campo. Y las personas que trabajaban allí eran jóvenes y sencillas.

Lo primero que miré fue la sala infantil, completamente iluminada porque esa mañana hacía sol, pero estaba vacía. Y otra sala también con mucha claridad, pero desocupada.

Corriendo la película —como dicen—, empecé el entrenamiento con otros nueve jóvenes, todos desterrados. Recuerdo que primero pregunté por qué un edificio tan bello olía mal.

—Sí, a basura, claro. Ese olor deberá pasar dentro de algunos días, pero por ahora tenemos que hacernos los locos y soportarlo —dijo un muchacho y nos contó la historia de la biblioteca que ahora me parece un cuento de hadas porque coincide con mi propia realidad.

—¿Por qué son tan altos los techos? —le pregunté.

—Ese era el tamaño de los tanques.

Antes de llegar todos esos jóvenes que trabajan en la biblioteca, y antes de que llegáramos con el abuelo, allí había un basurero. El edificio ya existía. Era una planta a la que entraban los camiones por un puente y luego depositaban el cargamento de basura en unos embudos —se llaman tolvas, dijeron cuando nos mostraban las fotografías de aquel lugar antes de que lo convirtieran en biblioteca—, la basura caía a los tanques, la compactaban y se la llevaban en bloques para otro lugar.

Ahora después de tres años puedo contar mejor las cosas, porque esa mañana no vi nada. Estaba muy emocionada, muy feliz, muy feliz. Me hallaba en un sueño.

Por el puente que ahora es la entrada mágica al segundo piso, sala general de lectura, ingresaban los camiones con la basura, pasaban más o menos por donde ahora están el catálogo y los libros, y llegaban hasta unos tanques donde la descargaban. Hoy en día esos tanques son la fonoteca, la videoteca, la sala de capacitación en computadoras, la sala de estudio en grupo y los puestos de estudio individual. Es que esa biblioteca la conozco como si fueran mis manos.

La basura caía allá abajo y allá abajo donde hoy queda la ludoteca para los niños: juegos para enseñar, ajedrez, dominó, rompecabezas, bloques para que construyamos cosas. Hay talleres para inventar, talleres de fotografía, bueno, una cantidad de actividades…

En otro de los tanques donde manejaban basura ahora hacen exposiciones de pintura, de vida de escritores y poetas, de escultura.

Cuando ya me fueron conociendo, una mañana con el Sol a favor le dije a uno de los empleados que me dejara subir a la terraza para mirar desde allí. Lejos están las montañas azules, aquí no se ven verdes como en las películas, y desde antes de que la pata de los cerros descanse sobre la planicie va bajando un manto de casas pequeñas, no se ven edificios altos, y por el occidente, hasta donde uno es capaz de mirar, casas de ladrillo. Casas bajas, en desorden y tan pegadas unas contra las otras que no se distinguen las calles. Pero entre las casas y la biblioteca hay una pradera rodeándola.

—Antes de que el edificio fuera convertido en biblioteca, este parque era un basurero —me explicó el empleado.

El día que inauguraron la biblioteca, hace un poco más de tres años porque yo fui allá por primera vez a los ocho días, dicen que llegaron más de cinco mil personas. Estaba llena de viejos y de niños. La sala infantil ocupada por gente que miraba los libros, que caminaba feliz, y cuando vio semejante cosa, Pilar Bermúdez, la directora, dijo: «No, esta cantidad de gente se vendrá a leer». En los barrios de esa zona viven más de dos millones de personas.

Pero amaneció y allí sólo estaban los empleados, y de pronto una o dos personas que entraron. Ella me decía que nunca había estado tan sola en la vida:

—¿Qué pasó? ¿Dónde está la gente? —preguntaba, y los demás repetíamos:

—Sí. ¿Dónde está la gente?

Pasaban los días y entraban diez o veinte personas por la mañana, veinte por la tarde, luego cien, luego ciento cincuenta, mientras las demás bibliotecas de la ciudad estaban llenas, y eso le daba a ella angustia porque de todas maneras allí tenían las luces prendidas desde el atardecer o en épocas de lluvia, cuando los días son un poco oscuros, los equipos de sonido funcionando, las bibliotecólogas listas a recibir a la gente, pero la gente no llegaba, y una mañana la directora dijo: «Tenemos que traerla».

Ella se fue, habló con los alcaldes de las zonas aledañas, con los gerentes de las fábricas, con los rectores de los colegios. Pedía cinco minutos para hablar en sus reuniones:

—Manden a los maestros, manden a los niños, a sus trabajadores, a los amigos de esos niños, en la biblioteca hacemos visitas guiadas por gente que enseña. Aprovechen —les decía.

Los alcaldes le contaron que la gente sentía a la biblioteca como una ofensa. Haber hecho allí un edificio tan elegante, tan bello, tan grande, y ellos con tantas necesidades de agua, de luz, de comida, de trabajo... de que la atendiera un médico. La gente no entraba tal vez porque estaba rebelada, o porque a muchos no les cabía en la cabeza lo que significa una biblioteca en la vida.

—Hasta tienen razón —me dijo Pilar—. Es que nadie puede pedirle a una persona que de la noche a la mañana se acostumbre a algo cuando nunca lo ha tenido. De pronto ellos se acercan a los libros en ciertas épocas, o buscan las grandes bibliotecas en otras partes de la ciudad, pero todas viven muy llenas y están muy lejos. Ésta queda en su comunidad, nosotros estamos en su cuento.

Los alcaldes, los rectores de los colegios, los dueños de las fábricas sí mandaban gente, pero era poca, y la mañana de un martes, Pilar nos dijo a los desterrados que trabajábamos allí y al resto de su gente: «Salgamos».

—¿Y?

—Tenemos que traer a la gente. Yo sé que si vienen una vez van a volver.

Eso me sonó mucho.

—¿Cómo hacemos? —le pregunté.

—El sábado temprano nos vamos a ir a la alameda y los traeremos a la fuerza o como sea. Es que como la gente no va a venir a la biblioteca, muchachos, ¡la biblioteca va a ir a la gente!

Los desterrados éramos diez, siete mujeres y tres muchachos. Ella nos reunió, reunió a los bibliotecólogos, y nos dijo cuál era el plan.

Cuando terminó esa reunión yo estaba emocionada. Sentí que Pilar, Pilar Bermúdez, una mujer tan joven, era la primera comandante de verdad que yo tenía en la vida. Habría querido decirle así, «comandante», sólo una vez, pero esas cosas de mi vida en la clandestinidad...

El sábado muy temprano estábamos todos en la puerta y un poco después comenzamos a marchar por la alameda que llega hasta la biblioteca: un camino de muchos kilómetros de ladrillos parejos, rojos como la greda en el camino de Guayabal, por el centro de un parque, y a los lados hileras de árboles de muchas clases. Un camino para caminar y para que la gente tome el aire. Por otra franja corre la ciclovía. Definitivamente, caminar por la ciudad es una felicidad. Lo demás es meterse en un bus.

Nos organizamos en dos grupos para que vieran más o menos un tropel de jóvenes. Ella estaba vestida como nosotros, bluyines, zapatillas, una blusita, un suéter de lana. Quería que no se fijaran en la figura de una directora alejada de ellos, sino que vieran a unas mujeres y a unos muchachos que querían ir a la biblioteca, a lo bien.

Salimos. Hablábamos, nos reíamos, contábamos historias y le íbamos diciendo a la gente que encontrábamos: «Hola, ¿por qué no vamos a la biblioteca? Caminen que está chévere». «Hermanos, caminen que eso está como bien, es una soda», y la gente, jóvenes, viejos, algunos niños que venían con los papás, toda clase de personas comenzaron a pegarse y después del mediodía regresamos con cerca de doscientos reclutas. Pilar no lo podía creer. Yo sí porque aquella era gente como yo. Gente con ganas de aprender. A la hora de la verdad, así es este país, y yo sentía que aquel trabajo era lo mío. Yo voy, como se dice, a lo bien, para cosas como ésta.

Cuando ingresé a la guerrilla me sentí reina y me crecí. Era la compañera del comandante y él me decía que si me portaba como una guerrera iba a ascender.

En ese momento, catorce años tenía yo, llevar un fusil Kaláshnikov me hizo sentir importante y yo nunca había sido importante. En la guerrilla uno sale a los campos, entra a los pueblos y la gente lo respeta. Eso es tener poder, decía en ese momento. Pero, ¿cuál poder? ¿El de un fierro al hombro? ¡Por Dios! Poder el que yo tenía ahora con esa esperanza de aprender, con esa fe tan grande en ser algún día más o menos culta y poder arrastrar a los demás.

La gente entró a la biblioteca y Pilar les dijo que allí todo era gratis y ellos empezaron a abrir los ojos:

—¿Cómo así? ¿Aquí no tenemos que pagar nada? No lo sabíamos, pensábamos que ustedes nos iban a cobrar.

—No, esto es gratis, esto es para ustedes —les explicó, y empezó una visita con las bibliotecólogas como guías contándoles qué había allá, cuáles eran los servicios, qué podían aprovechar además de los libros: mimos, títeres, música, cine, teatro, danza, lectura de poemas, exposiciones de arte...

—En los libros se ve como en una película —les decía yo y ellos ponían la misma cara que yo hice cuando Alejandro me dijo lo mismo en Neiva.

—Una película. ¿Un libro como una película?

—Sí, sí. En los libros uno ve cosas —y una de las coordinadoras se me acercó y me dijo:

—Parece que tú quisieras ayudarle a toda la humanidad.

Ese sábado la gente se quedó allí feliz. Algunos iban a la fonoteca y, «Bueno, queremos escuchar un *Ci Di*», y claro, los auxiliares y todo el mundo estaba preparado para atenderlos. Les entregaban sus audífonos y miraban extrañados: «¿Será que... nosotros...?».

—Sí. Úsenlos, son de ustedes.

Música clásica, música étnica, toda la que hay allá. Y videos también. Les gustó mucho lo de ovnis y lo de la naturaleza, y llegó un momento en el que me puse a llorar, emocionada porque veía que ellos estaban llegando por fin al mundo que ya era mío.

Después les contaron que se podían capacitar en computadoras, porque Pilar vio que mucha gente sabía; tampoco va uno a decir que en este país todos son tan ignorantes, no, pero eran niños y grandes que iban a otras bibliotecas, a una hora, a una hora y media de camino de allí, pero otros no querían tocar las computadoras porque les daba miedo dañarlas. Es que es así: cuando yo toqué una por primera vez, aquí mismo, me asusté:

—Mejor no la toco —pensé. Y Pilar:

—Tócala. Acaríciala. Tienes que volverte amiga de ese aparato. Eloísa, si no lo haces te vas a quedar donde tú no te quieres quedar.

Ese día empezaron a conocer la informática, partiendo de cero como comencé yo. Se reúnen grupos de doce personas y uno de los bibliotecólogos les dicta un curso de un mes: cómo es una computadora, cómo se prende, qué tiene, cómo hacer una hoja de vida en Word, cómo hacer un presupuesto de la casa en Excel, cómo buscar en Internet temas que a uno le gustan, cómo abrir el correo y enviarle una carta a otro...

Lo del correo fue buenísimo. Resulta que empezaron a enseñarles el correo electrónico, le dieron a cada uno su dirección, y cuando ya tenían la suya:

—Ábranlo. Mándenle un mensaje al compañero.

Se disparaban mensajes y los veían aparecer al otro lado en ese mismo momento, y se morían de la risa, y Pilar y los bibliotecólogos felices. Pero felices.

Fueron por lo menos diez caminatas por la alameda y más allá de la alameda los sábados y los domingos.

Un sábado muy temprano Pilar dijo que saliéramos para un humedal.

—¿Qué es un humedal?

—Piensa en un lago de aguas limpias —me dijo—, en un pantano verde porque está cubierto por un manto de plantas pequeñitas, con pájaros, con otros animales. Los humedales son pulmones de la ciudad. Hay que cuidarlos.

Fuimos, y sí. Era lo que ella había dicho. Hablamos con la gente y nos trajimos a un grupo grande.

A los ocho días ella habló del humedal de La Vaca. En la zona de la biblioteca hay tres: el de El Burro frente al edificio, el de El Buey, y el famoso de La Vaca. Ella no lo conocía pero le habían dicho que allí vivía mucha gente que no sabía de la biblioteca.

—Vamos pa esa aventura —dijimos nosotros. Y ella:

—Vamos pa esa.

Cuando llegamos allá, Pilar dijo que creía haberse salido del planeta. Era un pantano de barro. En las zonas que ya tienen un piso medio firme porque la gente ha ido invadiendo las orillas, hay casitas de lata, de madera, pero más pequeñas y más pobres que las de las montañas que vi la noche de mi llegada a Bogotá. Casitas hechas por ellos mismos sobre el barro seco en épocas de Sol. No tienen luz eléctrica, el agua la sacan de lo que queda del lago y la van guardando en canecas, una al frente de cada tres casitas. Mucha basura. Los pájaros sucios y en todas esas casitas, niños como los pájaros.

Pilar los invitaba a la biblioteca y algunos nos miraban como si preguntaran «Y éstos, ¿quiénes son?». Nosotros íbamos en son de paz.

Al principio era gente como sorprendida, como animales bravos, pero poco a poco algunos dijeron que sí, que iban, y nos regresamos con ellos. Al paso de Pilar caminamos dos horas para llegar a la biblioteca.

Allí volví a temblar de emoción: a Pilar le dejaron llevar a una niña de tres años que apenas caminaba y a su hermanita que la cuidaba. Arrancamos y, claro, la niña se cansó, nos la empezamos a turnar para cargarla y Pilar le preguntó por qué estaba cansadita, y ella la miró con una cara, pero con una cara de esas que se le quedan a uno pintadas. A mí se me quedó esa cara en el alma.

—Es que estos zapatos me quedan chiquiticos —dijo.

Se los quitamos y continuamos.

Por fin llegamos. Yo creo que todos recordamos la cara de esa niña cuando vio el edificio de la biblioteca.

—¿Y yo voy a entrar ahí? —le preguntaba a Pilar y le decía mamá.

—Claro que sí. Lo que hay aquí es para ti —le explicó ella.

La llevamos a la sala infantil y Pilar comenzó a mostrarle los libros y se sentó sobre un tapete donde hay cojines con figuras de animales: una tortuga, una lombriz, un pájaro,

bueno, muchos animales, y la niña empezó a ver libros, pero
ella como que quería mirarlos todos al mismo tiempo, y cuando nos dimos cuenta cogió entre los bracitos todos los que
pudo y los llevó hasta el sitio donde estaba ella con su hermana, los puso al frente y empezó a mirarlos uno por uno, pero
muy rápido porque tal vez pensaba que no le iba a alcanzar
el tiempo.

En cada visita Pilar les decía: «Cuéntenles a sus amigos, a
sus primos, a sus vecinos que aquí existe esto, que aquí no les
cobramos nada. Sólo tienen que venir y aprender».

Hoy eso es lo que me parece ser importante en la vida.

A los seis meses la biblioteca estaba llena de gente de los
barrios vecinos, y también de desterrados. Muchos desterrados que van llegando del campo, de los pueblos, de otras ciudades de donde los ha echado la guerra o la pobreza, y tienen
necesidad de aprender. Sin embargo, todavía llegaban a la
puerta y preguntaban cuánto tenían que pagar por entrar.
Apenas a los dos meses de estar allí metida vine a comprender lo que quería decirles Pilar cuando los invitaba: «Vengan
que esto es de ustedes».

Es que la gente no sabe a qué tiene derecho. Cuando viene no sabe que lo que hay aquí es su derecho, no es un regalo,
no es que alguien sea muy bueno y nos da esto. No, es su
derecho a aprender, a conocer los libros, a conocer el mundo
a través de la lectura.

Durante dos años vi lo mismo. Después de atravesar tres
barrios con calles de barro, muchas veces lloviendo, ellos aparecen con los zapatos sucios y antes de seguir se detienen un
momento y dicen:

—Bueno, este edificio tan blanco, tan limpio, tan grande…
¿Qué hago? ¿Entro?

Y cuando resuelven entrar, preguntan:

—¿Cuánto vale la consulta? —y no lo pueden creer cuando les dicen:

—Esta es una biblioteca pública, los servicios son gratuitos, usted tiene derecho a entrar.

Otras veces miran las computadoras y preguntan:

—¿Cuánto vale la hora?

—No vale nada. Sólo debes pedir un turno, esperar, y ya vendrá alguien que te va a ayudar.

—Pero yo no tengo ni idea de cómo prender la computadora, no sé hacer nada.

—Tranquila. Aquí te ayudamos.

Cuando encuentra todo esto, yo oigo que la gente dice:

—Definitivamente hay muchas cosas que nos han negado.

Y cuentan que cuando aquí estaba la planta, en los barrios vecinos decían que a lo único que ellos tenían derecho era a recibir las basuras de los barrios elegantes… Y ahora ver este edificio y que la gente venga a buscar la cultura, y que las madres y algunos padres puedan traer a sus hijos a aprender donde antes había basura, a mirar una película, a participar en un taller de plastilina o en uno de dibujo, eso los hace creer en la vida, como me sucedió a mí a los pocos meses de estar como vigilante.

¿Vigilante de qué? De nada, porque a las pocas semanas las bibliotecólogas vieron que yo me devoraba los libros y empezaron a ayudarme como a una lectora, no como a una empleada. Todo esto me hizo ver que sí puede haber un futuro.

Aquí pensé por primera vez en el mañana. Tenía veinte años.

Desde un comienzo la gente pedía que le dejaran llevar libros a las casas porque no les quedaba fácil venir todos los días. Aún no habían organizado el sistema y en esos mismos días trataron de llevarse uno. Un muchacho lo escondió dentro de la chaqueta y al salir de la sala, claro, sonó la alarma. Uno de los vigilantes le dijo:

—Permítame joven, tenemos que requisarlo —y antes de que lo esculcaran, él confesó:

—Es un libro que tengo aquí.

—¿Y entonces?

—No, es que yo debo leerlo para hacer una tarea, no tengo para comprarlo y necesito llevármelo a mi casa. Además está buenísimo.

Le explicaron que eso no se hacía porque les quitaba a otros la oportunidad de leer.

—Sí, estoy consciente de eso —dijo el muchacho—, pero juro que yo pensaba terminar de leerlo y devolvérselo a la biblioteca. Me pillaron.

En ese momento Pilar tomó una decisión:

—Esta gente los necesita y si no se los damos, se los van a llevar —dijo.

Es que, prestado o no, no hay nada igual a tener un libro sobre la almohada o encima de la mesita de noche.

Ese día Pilar sabía que podía suceder cualquier cosa: había gente que tenía casa propia, pero la mayoría no; además muchos no tienen una dirección fija y a lo mejor no los iban a devolver. O los podían dañar. O les podían arrancar dibujos. De todas maneras, comenzaron a prestarlos.

—Si ahora uno no le da a la gente un voto de confianza, ¿entonces cuándo? —dijo ella.

Pero había otro problema, un problema muy tenaz: tenían que darle carnés a la gente y eso valía plata. Pero ¿cuánto les iban a cobrar por el carné? La mayoría de los que van allá son pobres, y resolvieron cobrarles centavos, pero centavos, porque si les pedían lo que valían un plástico y una foto y todas esas cosas, la gente o dejaba de comer o no podría sacar libros. No todos pero sí la mayoría. Así de sencillo.

Al año, cuando yo dejé de ir allá, no se había perdido el primer libro.

—En todas las bibliotecas del mundo se pierden libros. Aquí los prestamos y no se los llevan —dijo Pilar el día que se despidió de El Tintal.

Los primeros seis meses pasaron como si hubieran sido un día, y una mañana me llamaron para decirme que se me había acabado el trabajo. Ya no era empleada, pero yo seguí yendo todos los días a leer y al poco tiempo comenzaron los padres a pedirme que guiara a los niños en sus tareas y yo, claro. Sí. Les iba enseñando lo que había aprendido, les iba mostrando el camino y ellos empezaron a llevarme regalos, y luego algún dinerito, y más dinerito y cuando me di cuenta ganaba casi lo que necesitaba para pagar la comida y la vivienda, de manera que ahora tampoco tenía que pedirle todo a Alejandro.

En un comienzo dije que no, que dinero no, pero los padres se hacían los locos y me dejaban lo que podían, pero con tanto gusto, con tanto agradecimiento que pensé: «Bueno, cualquier centavo cae bien porque yo también les estoy ayudando», y una de aquellas madrugadas me dije: «Cómo es la vida. Aquí me dan regalos por ayudar y no para que los castigue». En ese momento entendí qué es ser un buen maestro.

Y otra madrugada no sé por qué se me conectaron las baterías y pensando y pensando en estas cosas fui entendiendo por qué odio vivir arrimada. Claro. Pero clarísimo. Eso es así.

—Cuando uno deja que le den todo, depende de alguien y tiene que callarse. Eso fue lo que me pasó donde El Demonio y por lo mismo nunca me atreví a decirle a mi mamá lo que me estaba sucediendo con él.

Puerto Amor

El campo de paradas del batallón parecía borroso. La prueba de fuego para nosotros era vivir seis meses separados y poder ver a Eloísa quince días, y otra vez seis meses y lo mismo, y otros seis meses… Haciendo cuentas, cada año nos veíamos sólo un mes.

Había llovido al comienzo de la noche y como sucedía en las madrugadas, una cortina de niebla baja cubría la selva. Dos de la mañana.

—¿Qué día es hoy? —preguntó Alejandro.

—Miércoles 26 de marzo —le dijeron.

Alistamiento de armas antes de una operación en la selva todopoderosa prevista para un mes. Una columna de la guerrilla que se mueve en un área de cientos de kilómetros cuadrados de selva tenía en su poder desde hacía mes y medio a tres mercenarios estadounidenses y su misión era buscarlos.

La Orden de Operaciones señalaba que a comienzos de febrero los guerrilleros habían disparado contra un avión es-

tadounidense que realizaba maniobras para aterrizar en lo
alto de un cerro debido a fallas técnicas. El avión tocó tierra y
los guerrilleros les dieron muerte al sargento del Ejército colombiano Alcides Cruz y al estadounidense Thomas John Je-
nis. Luego secuestraron a sus compañeros, identificados por
los militares como Thomas Howes, Keith Donald Stansey y
Marc D. Gonsalves.

Casi en forma inmediata el gobierno movilizó a seis batallones, más de seis mil hombres en su búsqueda, y la compañía de Alejandro tenía como misión relevar a una de aquellas
que habían participado en el comienzo de algo llamado Operación de rescate «Fortaleza».

El documento decía que a raíz de la movilización de tropas, aviones y helicópteros, la guerrilla había incrementado
«el accionar terrorista en sus áreas base, mediante la utiliza-
ción de campos minados y artefactos explosivos en forma in-
discriminada, con el fin de detener el avance de las tropas».

—Pan de cada día, esa era mi profesión, y uno toma las
cosas como un trabajo cualquiera —pensó Alejandro—. Debíamos partir para la selva a las tres de la mañana y por tanto
teníamos una hora para alistar armas, verificar los víveres, el
equipo de primeros auxilios y subir a los camiones.

Como siempre, mi equipo de campaña eran una cantimplora, un jarro, una marmita que coloqué en la riñonera —la
base metálica del morral para que horme en la espalda y en la
cadera—, una frazada, una hamaca, dos o tres calzoncillos,
medias, un par de botas de caucho, un par de botas de cuero,
camisetas, pasamontañas de lana para protegerme de los
mosquitos y del frío de las noches y las madrugadas, un par
de guantes y una bufanda de lana, el fusil, un chaleco con
munición y granadas de mano, un machete, nueve libras de
arroz, una de lentejas, una de fríjol, una de pasta, pastillas
para purificar el agua, condimentos, un frasco con aceite y un

tarro con combustible para hacer hogueras cuando se pueda. Uno de nosotros llevaba una pequeña estufa y otro un tanque con combustible para esa estufa, según la antigüedad o según el orden en que marche.

Total, treinta y siete kilos en las espaldas.

Mi puesto de combate estaba en la escuadra de choque y detrás de nosotros avanzaban tres más: la de apoyo, la de reserva y la de seguridad de retaguardia con un mortero. Lo demás es lo habitual: ametralladoras M60 tipo comando, lanzagranadas múltiples y morteros.

Quince minutos antes de las tres subimos a cinco camiones sin carpa, y también como de costumbre nos ubicamos en la parte de atrás un apuntador que dispara y el respectivo ayudante con una ametralladora M60, y un soldado con el lanzagranadas MGL de 40 milímetros, de manera que sean ellos los primeros en saltar y desencadenar un alto volumen de fuego que proteja y permita el desembarco del resto de la tropa en una emergencia.

A los lados de cada camión tomaron puesto un comandante de escuadra y cinco soldados fusileros cubriendo los flancos, pero cuidándose de no sacar la trompetilla más allá de la carrocería del vehículo. Yo iba tranquilo, siempre estoy tranquilo. Esa mañana, la única intranquilidad era pensar en lo lejos que estábamos Eloísa y yo.

A las tres comenzamos a transitar por una carretera controlada por el batallón 56. Buscábamos llegar primero a un caserío miserable llamado Puerto Amor, a cuatro horas de allí.

Cuando llegué a aquella zona y escuché hablar de la aldea, una aldea de catorce o quince casuchas de tabla a un lado del camino, le pregunté a un sargento de la región por qué le habían puesto ese nombre y me contestó:

—Porque lo fundaron tres prostitutas.

Luego le dije lo mismo a un viejo que colonizó todo aquello y él respondió como una bala:

—¿Tres? Si ese lo fundó Cheeela. Chela sola. Lo que pasa
es que después ella se llevó a dos mujeres más para que le
ayudaran a repartir mercancíía.

—Entonces… ¿Puerto Amor es un lugar de putas?

—Nooo. Ahora no, mijo. Ahora es de gente normal. Lo que
sucede es que en ese momento por allí no pasaba carretera
sino una senda estrecha y un día apareció Chela, que era la
preferida de un jefe guerrillero, y con esa voz de mando que
tienen las queridas, ella le dijo:

—Amor, ponga a esos hombres a derribar la selva en este
punto.

Le gustó el sitio: cuando ella llegó no era época de mosquitos ni zancudos y además vio un arroyo de agua limpia.
Bien. Cuando hicieron la tumba de árboles dijo que los que-
maran. Los quemaron y allí mismo mandó levantar dos o tres
casuchas con palos y telas de plástico. Nada más. Y se quedó
allí, y después se trajo a las otras dos… Jodida Chela. Una
mujer con inteligencia de hombre. Usted dirá: «Qué aventu-
rera esa mujer». Pues no. ¿Cómo le parece que no?

—¿Por qué?

Pues porque en ese momento lo que cruzaba por esa senda era el dinero de la cocaína y el dinero de los secuestros,
mijo. Es que Chela ve más lejos que la guerrilla.

—¿Y ella sigue allá?

—Nooo. Ahora ella está en Neiva con su casa propia, una
buena casa, y también tiene una trilladora de café. Hoy Chela
es muy riiica.

—¿Cómo es Chela?

—¿Usted ha visto esos gladiadores de la televisión que se
meten una correa de cuero entre las naaalgas?

—Los luchadores de sumo.

—Eso... ¡Así es el culo'e Cheliiita!

A las siete de la mañana llegamos a Puerto Amor y allí nos ordenaron un desplazamiento ofensivo a pie hasta otro sitio llamado La Campana, en un nudo de montañas que son el comienzo de la cordillera de los Andes. Terreno abierto con inmensas áreas de bosque. De ahí en adelante el camino subía hasta las cumbres y luego bajábamos, y abajo encontrábamos algunas veces tierras pantanosas y después otra vez a trepar pendientes muy empinadas que trepaban hasta los riscos más altos, y luego nuevamente a descolgarnos hasta el fondo. Por trechos encontrábamos zonas de selva ya penetrada, pero de todas maneras, selva.

En operaciones anteriores habíamos ocupado por estos lados campamentos abandonados por la guerrilla, campamentos inmensos para unos mil guerrilleros, con agua, luz, generadores, aulas, campos deportivos, pasarelas hechas con palos y lianas para asegurarlos sobre el barro.

A eso de las tres, antes de que anocheciera, escogimos nuestra área de vivac al lado de una fuente de agua y estuvimos allí una semana, a la espera de nuevas órdenes.

El lugar parecía tranquilo. Digo parecía, porque para el soldado en esta selva no hay un punto donde pueda decir «aquí voy a dormir en calma». Rozamos con los machetes la vegetación baja y cada uno colgó su hamaca de los árboles, de manera que antes de anochecer viéramos dónde dormiría el compañero que uno tenía que despertar cada hora y entregarle los visores infrarrojos en el momento del relevo como centinela.

Acampamos por escuadras en círculos, a más o menos cincuenta metros una de la otra para no aglomerarnos. Allí la selva es un poco más apretada.

Antes del anochecer, una patrulla registró los alrededores en previsión de guerrilleros colocando campos minados y ya a oscuras, comimos y templamos una cuerda sobre las hamacas, y de ella un hule térmico para el sereno, y debajo de él, el mosquitero. Era temporada de mosquitos.

Cuando amanecía bajaba una escuadra escoltando a quienes traían el agua y luego de desayunar hacíamos ejercicio en un gimnasio que armamos el segundo día con palos y lianas.

Allí nos informaron que íbamos hacia un cerro llamado Coreguaje.

—Se trata de efectuar cierres de registro y control, y de hacer inteligencia de combate con el fin de establecer la ubicación de los americanos secuestrados —dijo mi teniente.

Que yo sepa, nuestra compañía no había penetrado antes hasta ese punto, pero no puedo decir que se trataba de la única zona que no conocíamos, porque en estas inmensidades todo es desconocido, así sea el bosque menos espeso, lo que llaman selva de arrabal.

En ese momento yo llevaba siete años como soldado profesional, más uno y medio como soldado «regular», según les dicen en el Ejército a los muchachos que deben ponerse el uniforme por obligación. Ocho años y medio, todos en la selva desde cuando cumplí dieciocho. En este momento tengo veintisiete, tengo mujer, estoy enamorado pero también me gusta la guerra. ¿Qué hago? Mi puesto en la patrulla es el tercero, y mi escuadra es la primera de la compañía Demoledor, porque en combate somos demoledores. ¿Qué hago si es así?

Avanzamos en desplazamiento ofensivo por una senda de colonos hasta llegar a La Campana, unas pocas chozas con techos de palma y unas pocas casas de madera pero acampamos un poco más allá, buscando la ruta del cerro Coreguaje para evitar *brujos*. Uno les dice así a los que miran más de lo necesario, a los curiosos, a los *sapos* que le informan a la guerrilla cuál es nuestra posición, cómo nos estamos moviendo, qué armamento llevamos, aunque la guerrilla sabe bastante bien qué son una compañía, una escuadra, todas esas cosas. ¿Cómo no lo va a saber si llevan medio siglo dándose plomo con el Ejército? Esa noche, cerca de La Campana, todavía teníamos algo para comer y cocinamos en las estufas pequeñas de querosén, aunque cocinar con leña verde les da mejor sabor a las cosas, pero la hoguera delata.

A las cinco de la mañana comenzaba a clarear el día y nos ordenaron movernos hacia unas coordenadas donde se creía que podría haber grupos de guerrilleros. No se dice «bien armados» porque los guerrilleros siempre están así. Podría tratarse de la retaguardia de la columna que llevaba a los mercenarios de Estados Unidos, tal vez algunos de ellos cubriéndole las espaldas a esa retaguardia. No se sabía bien.

Tres días de marcha. Caminábamos desde las cinco hasta un poco antes de las cuatro de la tarde. A principios del año en estas soledades amanece más temprano y anochece más temprano que en los Andes. Nos desplazamos rápido a pesar de la impedimenta que es el equipo que va a las espaldas, y llegamos a una zona más alta llamada Mira Valle.

Es otro agujero en la selva con unas pocas casas de colonos miserables donde estaba otra compañía, la Buitre, esperándonos para entregarnos algunos víveres del abastecimiento que nos hacía falta y un mortero de ochenta milímetros para asegurarles el paso. A partir de allí nosotros avanzaríamos adelante.

El cerro Coreguaje debía estar a la derecha de la senda, pero al lado derecho —los lados son un metro a la derecha y un metro a la izquierda— y como la selva es tan alta, lo único que deja ver es una muralla de troncos y de vegetación baja que se cierra como una malla.

Marchamos otro día completo, digamos, de Luna a Sol y llovió mucho. Eso es común. La selva es una esponja que recoge lo que no llueve en otros lugares de la Tierra, pero el camino no era tan abandonado, un camino trillado dicen por estos lados, porque en las inmediaciones hay aserraderos y la guerrilla y los esclavos de la guerrilla, que son los colonos, sacan por allí mucha madera en mulas. Un camino arriero a través de manchas que le han abierto al bosque con hachas y motosierras.

Como es un medio camino, la marcha resulta un poco más lenta. Uno va pensando que en cualquier momento le va a salir el enemigo, o va a encontrar un campo minado. Sin embargo, el hombre que avanzaba como puntero, un soldado con ocho años como profesional, me daba mucha confianza por su experiencia y porque es, como se les dice a los más despiertos y a los más activos, muy *abeja*, y estaba bien metido en la jugada de las minas.

El puntero mira mucho el piso, busca marcas de tierra removida, barro en zonas verdes, alambres, cables: «En el siguiente tronco, en la siguiente piedra hay una mina». Él está en tensión constante, en sospecha permanente.

Los punteros son gente fría, desconfiados, no se apresuran en sus decisiones, «más analíticos que llenos de emoción», decía mi coronel cuando me dejaba ayudarle en cosas de matemáticas hace ya ocho años. Mi coronel llegó a general porque era un fuera de serie. Que vivan sus pelotas. Y su cabeza, desde luego.

Para ocupar la posición de puntero escogen a alguien que tenga mucha malicia indígena. En eso, los campesinos son campeones: que si un animal se mueve más rápido de lo normal a tal hora, que si un pájaro voló asustado, que si en una región donde no se produce leche se encuentra una cantina para transportar leche. Y si es campesino, y para completar, de la misma región, mejor puntero porque conoce las costumbres de su gente y se pesca casi sin mirar qué cosa es extraña. Él sabe qué está dentro de lo normal y qué es raro en su ambiente.

Los punteros son tigres para descifrar huellas: pisadas frescas, barro húmedo. Pisadas de tres horas más seco el barro, pero de más tiempo así o asá. Pisada de medio día, así. De un día, asá. En cuanto más vieja la pisada, más seco el barro, huella dura, pero el que no nació en el campo no sabe de estas cosas, y si se las enseñan pero no es *abeja*, ¡bum!

A quien va de segundo uno le dice contrapuntero. Generalmente es otro campesino, más malicia indígena pero los ojos adelante, a los lados, yo digo que hasta las narices estiradas olfateando el aire, pendiente de señas que delaten una emboscada. Ahora, descubrir una emboscada es muy difícil, pero muy jodido. Es casi imposible.

Generalmente las minas tienen alambres porque los bandidos esperan dos o tres días a que uno pase por allí, según las informaciones que les da la gente de la zona, o según los cebos que ellos hayan puesto. Cebos pueden ser casas abandonadas, campamentos delatados por ellos mismos a través de su gente en los pueblos. Eloísa fue una de ellas —«Eloísa, ¿qué estará haciendo a esta hora?», decía yo a cada rato—, y cuando uno se acerca al cebo ellos accionan el explosivo trescientos, cuatrocientos metros más allá utilizando un registro para la corriente, un registro normal de los que hay en cualquier casa, conectado a una batería. Acción fácil, mortandad segura si uno fuera un ingenuo. Alguien trepado en un árbol, en una palma avisa por radio y el hombre que maneja los alambres los conecta: ¡bum!

Pero en estos terrenos también acciona una mina aquel que pise donde no ha mirado antes, aquel que encuentre una cantimplora por allí tirada. La cantimplora es activada por una gota de mercurio.

Y también hay minas de presión. Uno pisa, y también ¡bum! Pisó y accionó un dispositivo, un dispositivo común y silvestre como es el émbolo de una jeringa desechable o una pinza para asegurar la ropa cuando está secándose colgada en una cuerda. Yo no soy experto en estas cosas, pero tampoco un ignorante. Es que he visto a muchos compañeros morir así. Cuando el puntero detecta una, llama al que sabe y él la desactiva. En el Ejército decimos que los expertos en explosivos que han muerto sólo cometieron un error en su vida. Uno.

A La Campana llegamos ya al atardecer, organizamos nuestra área de vivac, comimos, le escribí a Eloísa una carta, mitad carta, mitad pensamientos que había tenido en estos días. Fue un descanso de dos o tres horas y a la medianoche, una noche de Luna, continuamos selva adentro en busca de otro punto llamado Las Bocanas. Bocana le dicen en la selva a la desembocadura de un río.

Yendo hacia ese punto ya empezamos a encontrar una selva que se cerraba. Por allí no se veía una casa, no se veían *brujos*, no se veían indios, aunque los indios hablan sin que les pregunten. Uno camina rápido cuando hay Luna, y cuando no la hay se detiene en aquel sitio donde el puntero ve que no puede avanzar más y ahí se queda descansando hasta cuando sea posible continuar.

Llegamos a Las Bocanas un poco antes del amanecer. Reposamos, hicimos luego el desayuno, lo de costumbre: chocolate y torta de maíz, de vez en cuando se come uno un huevito, y arrancamos a eso de las diez de la mañana. Cada vez menos claros en el bosque, mucha senda, mucho camino guerrillero. Sendas trilladas, pasos de la guerrilla. Buscábamos aquellas coordenadas aproximadas que dieran la ubicación del enemigo.

Las Bocanas son seis casas, un puñado de colonos con mujeres y con hijos, todos auxiliares de la guerrilla por obligación. «O colabora con nosotros o se muere», les dicen. No necesitan decir más. Y si ellos están en el fin del mundo como aquí, lejos de cualquier asomo de civilización, lejos de una autoridad, ¿qué más pueden hacer? Eso lo comprendo en algunos casos.

De todas maneras, uno trata de hablar con ellos para ganárselos y escasamente responden con un sí o un no. Pero si dicen no, es que sí, y si dicen sí, es que tal vez, quién sabe. Sin embargo, yo hablo con ellos muy poco. Uno mira y analiza mucho a la gente y sabe que debe callar. Por esos lados la gente lo mira a uno mal. Uno pide agua, ese cuento ya lo sé, y no le dan ni una gota, a menos que se llamen Eloísa, con esos labios pintados y esa manera de reírse, con cara de niña buena, pero también de niña ingenua aunque no sea ingenua. Pero, quiéralo o no, ella es una mujer como pocas… A la gente de la selva le tienen prohibido hablar con uno.

Nos abastecíamos de líquido en arroyos con un agua muy limpia. Hasta ese momento no teníamos problemas.

En Mira Valle nos habíamos encontrado con la compañía Buitre para entrar a controlar las inmediaciones del cerro Coreguaje, ya en selva muy cerrada, y a partir de allí los helicópteros dejaron de llegar. ¿Para no alertar al enemigo, o por qué? Averígüelo, Mandrake.

Siempre nos llovió. En ese momento habíamos avanzado un gran trecho dentro de la selva y nos estábamos quedando sin comida. Aparte de arroz y de alguna otra cosa, no teníamos nada en ese momento. Se habían acabado los demás granos y los enlatados, el atún, las salchichas. La comida duró diez días y en ese momento debíamos llevar diecisiete.

El mayor de ahora, uno muy diferente del héroe que murió en combate, se había quedado en Las Morras con su contraguerrilla, desde allí le envió la comida en mulas a la compañía Buitre y ellos nos la mandaron en las mismas mulas. Esos eran los últimos abastecimientos que habíamos recibido.

En ese momento avanzábamos una media hora adelante de la Buitre y ya veíamos el cerro Coreguaje, una colina si uno lo compara con las montañas de los Andes, pero de todas maneras una montaña muy alta, ya cubierta por una selva que no es selva: es una masa apretada de árboles y vegetación.

Terreno quebrado, suba y baje, trepe montañas y descuélguese a las hondonadas que hay más allá, rompa selva con el machete. Un colchón de hojarasca que se traga las piernas hasta las rodillas, y debajo de la hojarasca una masa de barro resbaloso. Dadas las condiciones del terreno y ante todo por seguridad, esperamos a los de la Buitre y formamos una sola compañía. La mayoría de los de la Buitre y de la Demoledor éramos gente conocida, muchos veníamos de las mismas zonas de combate en otras partes del país, aunque había mucho soldado «regular» que no habíamos visto nunca. A esos voluntarios los incorporaron a última hora y era gente brava, sí, allí había soldados muy buenos, pero muy verdes todavía, soldados que apenas iban a cumplir un año de servicio, frente a nosotros que llevábamos tres, siete, diez años como profesionales.

El 12 de abril, un sábado, nos acercamos por fin al cerro y allí hicimos alto. Los hombres de la compañía Demoledor

Cinco, la mía, bajamos en busca de un bohío de indios en plan de investigar, y la Demoledor Dos, integrada por soldados nuevos, se quedó en la parte alta. Cuando habíamos avanzado tal vez doscientos metros sobre el talud de la montaña —es tan difícil hablar de distancias en una selva—, escuchamos disparos en la parte alta y nos devolvimos: un guerrillero con su aparato de radio había llegado hasta cerca del centinela, él lo vio y le disparó.

—El bandido venía reportando nuestros movimientos. Nosotros lo escuchamos a través de una radio «escáner». Hablaba en susurro: «Los tenemos cerca», decía —según contó mi sargento.

Cuando escuchó los balazos el tipo se lanzó por un peñasco y desapareció.

La Alameda

El clima de Bogotá es fresco todo el año. Yo lo siento frío porque vengo de tierras muy calientes también durante todo el año, y en la biblioteca lo primero que a uno le enseñan la piel y los ojos —quitando los meses de lluvias, que son opacos— es que no hay nada mejor en el mundo que leer sin lámparas y aprender con la luz del día y el aire limpio.

—Como aquí funcionaba una planta de basuras, lo primero que tienes que agradecerle a este edificio es el manejo extraordinario de la ventilación y de la luz natural —me dijo Yaneth, una bibliotecóloga tan joven como yo.

Le pregunté cómo era el manejo del aire, ella me señaló las gibas del edificio y luego me explicó:

—Se llaman bolsillos y a través de ellos entra el aire y circula por todas las salas sin molestar a nadie.

El de la luz no es un secreto porque los techos son claraboyas enormes de un extremo al otro.

—Se llaman lucernas y gracias a ellas sólo tenemos que encender las luces artificiales antes del atardecer. La explosión de luz es parte de nuestra cultura.

—Todo me parece un sueño porque yo soy del campo y cuando llegué a esta ciudad lo que más me arrugó fue la oscuridad en donde vivo, y también la falta del verde. Pero esto es otra cosa. Y además, ver tantos espacios afuera, y más allá de... ¿cómo se llama eso?

—Terrazas y explanadas.

—Sí, y más allá de las explanadas, cuando uno mira ese parque tan verde, siente que de verdad respira.

La alameda cruza por frente a la explanada y unos treinta metros más allá comienza el humedal de El Burro.

—En esa franja un coordinador experto en nuestra naturaleza y en nuestra historia ha sembrado con los niños unos tres mil árboles, pero árboles nuestros. Es que nosotros somos uno de los países más ricos del mundo en flora. La semana entrante él va a continuar con una cosa que llama «Taller de literatura, naturaleza y color» y tú tienes que asistir a él. ¿Sabes por qué se llama así?

—No.

—Pues color cuando los niños dibujan lo que ven, y naturaleza cuando tocan las cosas del humedal. Tú tienes que dibujar también, por ejemplo nuestras propias aves, y tocar el agua para que empieces a entender quién eres realmente y de dónde venimos nosotros.

Yo había sentido la felicidad tan pocas veces en la vida que después de ver a Yaneth hablando de esas cosas también me emocioné y conté las horas, hasta cuando a los tres días conocí a Alejandro, otro Alejandro, Alejandro Torres, el joven que dirige el taller.

Cómo es de joven y cómo sabe tantas cosas y cómo lo hace sentir a uno cuando habla.

Esa mañana, de camino al humedal, lo primero que nos dijo fue que no creyéramos en lo que decían de humedal algunos libros extranjeros.

—En ellos humedal es un pantano o un lodazal, pero aquí eso no es así. Un humedal para nosotros es una pesquería, ¿saben por qué? —preguntó y él mismo se respondió:

—Nuestros indios no le decían humedal sino chucua, que quiere decir gente del agua. Aquí nacían y aquí pescaban.

—Pero en el humedal de La Vaca vi barro por todos lados —le dije.

—Ah, pero es que eso lo ha hecho el hombre de hoy. Miren una cosa: hasta hace algunos años, aquí muchas veces el cielo se oscurecía con las bandadas de patos que encontraban toda la comida del mundo en nuestros bosques, pero fueron derribando las plantas y empezaron a sembrar un atentado que se llama eucalipto. Ese árbol, que no es del trópico, chupa más agua que cualquiera y con él comenzaron a secar los humedales. Una vez que iban secándose, depositaban encima escombros de casas y edificios, aplanaban y luego construían.

Alejandro Torres habla de todo esto y se emociona tanto como Yaneth.

—Aquí nuestras mujeres daban a luz de pie, con el agua hasta la cintura. Piensen que arriba están el viento que la mujer respira y el Sol que es la vida. Y de la cintura hacia abajo el agua, de donde viene nuestra cultura: cuando la mamá se mete allí, al niño lo saca del vientre una fuerza de la tierra que se llama la gravedad y el hijo sale a la vida sin sufrir maltrato. Y pensar que ahora nos vienen con el cuento de que eso lo inventaron hace pocos años unos europeos.

—¿Por qué se llama El Tintal? —pregunté

—Porque en todo lo que es este parque y parte de la ciudad había árboles de tinto, que no tiene nada que ver con

el vino ni con el café, sino con tinturar las cosas de color
violeta.

Fui por lo menos diez veces al taller. Primero en el humedal, después dibujando en la biblioteca y más tarde leyendo
libros sobre nosotros y sobre nuestra naturaleza.

Una mañana, Alejandro Torres nos dijo en el humedal:

—Ahora cierren los ojos.

—¿Para qué?

—Cuando uno los cierra, agudiza el oído. Traten de iden-
tificar a las aves por el canto.

Yo sé que es así, pero los cerré con mucha dificultad, con
miedo por aquella herencia de la guerra, pero en aquel momento quería recordar la selva, y cuando nos dijo que los abrié-
ramos nuevamente, nos explicó:

—Los indios que vivieron aquí se llamaron muiscas, es
decir, los hombres que abrían los oídos y conocían el lenguaje
de las aves, y eso es una maravilla.

—¿Por qué nos cuenta estas cosas tan bellas? —le preguntó un niño, y él respondió:

—Para que ustedes sepan primero de dónde venimos. Eso
se llama rescatar nuestro patrimonio cultural.

Recuerdo que el taller terminó un sábado y Alejandro Torres dijo que el domingo habría misa en la biblioteca.

—Pero piensen —agregó— que la misa es acercarse a Dios
y eso es muy importante, desde luego, pero está basada en
una cultura muy diferente de la nuestra. Eso lo van a sentir,
por ejemplo, cuando les hablen de pan y vino. Sí, pan y vino
pero en otras partes del mundo, porque lo nuestro son el agua
y el maíz. Escuchen bien: maíz, no *corn flakes*, el «cereal» que
sabe a plástico.

A los pocos meses de estar viviendo en la biblioteca, es que de día yo vivo allá, la biblioteca es mi casa, la biblioteca es mi barrio, la gente de la biblioteca es mi parche, recuerdo una exposición de León de Greiff. Estuve un día leyendo sus poemas, leyéndolos, leyéndolos, y me aprendí los de mi vida, y como a veces duermo mal —siempre estaba sola en esa época—, por las noches me levantaba y miraba por la ventana… «Yo de la noche vengo»:

> Yo de la noche vengo y a la noche me doy…
> Soy hija de la noche tenebrosa o lunática…
> Tan solo estoy alegre cuando a solas estoy
> ¡y entre la noche tímida, misteriosa, enigmática!

Y otro:

> Señora Muerte que se va llevando
> todo lo bueno que en nosotros topa
> Solos, en un rincón, vamos quedando…
> De alma de trapo y corazón de estopa.

En El Tintal hice mis primeros amigos-amigos: Alberto —le decían «El Niño de los Limones»—, Fabio, Rafael y El Mago.

Alberto tiene once años, apareció un día con una bolsa y le dijo a la chica que atiende los casilleros: «Guárdeme esto», y como allí siempre dejan maletines, morrales con libros y cuadernos, ella llamó a Pilar:

—¿Podemos guardar unos limones?

A Pilar aquello le llamó la atención, bajó a mirar qué estaba sucediendo y Alberto le contó que se ganaba un dinerito vendiendo limones, pero que aprovechaba el tiempo libre cogiendo una computadora o pidiendo un libro en la sala infantil.

Cerca de esa biblioteca hay una central a la que llega casi toda la comida del campo y él los compraba allí. Una central muy grande. En la avenida del frente yo vi desde el primer día carretas y más carretas tiradas por caballos que llevaban comida, pregunté y me dijeron:

—Es la Central de Abastos. Por allí se mueven miles de carretas y miles de bicicletas. La gente llega a la biblioteca en bicicleta. Y en la puerta termina una de las ciclorrutas donde la gente pasea los domingos y entre semana va de la casa al trabajo.

—Alberto: ¿qué encuentras aquí? —le pregunté un día.

—De todo. Yo soy feliz: leo cuentos, miro imágenes de otros libros y las bibliotecólogas me explican qué quiere decir cada dibujo.

El segundo amigo era Fabio. Él es un poco más grande que Alberto, tenía en ese momento trece años. Llegaba a la biblioteca a las ocho de la mañana y sólo se movía de allí a las ocho de la noche, y uno veía que siempre estaba allí leyendo o metido en todo tipo de actividades. Una mañana hablé con él y vi que Fabio pensaba como pienso yo: todo lo quería saber, todo lo buscaba en los libros, en las computadoras, y por buscar no comía. Yo me lo detallé desde el comienzo, porque claro, lo veía a toda hora, y un día dije: «Ese niño nunca come. ¿Será que no tiene con qué comprar un pan en la cafetería?», y hablé con él. Claro, no tenía ni una moneda.

A los pocos días le dije que yo tenía cómo y quería invitarlo a la cafetería: un refresco o un café y un par de rosquillas, o una papa rellena. Lo que quisiera. Dijo que no. Sentía vergüenza.

—¿Vergüenza? Qué es más vergonzoso, ¿comer, o sentir hambre y no decir nada. ¿Ah?... Fabio: somos del mismo parche.

—¿El parche de la biblioteca?

—Sí. Digamos que sí. Con Alberto y con Catalina y con Lucía y con los que venimos todos los días a leer vamos a formar un parche, ¿bien?

—Sí. A lo bien.

En adelante, Fabio y yo nos sentíamos gente importante cuando nos dejaban meter en el mesón de atención al público. Él cogía algún libro, se sentaba en la silla y desde ahí leía, y yo leía en otro extremo y a la vez vigilábamos.

Conmigo y con Lucía, Fabio fue el primero que asistió a talleres. Allí querían que los niños aprendiéran a manejar la computadora pero también que fuéramos felices con la lectura, porque muchas veces con esa maravilla de la computadora a uno se le olvida que los libros son más importantes, sin decirles tampoco que no a las cosas modernas.

Después él entró a un taller para hacer figuras de plastilina, allá les dicen talleres creativos, y luego le enseñé a consultar en carta. Consultar en carta es meterse en las computadoras de la sala de niños y mirar las enciclopedias con los países del mundo, la geografía, de qué vive la gente en cada país, cómo vive.

Una tarde antes de salir se me acercó preocupado y me
dijo:

—Eloísa, me metí a una página indebida. ¿Eso es malo?

—El sexo no es malo, hermano. ¿Qué pasó?

—No, a sexo entré ayer. Es que hoy encontré una de brujería.

—¿Y?

—No, que el auxiliar de la sala me dijo que mejor entrara
a otras y busqué otras, pero ya vi que uno encuentra en Internet muchas cosas.

—Todo lo que uno quiera —le dije, y él muerto de la risa,
una risa de esas que uno hace cuando empieza a descubrir lo
que no le han querido enseñar en su casa.

El cuento es que un día Pilar le preguntó por qué no iba a
la escuela.

—Porque mis papás no pueden pagar el estudio —contestó.

Ella le consiguió cupo en una escuela del gobierno, y el
día que le dio la noticia, me buscó:

—¡Eloísa, Eloísa, ya tengo escuela, ya tengo escuela! ¡Ahora
sí podré estudiar como las personas normales!

A Rafael le sucedía todo lo contrario porque él estaba en
la escuela pero muchas tardes no iba a clases por venirse a
leer.

—Aquí aprendo más —decía.

Al otro le pusieron El Mago, un niño de trece años que se
las aprendía todas.

—¿Por qué lees tanto? —le pregunté una mañana.

—Para olvidarme de las cosas de mi casa.

—¿Cuáles?

—Mi mamá dice que lo único que debo leer es la *Biblia* porque allí está todo lo que uno necesita saber, pero yo me rebelo porque a mí me gustan los grandes autores.

—¿Como cuál?

—Como Shakespeare.

Cuento cierto, porque la bibliotecóloga era testigo.

A los pocos meses en la biblioteca asistí a talleres de arte *Manga*.

El cuento es que un día unas muchachas y unos muchachos le pidieron a Pilar que los dejara enseñar lo que sabían y Pilar les dijo que sí.

Ellos pedían sólo un espacio para enseñar a dibujar y a hacer las proyecciones, y bueno, todo lo que hay alrededor del arte *Manga* y *Anime*, que son las tiras cómicas y los monos animados japoneses.

Empezaron, y cuando Pilar se dio cuenta de la cantidad de jóvenes que llegaban, tuvo que hacer más talleres y esos muchachos terminaron organizando sesiones los jueves, sesiones los viernes, sesiones los sábados, sesiones los domingos. Cada una duraba dos horas, y siempre estaban llenas de gente.

Con los primeros dibujos hicieron una exposición bellísima que comenzaba con el método para ir formando la figura humana, cómo hacer los trazos de *Anime*, cómo manejar los colores de algo muy extraño porque aquellas figuras son muy diferentes de las figuras humanas que uno mira y trata de dibujar. Esa exposición duró más de un mes. Fue un éxito.

El grupo que enseña este arte se llama Animeiji, unos veinte jóvenes de los barrios vecinos, todos sencillos porque son inteligentes. Al comienzo, ellos enseñan la historia desde cuando los monjes pintaban sátiras, achicando los ojos, estirando las narices o alargando los labios de la gente, hasta cuando un artista llamado Osamu Tezuka logró que sus dibujos tuvieran movimiento. Es el *Anime*.

Las figuras tienen caras cuadradas, ojos grandes, cuerpos alargados y voluptuosos.

—¿Qué es voluptuoso? —les preguntó un niño.

—Piensa, por ejemplo en una mujer espectacular. Las modistas dicen que ellas forman una línea «X» cuando uno las mira de frente, y una «S» cuando están de perfil, ¿bien? —le contestó César.

—No me diga más.

Aprendí también técnicas para colorear, que en dos palabras consisten en cambiar nuestros colores fuertes por otros muy suaves. Ellos les dicen pastel.

Aquello me gustó tanto que yo era la primera en llegar a cada sesión para esperar a los talleristas y preguntarles cosas que no había entendido bien o que quería ampliar, y poco a poco fui descubriendo que con el *Manga* ellos buscan mostrarnos el mundo tal como es.

Algunas veces proyectaban monos animados de otras partes del mundo, pero en esas películas todo es feliz, los muñecos se caen y no sangran.

En cambio el *Anime* muestra la realidad cruda, digamos, para bien o para mal. Si alguien se golpea, sangra o pierde un dedo. En *Anime* siempre sucede algo y cada película trata de meter en la historia a quien la ve, que los espectadores sientan, que lloren o que se rían.

Vimos muchos libros de tiras cómicas y muchas películas que ellos llevaban cada tarde con toda clase de historias, desde mitología japonesa hasta sexo. Nos enseñaron los principales géneros, y yo me fui metiendo poco a poco en algo tan diferente de lo nuestro, que también poco a poco fui sintiendo que el mundo me cabía muy bien dentro de la cabeza, cuando hablábamos de *Shonen*, que es el género de acción y aventura; *Shojo*, romántico; *Hentai*, picante, sexo y otras cosas; *Kodomo*, que traduce niño y son cuentos infantiles...

Un día les pregunté si nos estaban enseñando la cultura japonesa para que la copiáramos y ellos explicaron que buscaban afianzar nuestra identidad, recuperar nuestras costumbres a partir de algunas de las de allá, y además ampliarnos la visión mostrándonos, por ejemplo, cómo allá la vida es más dura, cómo la educación de los japoneses es tan rígida y la presión de los profesores y de los papás es tanta que muchos estudiantes llegan a suicidarse.

—Japón tiene la tasa de suicidios más grande del mundo —dijo una tarde Camilo, uno de los talleristas.

Algunos días nos dedicábamos solamente al dibujo. Otros nos daban proyecciones de cine contemporáneo japonés, películas muy crudas. Recuerdo *Aniki*, del director Akeshi Kitano. La recuerdo muy bien.

Se trata de un tipo que escapó de la *Yakuza*, la mafia japonesa, y la historia tiene mucha violencia pero a la hora de la verdad lleva un mensaje de amistad. Todas las series de *Anime* buscan enseñar el respeto por el ser que uno estima o ama hasta llegar a dar la vida por él si es necesario.

Los muchachos de Animeiji nos dieron las bases para que nosotros mismos hiciéramos nuestras tiras cómicas y aunque dicen que en este país somos salvajes, nunca vi alguna con violencia. Los niños y los jóvenes que vienen a la biblioteca pintan siempre cosas de su vida, costumbres, aventuras, nunca guerra ni violencia.

Es que en las películas japonesas que proyectaban cada tarde mostraban la violencia como una crítica a la misma violencia. Una madrugada recordé la muerte de El Demonio con un cuchillo y pensé que tal vez lo que me sucedió en aquel momento fue que yo le tenía tanto pavor a la violencia que quise curarme de ella con la misma violencia. Estoy segura de eso. He pensado mucho en aquella locura y siempre he llegado a lo mismo: cuando niña sentí tanto la violencia que terminé odiándola.

Al poco tiempo empecé a venir los sábados y los domingos con el abuelo. Yo a él nunca dejé de visitarlo. Iba a su casa a comer o a ayudarle a cuidar las diez plantas de maíz que tenía en el patio, y hablábamos mucho. Él me preguntaba por mis cosas, vivía interesado en lo mío y yo le contaba todo lo que estaba aprendiendo allá, y un día se me ocurrió proponerle que se fuera conmigo el sábado. Dijo que sí. Que le parecía muy bien que lo llevara a la biblioteca. Nunca había entrado a una.

Los fines de semana por las mañanas los niños vienen con las mamás o con los papás y se sientan o se acuestan en el tapete del centro del salón y se dedican a leer con esa iluminación natural de todo el año, sin esas luces brillantes de las lámparas que le quitan a uno el color del día, y mientras escuchan, miran el parque por las ventanas. Eso no se cambia por nada.

Como imaginaba lo que iba a decir el abuelo cuando entráramos, le fui contando cosas sobre la biblioteca, pero ya en el sitio trató de dudar y yo lo fui empujando. Pedimos un libro, nos fuimos al tapete donde ya había algunas mamás con sus niños, y le dije:

—Abuelo, léame este cuento —y antes de que respondiera algo, le caí:

—Yo no soy una niña, pero también puedo hacer lo que
están haciendo ellos.

Dudó, pero yo lo hice sentar, abrí el libro, se lo di y él
empezó a leer con desconfianza, como con pena, pero luego
se interesó y pasaba páginas y pasaba páginas y a medida
que leía me miraba como preguntando si me gustaba, y yo le
decía:

—No respire, abuelo. Siga leyendo que eso está muy bello.

La ropa del abuelo huele a limpio. Como es viudo, la lava
él mismo todos los días a pesar de que aquí tengamos que
pagar tan cara el agua.

En ese momento yo había recostado la cabeza sobre sus
piernas, él había puesto una mano sobre mi pelo y con la otra
sostenía el libro.

—Sí, hija, un cuento muy bello. Sigamos, pues.

El viernes siguiente fue el abuelo el que me llamó para
decirme que no olvidara que teníamos que ir ese fin de semana a la biblioteca. En adelante, siempre fue igual.

Al mes comprobé que el abuelo era un niño como yo que
había aprendido a leer y a amar la literatura, y cuando a uno
le sucede eso ya nunca lo va a cambiar.

En la selva yo aprendía oyendo, pero en la biblioteca de
Neiva y luego aquí, en El Tintal, comencé a aprender leyendo. Pero con el abuelo descubrí otra cosa: que si a uno la mamá,
el abuelo o el papá lo sientan a su lado y van leyéndole, eso lo
amarra cada vez más a los libros.

Para mí, ir allí durante meses con el abuelo era oírlo y
poder viajar con su voz. Hoy pienso que yo me imaginaba la
suya como una voz mágica que me contaba lo que veían los
ojos de alguien que se llama autor. Y además, escuchaba al

abuelo, que lee muy bien, y mientras lo escuchaba veía una
película con mis propias imágenes.

Hoy el abuelo va conmigo una o dos veces a la semana
porque se acostumbró a llevar los libros prestados a su casa,
pero ahora él busca los que le aconsejan las bibliotecólogas, y
yo los míos. Cuando me acompaña, comemos algo al mediodía en la cafetería y algunas veces salimos a caminar por la
alameda y allí él me cuenta o yo le cuento cosas que no nos
gusta hablar en el autobús.

—Abuelo, ¿por qué se vino usted del campo? —le pregunté un día.

—Porque hace unos años los que gobiernan dijeron que
traer de otros países la comida resultaba más barato que pro-
ducirla aquí. Imagínese la bestialidad, imagínese lo burros
que son todos ellos. Mire, ellos le han hecho más daño al país
que toda la guerrilla junta. Eso me consta porque yo sembraba maíz, no mucho, pero de eso vivía. Lo pagaban bien, pero
cuando un presidente, una bestia, claro, dijo que había que
traerlo de afuera «porque resultaba más barato», dejaron de
comprármelo, me arruiné como se han arruinado millones
de colombianos que nos venimos a las ciudades a aguantar
hambre, o a robar, o a pedir limosna. Y las hijas y las mujeres
de muchos, pues a volverse prostitutas para poder comer. Eso
es lo que llaman los gobiernos «más barato».

Hija, usted sabe que yo ahora ni leo el periódico que compra
mi hija los domingos, ni veo las noticias de la televisión porque
nunca dicen lo que de verdad sucede aquí. Donde le dicen a uno
las cosas tal y como son es en la radio comunitaria.

Allí explicaron que hace diez años este país consumía todo
el maíz que producíamos, pero ahora lo traemos todo de afuera.

Entonces, ¿cuántos millones de campesinos nos hemos
arruinado por eso? Es que hoy, el miserable no es solamente

el que tiene un pequeño pedazo de tierra sino el obrero. Yo en dos hectáreas de tierra les daba trabajo a sesenta personas. A sesenta, y era uno de los que menos gente contrataba. ¿Entonces?

—¿Aquí quién será el que no come maíz?

—Todo el mundo. Es que el maíz es nuestra comida y nuestro cultivo porque se da en todos los climas: en tierras frías, en clima tibio, en clima caliente, o sea, en lo alto de las montañas, en la mitad, al pie del mar.

A las cinco de la mañana, en la emisora comunitaria hablan de todo esto. Allí han dicho varias veces que también están trayendo el trigo, el sorgo, la avena, la cebada, y este es un país hecho para la agricultura. Con un campo tan fértil como el nuestro... Hija, ¿usted se ha fijado en los grupos de diez, de quince niños pidiendo limosna en los semáforos?

—Claro.

—Son hijos de campesinos que han tenido que venirse a la ciudad. Pero no crea que todos se vienen por la guerra: mentira. La mayoría es por lo mismo que nos vinimos nosotros y por lo que su abuelo se fue para la selva. ¿Él qué sembraba?

—Avena y después maíz, pero le sucedió lo mismo que a usted y también perdió el pedazo de tierra que nos daba de comer.

—En unos pocos años yo pasé de tenerlo todo en el campo a ser un *muertodehambre* en la ciudad. No sé... Hay días que tengo tantas necesidades, pero no pido limosna en las calles porque me faltan hígados para semejante humillación.

—Abuelo, ¿sabe por qué cuando usted me trajo a la biblioteca no le recibí el dinero que quería darme para un taxi si me llegaba a perder? Por lo mismo. Me parecía que si le recibía esos billetes, la que me estaba ofendiendo era yo misma...

GERMÁN CASTRO CAYCEDO

Abuelo, ahora sí soy capaz de comprender que parte de lo que tengo en la vida se llama dignidad… que es la misma de usted. Por eso lo respeto.

—Hija… lo… lo entendí y me callé en ese momento.

—Yo no conocí en la guerrilla a nadie que no fuera hijo de pobres.

—Usted y yo, y tantos millones de campesinos miserables sí que sabemos de dónde viene la violencia. ¿Qué van a hacer el día de mañana esos niños que piden en los semáforos? Muchos se tendrán que ir a buscar la coca o la amapola como su familia, que no es de narcotraficantes sino de gente arruinada por los del gobierno. Otros se irán para el Ejército, como Alejandro, que se metió allí por hambre. Otros entrarán a la guerrilla, como usted, que no tenía ni escuela. Y otros se volverán bandidos, y a la cárcel. Ya no cabe más gente en las cárceles y casi todos son campesinos. Eso es lo que llaman los gobiernos «más barato».

—Cuando mi papá dijo que tenía que irse a la selva a cultivar cosas buenas, y si le tocaba, a sembrar amapola pero que eso era un delito, ¿usted sabe qué le dijo mi mamá? «Mijo, el delito es dejarse morir de hambre».

—Qué mujer tan sabia. Pero voy a contarle otra cosa.

—¿Cuál?

—La emisora dice que por cada tres toneladas de maíz que traen de los Estados Unidos quedan desempleados en las calles de este país cincuenta personas, mientras se enriquecen los agricultores extranjeros. ¿Y quiere que le cuente lo último?

—Cuéntelo, abuelo.

—Que los dos muchachos que decían eso, una mañana ya no hablaron más por la radio.

—¿Y eso?

—A los quince días, los mismos de la emisora lo dijeron con miedo, pero lo dijeron: uno de ellos estaba preso por subversivo. Del otro no se supo más. A estas horas anda desaparecido.

—Abuelo, cuando viene Alejandro, ¿usted le dice a él lo que me dice a mí?

—Yo no hablo con él de estas cosas porque él contesta que eso no es así.

Sin ver el cielo

Tal vez dieciocho días, tal vez veinte después de haber llegado a la zona —en la selva muchas veces uno pierde la noción del tiempo cuando las operaciones son de varias semanas—, nos dieron la orden de hacer un registro profundo y trepamos buscando la parte más alta del cerro Coreguaje. Avanzábamos paso a paso, si se quiere, porque a pesar de tratarse de un terreno escarpado y un bosque cerrado, los punteros encontraron a partir de allí huellas no tan recientes, pero en todo caso rastros dejados por gente, y teníamos que avanzar sin apartarnos de la senda estrecha que iban barriendo los detectores de minas.

A unos doscientos metros o algo así, luego de salvar una hondonada—las hondonadas son pantanosas—, y ya en terreno firme y plano, encontramos un campamento de paso de la guerrilla, al parecer vacío. Detenerse, tomar posiciones, podría ser un cebo para llevarnos a un campo minado y mi teniente ordenó que avanzaran primero el hombre del detector y con él la patrulla de asalto.

No se encontraron minas, no se vieron rastros muy recientes y lo ocupamos en cosa de segundos.

En un claro abierto con hachas hallamos árboles derribados y en el centro un depósito con algo más de doscientas linternas nuevas todavía en sus empaques dentro de una caneca de plástico, cilindros con gas para estufa y cuatro mil cartuchos. Se tomaron fotografías de todo aquello, mi teniente le dio información del hallazgo al mayor, el mayor a mi coronel y mi coronel a mi general, comunicaciones de radio muy nítidas, y luego pidió un helicóptero para evacuar la munición. En ese momento hallamos otra caneca metálica con más de ochenta uniformes de la Policía.

Pero cuando estábamos terminando de revisar lo que iba apareciendo, gritaron que habían encontrado otro depósito distinto en canecas de plástico gruesas y adentro cremas dentales, cepillos, jabones, desodorantes para hombre y mujer.

Desde el comienzo habíamos cortado varas, les hicimos punta y andábamos chuzando el piso, y donde se sentía bofo escarbábamos y generalmente hallábamos cosas. Mi teniente volvió a ordenar fotografías y reportó una vez más, y el mayor dio orden de quemar uniformes y linternas, pero dijo que repartiéramos los útiles de aseo entre los soldados y escuchamos que le dijo a mi teniente:

—Guárdeme una cremita para mí.

En ese momento llevábamos tal vez dos semanas sin útiles de aseo, y aunque allí había buena cantidad, a algunos nos tocó una crema para tres. Tampoco teníamos ya ni papel higiénico, ni máquinas de afeitar, pero de eso no dejaron los guerrilleros.

Unos ciento cincuenta metros más arriba hallamos una caseta de madera y tejas de zinc bien construida y la quemamos.

El grupo de vanguardia era una contraguerrilla, treinta y cinco hombres, y nos quedamos inspeccionando. Más atrás se ubicó otra asegurando. Buscábamos armamento, pero terminó el día y acampamos en medio de un aguacero que se calmó después de medianoche.

Madrugamos y a mitad de mañana apareció un depósito más con cinco fusiles de asalto Kaláshnikov AK47 en mal estado, fusiles M16, pólvora en tarros, un pedazo de escopeta vieja hecha por algún colono, cinco mil cartuchos para fusil, minas antipersonales, rollos de lona, videos, fotografías. Sospechamos que podía haber más munición por la cantidad de canecas que estaban apareciendo.

La orden era hacer registros y plan zorros. Plan zorros es inspeccionar el lugar y volver. A la medianoche regresaron diez hombres y se emboscaron tres horas para observar si de pronto la guerrilla venía a inspeccionar. No vieron a nadie y por la mañana dieron la orden de que regresáramos al área de vivac. Hicimos algo de comer y luego ordenaron que las dos compañías se acercaran al sector de los depósitos y la choza.

La Buitre se ubicó abajo, al lado de una quebrada de agua limpia donde la guerrilla acostumbraba acampar porque allí encontraron varias chozas, ahora abandonadas.

Nosotros ocupamos una zona más alta, pero tan retirada por la topografía escarpada que para recoger el agua en cubos y canecas pequeñas nos demorábamos una hora y media bajando y subiendo nuevamente.

Al día siguiente la compañía Buitre encontró más fusiles viejos, mecha lenta, gorras, medias, calzoncillos y alguna información de la gente de aquella zona: nombres, trabajos, ubicación. Una especie de censo.

El registro era minucioso. En ese momento mi escuadra estaba compuesta por ocho soldados y a espaldas de nosotros se movía una sección completa, dieciséis soldados y dos cuadros.

Dos días más tarde, mientras algunos buscaban y otros los apoyábamos, cosas de rutina, bajamos una pendiente y ya en el fondo, cerca del agua, en una senda de escape de la guerrilla hallamos tierra removida y casi a flor del suelo cables telefónicos sencillos, cables blancos, negros y rojos conectando unas minas con las otras para producir una explosión en cadena. Los que marchábamos detrás del puntero tomamos distancia para asegurar la zona y la ametralladora barrió buscando blancos en profundidad pero no se produjo ninguna señal. Por lo visto, los explosivos no iban a ser activados a control remoto, y con éstas uno ya lo sabe: soldado que no se concentra en lo que está haciendo, émbolo de jeringa desechable, mina, ¡bum!

Le dimos aviso a mi teniente, dejamos a la vista algunos cables, quebramos ramas, marcamos aquello y salimos de allí trazando un círculo para continuar por el eje de avance. Al día siguiente regresamos a desactivarlas y volvimos al área de seguridad —la de vivac— porque se detectaron más campos minados y los expertos hallaron huellas recientes. Adelante estaba la guerrilla.

Las minas y las últimas huellas señalaban en forma muy clara que por allí habían pasado con los mercenarios de Estados Unidos secuestrados. Pero, ¿cuándo? Nunca lo pregunté.

En aquel punto permanecimos mucho tiempo buscando y algunas veces encontramos uniformes camuflados, más munición, una que otra escopeta vieja y oxidada, un par de fusiles viejos y oxidados. Basura. La mayoría era basura.

Una mañana cruzamos una de las gibas del cerro siguiendo los rastros más o menos recientes. Descendimos unas tres horas bajo lluvia constante y encontramos señas de un campamento muy grande que no habían divisado los helicópteros porque la guerrilla derriba la vegetación baja y conserva los árboles con sus copas gigantescas, de manera que desde el aire sólo se vea selva.

Avanzamos, tomamos posiciones y lo de rigor: detector, patrulla de asalto, etcétera, etcétera, y cuando entramos encontramos allí un campo de fútbol y alrededor alojamientos, estufas, cilindros con gas, las bases donde habían instalado generadores de energía, rastros de una motobomba. Un campamento para trescientas personas con sus zanjas de arrastre, trincheras, tres casamatas grandes bajo la tierra y apuntaladas con postes y varas, como en las minas de carbón, algunas de ellas con placas de cemento armado en la parte superior. Casamatas para encerrar secuestrados. En cada una podían caber treinta personas. Sí. Allí habían tenido a los mercenarios de Estados Unidos.

Conectando las diferentes instalaciones encontramos pasarelas hechas con palos y sendas de escape por todos lados. Los bandidos andan livianos pues las sendas los llevan de campamento en campamento y en los de paso dividen la comida. Cuando hemos capturado guerrilleros no les hemos encontrado nada más que su fusil, ciento cincuenta cartuchos y tres proveedores para el fusil. No llevan nada más. Eso no son más de veinte kilos y con ese peso pueden caminar a paso ligero. Hablo de más o menos unos diez kilómetros de selva cada día. Una barbaridad.

En tanto, uno tiene que cargar con todo el equipo encima, unos treinta y cinco kilos. Y aparte, cuando anda por donde hay comida, compra bananos, gallinas, carne seca, cosas de comer y tiene que repartirlas y cargárselas al hombro. Y si un soldado se enferma —en esta operación iban muchos—, uno debe echarse también los equipos de los enfermos y su armamento a la espalda. Eso se llama dar ventajas. Es que en el cerro Coreguaje dimos todas las que podíamos y las que no podíamos también.

Los enfermos. Una cosa es decirlo y otra estar al lado de soldados con el bofe en la garganta pensando en que si llega el enemigo ellos no van a poder responderle. Porque el enemigo estaba ahí. Ahí estaban sus huellas, ahí estaban sus campamentos, ahí estábamos encontrando munición y pedazos de fusiles oxidados y cremas dentales para nosotros y para el tal mayor.

En Coreguaje comenzaron a enfermar de malaria y de diarrea varios soldados. Uno avisaba por radio: «Mi mayor, hay soldados enfermos y ya no tenemos medicamentos», y la respuesta era.

—Miren a ver cómo hacen, pero yo no puedo enviarles medicamentos.

Meta y meta suero, y el mayor:

—Ya les dije que no hay medicamentos.

No sentíamos que él nos apoyara. El enfermero llevaba tabletas para el dolor de cabeza, algo para infecciones, inyecciones para la fiebre, algo para la gripe, pero nada para malaria, y como el enfermero es un soldado corriente, lo único que sabía era aplicar inyecciones, ponernos suero y darnos cualquier tableta porque él no distinguía nada más allá del dolor de cabeza y la diarrea.

Ya no teníamos pastillas para purificar el agua y debíamos beber del líquido amarillo de los charcos en las zonas de pantano. Con eso cocinábamos. Yo sé que el estómago del soldado es muy resistente, pero las enfermedades de la selva siempre son más fuertes que el hombre.

En ese nudo de montañas nos quedamos esperando a que llegara un helicóptero y eso nos daba a entender que no les interesábamos. No creo que se tratara de ninguna táctica para distraer a la guerrilla porque la guerrilla conocía nuestros movimientos desde cuando salimos del batallón. Como dicen, secreto a voces, pues la población de toda esa zona es auxiliar del enemigo a las buenas o a las malas. De lo contrario, no podrían vivir allá.

Cuando hay gente con malaria uno debe detenerse cada media hora mientras le aplican suero. Eso se habló muchas veces y nos daba la impresión de que al mayor no le importaba nuestra situación, pero al mismo tiempo pedía resultados.

Un cabo estaba tan mal que llegó a vomitar sangre y tuvimos que engarzar una hamaca a dos palos para que cuatro soldados pudieran transportarlo.

Qué diferencia con mi mayor, el héroe, que algunas veces se enfrentó con mi coronel para que nuestra comida llegara a tiempo y porque hubiera medicamentos apropiados contra la malaria, para diarrea, para picaduras de ciertos insectos y tantas cosas que afectan al soldado en una selva.

Mi mayor héroe había muerto tan pronto el gobierno entró a tratar de recuperar la República Independiente que el presidente Pastrana les entregó a los bandidos.

Yo estoy seguro, pero completamente seguro de que esta operación habría sido un éxito si todo lo que sucedió durante la Semana Santa que estaba por comenzar se hubiera hecho bajo su mando. Pero con el hombre que teníamos ahora como comandante, olvídese. Con él, nada. Ese tipo no nos bajaba de hijueputas a toda hora. Se fajaba con los soldados en discusiones. ¿Quién dijo que un superior discute con un soldado? Y al final resultaba con que nos iba a echar del Ejército.

—¿Por qué? —le preguntaban los soldados, y él les respondía:

—Porque ustedes son una partida de payasos, ustedes son un circo. Mejor dicho, ustedes son las peores compañías del batallón.

Dos meses antes de comenzar esta operación, la Buitre y la Demoledor duramos una semana desabastecidas. Estábamos en un lugar llamado Moco Frío, un páramo con temperaturas supremamente bajas y nos hicieron cubrir en dos días un recorrido que normalmente se hace en cinco. Esa vez también muchos sufrían de malaria y diarrea, y tampoco contamos con medicamentos. Los soldados y algunos cuadros regresamos deshidratados, desnutridos, ampollados, otros vomitando sangre.

Luego vino otra operación en las faldas de un volcán, y la moral de la tropa era tan baja —como la nuestra en estos días—, que antes de partir veinticinco soldados profesionales de la compañía Cobra pidieron la baja.

Ahora se repetía la historia del volcán y del páramo porque durante dos semanas no nos abastecieron de víveres frescos, o sea carne, huevos, salchichón y algunas veces debíamos cocinar el arroz solo. Llegó un momento en el cual los soldados no comíamos, no porque no tuviéramos hambre sino porque era muy triste ver ese arroz solo y lo tirábamos.

En el último campamento estuvimos un día completo registrando hasta el último rincón y en la *rancha*, encontramos arroz, aceite y café, algunas harinas, sal, azúcar, y antes de que anocheciera hicimos fuego y comimos. La norma dice una cosa y la práctica otra. En ese momento no nos importaba que apareciera la guerrilla, ni nos importaban las órdenes del tipo ese:

—Por asuntos tácticos no pueden entrar helicópteros a la zona donde ustedes están y traten de no usar las armas para no ser detectados —decía él.

Pero nosotros estábamos agotados y decidimos cazar de día y de noche. De malas, mi mayor.

La orden del mayor fue realizar una serie de registros, y a una hora del campo minado encontramos un arroyo ancho y lo cruzamos. De allí se desprendían muchos caminos y sendas. Seguimos uno de ellos, subimos hasta lo alto de una colina y hallamos una zanja de arrastre, a primera vista bien hecha, y más allá un nuevo campamento. Al fondo se veían un cilindro de gas y otras cosas. Avanzamos un poco más pero a medida que acortábamos la distancia encontramos una cancha para microfútbol, cables de energía, puestos de observación elevados, refugios de plástico y madera. En algunos encontramos baterías para la radio.

Un poco después hallamos en lo alto una serie de chozas de madera bien aserrada y tejas nuevas —donde pocos días antes debieron tener a los mercenarios de Estados Unidos—, y en ellas una buena cantidad de víveres. Mi teniente ordenó que viniera más personal con equipos de asalto para recoger cuanto fuera posible. Yo calculo que allí había comida para alimentar a cien hombres durante una semana.

Aquello no nos ayudó mucho porque no llevábamos equipos. El registro se hace cargando solamente las armas y las municiones y nosotros no esperábamos encontrar comida. Cargamos con algunas bolsas y quemamos el resto para no dejarle nada al enemigo.

—Hoy es Domingo de Ramos —dijo mi teniente, y regresamos al área de vivac.

—Mañana, Lunes Santo, debemos recibir por fin apoyo de abastecimientos —comentó por la noche pero nadie le creyó.

Amaneció. La tropa lo miraba y se reía, pero al mediodía escuchamos un helicóptero. En un claro del campamento abandonado recibimos los víveres y esa tarde la compañía Buitre encontró dos canecas pequeñas con munición Cinco Cincuenta y Seis, la licencia de conducción de una mujer y más víveres en perfecto estado.

Cuando el Ejército entró a tratar de recuperar esa zona tan extensa, nosotros capturamos a muchos niños que habían sido reclutados por la guerrilla. En esos años los bandidos andaban en camionetas y camperos nuevos robados en todo el país y traídos aquí. Entonces el hampa trabajaba para la guerrilla, que se los compraba por cualquier dinero.

Pero cuando llegó el Ejército, comenzaron a sentir la presión y algunos niños se fueron entregando. No sabían lo que era darse plomo con nosotros y, hombre, cuando escucharon los primeros balazos sintieron la guerra y fueron tirando la toalla niños y niñas de doce, de trece, de catorce años.

Allí la ley que imperaba y la que continúa imperando por ahora es la de la guerrilla. A la gente que se portaba mal en estos pueblos la condenaban a sembrar, póngale, mil matas de banano por una riña en el pueblo. Un homicidio lo castigaban con ocho años de trabajos forzados, bien en los caminos y en las carreteras que hacían, o sembrando coca o trabajando en sus laboratorios para producir cocaína y heroína.

El enemigo tuvo cuatro años para prepararse mejor, fundar pueblos, almacenar munición, para llevarse a todos los secuestrados de Colombia y meterlos en huecos bajo la tierra, para producir drogas. En la República Independiente que les dio Pastrana, los bandidos se dieron la vida que nunca se habían dado. Por eso cuando entró el Ejército encontramos un país ajeno.

En esta última operación, nosotros rastreábamos sus comunicaciones y los escuchábamos decir:

—Los *chulos* están encontrando depósitos, pero se joden: eso no es nada frente a lo que tiene la organización.

Después del abastecimiento ordenaron que las dos compañías subiéramos a lo más alto de aquella montaña y actuáramos nuevamente en conjunto, pero mientras tanto mi sargento primero Fuentes Carvajal Jorge debía desactivar el campo minado y partió con una escuadra.

Cuando ellos llegaron al área yo escuchaba que él le iba informando a mi teniente cómo destruía cada mina. Él decía: «Estoy listo, vi la primera», y a medida que la mina estallaba, él la reportaba. Informó de la primera, informó de la segunda, pero después hubo silencio. Luego se escuchó la voz de un soldado:

—Mi primero pisó una mina quiebrapatas.

Estaban en una hondonada profunda y partió una patrulla a evacuarlo. Por aquella senda habíamos cruzado treinta hombres y ninguno la vio, pero esa mañana él cometió el único error de su vida.

Para qué digo cómo le quedó la pierna. Yo no quisiera recordar el manojo de nervios, la sangre, toda esa tragedia

Aprovechando un aserradero de la guerrilla habíamos construido un pequeño helipuerto en lo alto de una colina y al día siguiente, por la mañana, bajó un Halcón Negro a recoger parte de los cincuenta mil cartuchos que habíamos encontrado y aprovechamos para llevar al herido hasta allá.

Antes de salir le aplicaron suero, no había nada más. Lo acomodamos en la hamaca y adelante avanzaba un grupo abriendo camino con machetes. Parecía que no íbamos a salir de ese hueco, resbalando y tratando de guardar el equilibrio sobre el barro.

Desde donde estalló la mina hasta la cumbre gastamos dos horas rotándonos entre veinte. Podría ser la una de la tarde y pensábamos que hacía un día brillante porque debajo de los árboles la luz era verdosa. En ese momento llevábamos más de una semana sin ver el sol.

Cuando por fin coronamos, nos contaron que el piloto del Halcón Negro había dicho que no podía esperarnos.

—Hay un hombre herido —le explicaron dos o tres veces, pero él respondió que ese no era su problema. La orden que traía era evacuar parte de la munición.

Ellos son otro Ejército, ellos andan en otra guerra, y para que el bárbaro entendiera que se trataba de una vida, el soldado Giraldo tuvo que desasegurar su fusil y alinearle la trompetilla del cañón a la cara.

La noche azul

En la biblioteca de El Tintal había comenzado por la sección de niños, como lo hice en la de Neiva. En aquella época, como ahora, no tenía tanta prisa por recorrerla, pero de todas maneras pensaba que debía esforzarme más porque un autobús podía atropellarme al salir de allí y ahora yo no quería morir.

«Todo vendrá a su tiempo», pensé. «Todo con paciencia vietnamita», como decía el camarada Felipe. De todas maneras la tengo, pero en la ciudad el tiempo corre más rápido y uno siente que la vida se acorta y es necesario conocer las horas en otra forma. Ya no más el Sol ni las nubes como guías. Aquí es otra cosa.

En la selva uno sabe qué hora es por el color de las nubes, cuando puede verlas. Eso lo aprendí desde niña. Los colores me los enseñó el segundo maestro de la escuela:

A las cinco de la mañana el cielo es azul, pero no azul oscuro. Un poco después serán las seis: el azul comienza a irse y las nubes o el río se ven azul verdosos. A las siete, amarillo verdosos, y a las nueve, amarillos. Al mediodía, la luz blanca hace que uno cierre los ojos si mira hacia arriba. A esa hora el Sol cae a plomo sobre la selva. A la una de la tarde el aire es amarillo naranja. A las dos, naranja. A las tres, rojo, y sigue así hasta las cuatro y media, casi las cinco, cuando cambia a naranja rojizo —le decimos el Sol de los venados, o los arreboles—. A partir de allí comienza a acercarse la noche azul, que va mezclándose con el rojo. Por eso, después de las cinco el cielo o los ríos son rojo violáceos y luego, violeta. A medida que crece el azul, el violeta va mermando y casi al momento, a las cinco y media desaparece, otra vez todo se ve azul, y segundos después azul oscuro. Nuevamente, la noche.

Aquí el cielo no tiene colores como en la selva y uno tiene que llevar un reloj. Pero no es llevarlo, es aprenderlo a usar para saber los horarios de todo: el de levantarse, el de tomar el desayuno y el de saber cuánto tiempo gasta el autobús para ir de la casa a la biblioteca, y la hora en que la abren.

Como yo sabía que más o menos cada quince días me llamaba Alejandro, esperé a hablar con él. Necesitaba comprar un reloj porque no me alcanzaba el sueldo. Eso fue lo más caro que le pedí. Él dijo que sí, que claro, que lo comprara.

Le pedí al abuelo que me acompañara a donde los venden y un domingo nos fuimos. Preguntamos los precios y compramos el más barato.

Una vez con él en la mano, el abuelo, que también es un campesino y cuando tuvo que dejar su tierra pasó por lo mismo, me dijo:

—A ver si aprendes a manejarlo en menos tiempo que yo.

Me reí por dentro: «¿Aprender a manejarlo?», pensé, pero al día siguiente comencé a entender lo que él me había querido decir. Recuerdo que desperté y no miré la hora. Tomé un autobús y tampoco la miré. Y cuando llegué a la biblioteca encontré que no la habían abierto. ¿Qué pasaría? Esperé no sé cuánto tiempo y por fin fueron llegando las bibliotecólogas.

—Es que apenas van a ser las ocho —dijo una de ellas.

En ese momento miré por primera vez mi reloj ya en plan de orientarme. Claro, faltaban quince minutos para las ocho y dejé de reírme de las palabras del abuelo, porque a partir de ese momento duré algo más de seis meses aprendiendo a calcular el tiempo de la ciudad, y cuando creí que sabía, le dije al abuelo «ya», y él se rió:

—Bastante rápido. Yo me demoré un año. Qué mujer tan *abeja*.

Alejandro me llamaba desde la selva. Él llevaba un teléfono celular en el chaleco y dos baterías más en el morral, y cuando podía se escapaba del campamento o aprovechaba los patrullajes para perdérseles a los demás y buscaba montañas a media hora o a una hora de la zona de donde habían acampado y marcaba el número de la casa.

Al comienzo yo perdí días y días esperando las llamadas y cuando por fin pudimos hablar le dije que nos comunicáramos por las noches, porque yo pasaba el día trabajando en la biblioteca, pero él me dijo:

—No. Eso no es posible. Piense, usted es inteligente y tiene que saber que eso no depende de mí sino de las circunstancias. De todas maneras, yo trataré de llamarla el martes próximo.

Un problema difícil. Estuve toda la noche pensando y por la mañana abrí los ojos y ya tenía la solución: le pedí a una de las bibliotecólogas que me diera el número de El Tintal, y también el de su extensión. Después de ese martes cuando le dicté aquellos números, Alejandro empezó a llamarme a la biblioteca.

Mirando un poco hacia atrás, cuando recién llegué allí entramos a la novela infantil y juvenil, dividida en capítulos, sin dibujos. Los dibujos aparecían en mi cabeza —por fin libros como películas—. En todas las novelas, las personas...

—Eloísa: los personajes.

Sí, los personajes casi siempre cambian de la niñez a la adolescencia, a la vejez: comienzan como niños y terminan como viejos.

—¿Por qué?

—Porque en el relato han pasado los años. Ese paso de los años o de los días que describe allí el autor quiere decir que él manejó el tiempo. En la novela —es lo mismo que la narrativa porque narra historias imaginadas por el escritor—, tiene que transcurrir el calendario página por página, capítulo por capítulo. Se le dice «tiempo dramático».

Cosas que hay que saber primero para no entrar como un ciego a la gran literatura y entender, por ejemplo, cómo el autor va mostrando la manera de ser de cada uno de sus personajes.

—Eloísa: se llama «desarrollo de los caracteres psicológicos de la personalidad».

Bueno, se fue casi medio año que es el tiempo dramático de la historia de Eloísa en la biblioteca —suena lindo, ¿verdad?— y ahora me iba por otros caminos. La bibliotecóloga seleccionaba algunos libros por temática, por autor o por género, los colocaba sobre la mesa y yo escogía alguno.

Temática:

—Úrsula, no elijas la muerte porque no quiero verla.

—Autores. Eloísa: cambia ya a Yolanda Reyes y a Celso Román, te los sabes de memoria. Busquemos género. ¿Cuál?

—Poesía.

—Hay uno que aún no conoces: Jairo Aníbal Niño.

Hoy los que más me gustan son León de Greiff y Jairo
Aníbal Niño, dos cosas diferentes pero maravillosas. «Yo de
la noche vengo…», ¿te acuerdas?

En ese momento yo luchaba por acostumbrarme a decir «tú»,
pero cuando uno ha oído del abuelo para abajo decir «usted», es muy difícil acostumbrarse. Pero muy difícil, cuesta
mucho tiempo. De todos modos yo quería cortar para siempre con el «usted» que escuché toda la vida y que a la hora de
la verdad se oye como si a uno le estuvieran diciendo «No se
me acerque. Párese allá, lejos de mí…». Mi mala vida pasada.
¡Ja!

En la ciudad aprendí que decir «tú» es más amigable, pero
qué esfuerzo tan difícil, qué cosa tan complicada porque, como
decía Alejandro Torres, cambiar sólo una palabra que uno lleva en la mente es romper toda una cultura de siglos.

Jairo Aníbal Niño. Dos días leyendo sus libros, unos libros de pocas páginas. Ese autor me agarró. Una mañana llegué a la biblioteca sola y triste por la lluvia y por ese cielo
frío, y cuando me saludó una de las bibliotecólogas le fui diciendo:

> Está lloviznando.
> Pienso en Alejandro ausente.
> Un árbol inmenso se ve a lo lejos
> como si fuera un barco navegando en la lluvia…

La poesía, como dicen en la ciudad, me da tres vueltas,
me enrolla y me deja quieta. Por las noches la habitación donde vivo es oscura pero cuando hay cambio de Luna, el brillo
entra por la claraboya y la pieza se ilumina. A los pocos días
cuarteó el tiempo, entró la Luna menguante, y como es normal, yo estaba despierta. Me paré debajo de la claraboya, un

cristal opaco por el polvo, y me acordé del humedal de La
Vaca, y claro, de Alejandro, pero también de Jairo Aníbal Niño:

> *Te has ido*
> *y una luna sucia flota sobre el agua.*
> *Te has ido*
> *y ya no me queda nada que hacer;*
> *solamente meterme al lago,*
> *coger con cuidado la luna sucia*
> *y limpiarla con mi manga.*

La excursión a aquel humedal me dejó una cantidad de
recuerdos increíble. Esa noche, allí parada, recordé que cuando llegamos al lugar la gente estaba muy agresiva y yo me
coloqué al lado de la directora, pendiente de cualquier cosa,
de que la escupieran, de que aquellos tigres le dieran un zar-
pazo. Como dice ella, ese día pudo haber sucedido cualquier
cosa... Pero el cuento es que mientras estaba debajo de la claraboya me acordé de aquellos niños y de aquellas mujeres.
Parece que Colombia fuera un país de mujeres solas:

> *Un gato*
> *es una gota*
> *de tigre.*
> *El tigre*
> *es un aguacero*
> *de gotas.*

Yo no sé cuánto tiempo me quedé allí, hasta que por fin el
frío me venció y me volví a acostar. Pero antes de dormirme,
otra vez la noche que es mi vida, y Alejandro que también es
una parte de mi vida, y los poemas de Jairo Aníbal Niño que

ahora representan algo en mi vida porque son tan sencillos, bueno, y tan profundos, que se me atraviesan en la garganta.

Mi ventana está abierta de par en par.

Desde el fondo de la oscuridad de mi cuarto

veo cómo el marco de la ventana

es la boca de una caja de cartón

que poco a poco se va llenando de estrellas

mientras pienso en ti.

Más tarde, llevando a un niño de la mano para que hiciera su tarea descubrí un libro-álbum que no conocía. Se llama *Mamá fue pequeña antes de ser mayor*, y en la única línea de cada página dice cosas como «Tu mamá nunca rompió los juguetes de otros niños». «Tu mamá nunca dijo palabrotas», pero como los dibujos mostraban todo lo contrario, entendí que eso era lo que los camaradas de la selva llamaban, «la doble moral». Pero ese no es el cuento.

El cuento es que volteamos la página: «Mamá nunca usó el labial de su mamá» y me elevé. Pero es que me elevé porque regresé a aquel día en mi pueblo: yo estaba sentada en una piedra y trataba de mirarme en la tapa de un tarro de hojalata, y como no podía ver bien me unté mi primer labial en la boca y más allá de los labios y salí feliz por la única calle creyendo que ahora era otra mujer, y cuando vi el libro se me iluminaron las entendederas:

—¡Claro! El labial es la máscara con que trato de esconder la tragedia de mi niñez.

Bueno, pues el niño se quedó esperando que yo le preguntara qué entendía. No sé cuánto tiempo estuve volando, y como no aterrizaba él niño me apretó la mano:

—¿Ahora por qué no me preguntas qué entiendo?

Hoy, después de tres años, he caído en la cuenta de que otra cosa que me amarra a la biblioteca es que aquí he logrado animarme a decir todas las mañanas «No más Guayabal. No más la selva con un fusil Kaláshnikov en el hombro», pero es tan difícil dar ese paso. Tan difícil...

Esa es la noche de donde yo vengo.

La gente de mi parche dice que soy terca con algunas cosas, pero no. No es así. Sucede que leo varias veces lo que me enrolla, y si me gusta, miro muchas veces la misma cosa porque quiero aprender, pero aprenderlo bien. No aplazo nada porque soy pasional. Las cosas nacen por pasión y por fin tengo muchas ganas de vivir lo que viene cada día. Ésta es una época tan difícil para los que piensan en el futuro...

Ya lo he contado antes. Cuando tengo sexo y me llegan los temblores y ese terremoto en todo el cuerpo, siento que no estoy con Alejandro sino con El Demonio y quiero atacarlo, pero cuando pasa toda esa cantidad de placer, se me van cerrando los ojos. Lo que quería decir antes —y hoy lo veo más claro— es que la cerrada de los ojos significa que he dejado escapar la felicidad, que no la viví como tenía que vivirla y me pongo a llorar. Pero lloro por eso: porque he dejado ir lo bello. Sin embargo, hoy estoy en plan de recuperarlo. ¿Cómo? Por ejemplo, metiéndome en la cabeza que cuando lo de Ember al que maté no fue a El Demonio. Que El Demonio sigue vivo y me persigue hasta cuando estoy con mi marido, pero porque yo lo dejo.

¿Sabes una cosa? En la biblioteca es donde, de verdad, estoy tratando de matar a El Demonio... Y de matar a la noche. A la de León de Greiff, porque mi noche de hoy es la de Jairo Aníbal Niño: una caja de cartón llena de estrellas.

Parte de lo que hice en El Tintal fue leer cuentos clásicos: *Caperucita Roja, La Cenicienta, El gato con botas*... Nunca los había escuchado, no los conocía, y allí una tarde, a los veintidós, leyendo a *Blancanieves y los siete enanos* creí que tenía seis años y me volví una niña de esa edad, quería que la bibliotecóloga me hablara más suave, me acariciara, todas esas cosas de los niños mimados, y por la noche me fui pensando que eso no era dar un paso atrás. ¡Qué va!

Era más bien vivir lo que no pude cuando pequeña. Es que mi niñez no fue niñez porque no tenía tiempo o porque no me dejaban, y así fue el resto de mi vida. Todo de prisa, todo con afanes, buscando siempre un trabajo para lavar ropa o ayudando en las cocinas de las casas, como cantinera, o en una bodega donde pesaban el café, en una carpintería, nuevamente en las cantinas llevando cerveza a las mesas, siempre detrás de un centavo para conseguir mis propias cosas.

Leer esos cuentos fue como recuperar parte de lo que me había negado la vida, y esa misma noche empecé a pensar que por fin había llegado el momento de vivir sin carreras, sin marchas continuas de diez o de quince días caminando para donde me llevaran otros, y claro, descubrí el agua tibia: que andando al paso es como le nacen a uno las ilusiones. Por primera vez en la vida ahora me parece que tengo ilusiones.

Esas son las estrellas que comienzan a llenar mi caja de cartón.

A los dos años se llevaron a Pilar como directora de la Virgilio Barco, una biblioteca al norte de la ciudad, y como desde cuando llegué todo lo que veía era nuevo, una mañana pensé:

—Voy a seguir el rastro de Pilar porque quiero conocer esa parte de la ciudad —y dos días después me fui.

Las bibliotecólogas me dijeron cómo podía llegar allí, y haciendo cálculos con ellas, la Virgilio Barco quedaba a unas dos horas de donde yo vivía.

—Eso está muy lejos, quédate aquí —me dijeron.

—Para mí no hay nada lejos.

—Pero serán cuatro horas diarias metida dentro de un autobús.

—Ahora soy libre y cuatro horas no son un ca... No son nada.

Esa última mañana en El Tintal había ido con el abuelo, y después de comer algo salimos a caminar por la alameda.

—Hija —me dijo él—, desde hace mucho tiempo usted me debe aquella historia de Guayabal que no pudimos terminar el día que nos conocimos. ¿Cómo es eso de bombardeos y más bombardeos?

—Ah. Es que Guayabal nació precisamente porque había guerra...

—¿Cuándo?

—Mi papá tiene hoy cincuenta y cinco. El año en que él nació, el gobierno empezó a asesinar a los del partido contrario.

—Eso es lo que llamamos la época de la Violencia.

—Sí. Asesinaban a los que pensaban diferente de los del gobierno. Entonces los campesinos empezaron a abandonar sus tierras y unos cuantos llegaron al río Pato, que baja desde las cumbres de la cordillera de los Andes hasta la planicie, todo cubierto por la selva. Y de esos campesinos, unos cuantos se quedaron en el Medio Pato y fundaron Guayabal en unas tierras magníficas para la agricultura, con un clima magnífico. Allá tú dejas sobre la tierra una semilla de lo que quieras en cualquier época del año y la planta nace sin necesidad de abonos. El Alto Pato es tierra fría, el Medio Pato clima tibio y el Bajo Pato en la planicie, tierra muy caliente todo el año.

En esa época se llegaba a Guayabal a pie o en mulas porque no había caminos sino sendas, y en los bordes de una de aquellas sendas hicieron unas cuantas casas de cartón con techos de tela plástica y se quedaron a vivir lejos del tropel.

Derribaron unas cuantas hectáreas de selva, hicieron fincas y empezaron a cultivar, pero al poco tiempo el gobierno dijo que quienes estaban allá eran bandoleros, como les decían a los campesinos del partido contrario, y fueron hasta ese rincón y acabaron con lo que había. Pero allí lo que había, como dices tú, eran desterrados que huían de la matanza.

Bueno, llegó el gobierno a esas selvas: aviones, bombardeos, ametrallamientos, soldados cayendo en paracaídas y a los campesinos les tocó salir corriendo. Destruyeron lo que había: rancho que no desmoronaron con bombas le metieron candela y desapareció Guayabal.

Unos salieron para un lado y otros para el otro, sin rumbo, buscando no el corazón de la selva sino trasmontar la cordillera de donde se habían tenido que venir hacía unos pocos años. Treparon montañas, bajaron a los ríos, volvieron a subir, y cuando se acabaron esas montañas encontraron otras más altas, y más allá otras más altas. La cordillera no termina nunca pero allí todo es selva.

Uno de los grupos que salieron de Guayabal estaba formado por cuarenta y tantos, entre hombres, mujeres y niños que buscaban a sus familiares en las cumbres, y ellos caminaron rompiendo montaña, no una semana, ni dos. La marcha fue de tres meses tratando de esconderse cerca de donde hubiera cómo sobrevivir.

A la semana se les acabó la comida. Únicamente bebida, agüita del río, y con ese padecimiento, ya muy cansados, algunos prefirieron ahogar a los niños en el río para no tener que verlos morir de hambre.

Unos pocos se escaparon de la tragedia y regresaron a Guayabal años después, y allí contaron que iban trepando por la cordillera, y llore un niño, llore el otro, el otro, no hallaban qué darles, las mamás ya no tenían leche porque no comían, y ellos no podían hacer un tiro para cazar porque de pronto los iban siguiendo, y si los alcanzaban, ¿qué? Y si hubieran encontrado algo, tampoco podían cocinar porque los del gobierno veían el humo. Y si gastaban un tiro, más adelante podría hacerles falta en caso de que apareciera la policía a matarlos porque ellos eran bandoleros.

El hambre era tan terrible que al mes de camino, un tal Oliverio Tamayo dijo:

—Ahogamos a los niños y ahora nos hacen falta porque nos los habríamos podido comer.

—Pero eso ya pasó. ¿Qué vamos a hacer ahora?

Más adelante a otro se le ocurrió decir:

—¿Qué vamos a hacer? No podemos dejarnos morir de hambre.

—Pues tenemos que comernos a alguno de nosotros.

Miraron a Braulio que era el más carnudito y uno de ellos dijo:

—Braulio, a usted le tocó colaborar con nosotros.

Y Braulio le respondió:

—¿Sí? ¿Colaborar para que me coman? Hijueputas, atrévanse —y montó la escopeta que llevaba cargada con dos cartuchos.

Entonces una tal Adela, que también estaba carnudita y andaba muy cansada y medio enferma y muy aburrida con esa situación, resolvió abrir la boca:

—No. A Braulio no. Mátenme a mí y así descanso.

Y mataron a Adela Pajoy, la despellejaron y se la comieron... Abuelo, la historia es muy larga. Lo cierto es que a las tierras altas de la cordillera lograron llegar menos de la mitad y allí ya la gente campesina les dio comida, les dio trabajo, los ayudó un poco.

A los que no huyeron después del bombardeo los mató la policía. Ellos venían buscando enemigos del gobierno y a quienes veían les disparaban y luego les cortaban las orejas, las engarzaban en una cuerda y se la llevaban a sus jefes para poder decir después que habían cazado bandoleros.

Bueno, sobrevivieron algunos y a los cuatro años poco a poco fueron regresando a buscar su tierra, y empezaron a recuperarla porque ya se la había tragado la selva.

Esos y otros que iban llegando de diferentes lugares gastaron dos años para rescatar las fincas. Primero hicieron casas de cartón, luego de madera, volvieron a sembrar banano, arveja, fríjol, avena, caña de azúcar, frutales, consiguieron en lo alto de la cordillera algún ganado y lo llevaron, consiguieron bestias, gallinas, cerdos...

Pero a los ocho años volvieron los del gobierno. Ahora decían que buscaban guerrilleros porque la guerrilla nació de la persecución del gobierno, y también de la pobreza, y otra vez los aviones, las bombas, los paracaidistas, las ametralladoras.

En ese entonces el pueblo era un poco más grande que antes, tal vez unas cincuenta casas, y las que no destruyeron las bombas fueron quemadas. Otra vez a huir por las montañas, pero en la selva se quedaron escondidos David Tovar, Fernando Collazos, Apolinar Bermeo, Maruja Falla y Yesid Morera con sus familias. A otros los mataron con sus mujeres y sus hijos, pero nunca cogieron a un guerrillero. Los guerreros no son los estúpidos que se quedan a esperarlos.

Esa vez también entró el Ejército a acabar con todo. Se comieron el ganado, se comieron las gallinas, los cerdos, acabaron con los cultivos que encontraron, quemaron las casas, se llevaron las mulas y uno que otro caballo, y los campesinos volvieron a quedar nuevamente en la miseria. Imagínate, hacer una finquita en quince años y perderlo todo en un día, y encima de todo tener que huir como si fueran delincuentes. La guerrilla sí se movía por ahí pero los que se caían en el pueblo no eran guerreros.

En ese momento ya había camino y la gente organizó una marcha hasta Neiva para hacerse ver, pensando que así no los mataban. Fue una semana de marcha. Adelante iban mulas cargadas con la comida que pudieron recoger y ellos a pie, y detrás la misma procesión de niños y mujeres enfermas. Esta vez ya no los mataba el hambre sino las enfermedades, malaria, males de estómago, fiebres, infecciones. A la semana entraron a Neiva. A la mayoría los llevaron a vivir en el estadio y otros se tomaron la gobernación para que alguien midiera la tragedia que les había causado el mismo gobierno.

Un poco después empezaron a desaparecer los que habían organizado la marcha. El primero fue Alberto Moncada. Lo capturaron en Neiva y hoy nadie sabe de él. La mujer, los hijos, el resto de la familia y la gente hablaba por la radio cuando la dejaban, hacían desfiles, hacían carteles: «Que aparezca Moncada», hasta que un día se cansaron porque nadie los escuchaba y dejaron de llamarlo.

También desapareció Víctor Vanegas. Y desapareció Oliverio Barreto. Hoy los cinco hijos de Oliverio, dos mujeres y tres hombres, están en la guerrilla.

¿Y mientras tanto qué hacían los demás en Neiva? Perder a sus familias, perder a los hijos que no quisieron regresar, algunos viejos murieron en la ciudad por enfermedades y otros de tristeza.

Como tú dices, en la ciudad aumentaron los mendigos y la prostitución. El estómago no les daba tiempo. Más de uno abandonó a la mujer.

En Neiva estuvieron doce meses soportando hambre y después regresaron algunos, y otra vez a levantar casas de cartón y tela plástica. Más tarde de madera y tejas de metal nuevo, porque alguien se había llevado las que quedaron. Más hambre. En un año no se recupera un campo abandonado, eso lo sabes tú mejor que nadie. En un año apenas se comienzan a recoger las primeras cosechas, y además ellos se endeudaron porque no había créditos. «Para los guerrilleros no hay plata», decían los del gobierno.

A pesar de todo, dos años después habían recuperado algunos animales, de nuevo habían terminado de limpiar los potreros hechos selva, volvieron a sembrar café porque lo había acabado el abandono.

A aquellos que no huyeron los maltrataban y los humillaban. Decían que eran guerrilleros y los trataban como si fueran delincuentes. ¿Y ellos qué podían hacer? Dejarse humillar.

A los nueve años ya estábamos recuperados y vino nuevamente el gobierno: bombardeos, ametrallamiento y lo de costumbre, pero esta vez entraron los de los Estados Unidos a fumigar la selva con venenos.

Como a la gente ya no le compraban el maíz, ni el trigo, ni la avena, para no morir de hambre algunos comenzaron a sembrar amapola.

Con los venenos de la fumigación mataron el ganado, acabaron con parte de los cultivos de café, de plátano, de trigo, de arveja, de avena, y otra vez todos en la ruina. Es que por un campesino que cultivaba amapola sufrían veinte, y esos veinte no tenían derecho ni a dar un grito porque si salían a reclamar los desaparecían o los apresaban. Ahora ya no eran bandoleros, ni guerrilleros, sino narcotraficantes.

A los seis años el presidente Pastrana dijo que le dejaba una República Independiente a la guerrilla. Se llevaron de allí al Ejército, a la Policía, a los de los puestos de salud, a todo lo que era gobierno y dejaron a los campesinos en manos de los guerreros.

Los campesinos continuaron trabajando y viviendo con miedo. Cuando viene la guerrilla sienten temor, y cuando se trata del Ejército, también. Allá el que tiene las armas impone su ley... Abuelo, ¿sabes una cosa?

—Dígame, hija.

—El camuflado es el mismo, pero unos llevan la bandera del país en el brazo izquierdo y otros en el derecho.

Bueno, pasó el tiempo y un día se supo que la región ya no era República Independiente porque volvieron a bombardear. Ahora dicen que somos...

—¿Qué?

—Como ya te lo dije, primero éramos bandoleros, después guerrilleros, después narcotraficantes. Ahora, para estar a la moda, dicen que somos terroristas.

—Yo creo que si las cosas están así, entonces ¿para qué dejaron a los campesinos en manos de la guerrilla cuando decretaron la República Independiente? Primero debían haberlos sacado de allí —dijo el abuelo.

Viernes de Pasión

Aquella Semana Santa estábamos en el eje de una zona con mucho movimiento de terroristas, a juzgar por las huellas que se iban encontrando.

El jueves la compañía Buitre halló más depósitos, esta vez con calzoncillos, medias, cordón detonante, dos radios base, granadas de fusil hechas en casa, material de inteligencia, es decir, videos viejos, una libreta de notas y una lista de personas de Guayabal.

Amaneció el viernes, «Viernes de Pasión», dijo mi teniente. Yo estaba en una operación de registro más o menos lejos del área de vivac donde encontramos otro depósito, pero al regresar escuché una historia mágica, como habría dicho Eloísa, o como ahora digo yo, porque de verdad fue mágica.

Ese día un cabo vio que un soldado entraba nervioso al vivac de otro. Allí cogió el equipo de asalto y lo desocupó. Cuando iba saliendo, el cabo le preguntó qué hacía y el muchacho miró para todos lados y luego le dijo:

—Cállese y sígame.

Entraron en una senda, el cabo lo siguió extrañado y un poco más adelante el muchacho le entregó un fajo de billetes y el cabo se fue de espaldas, yo no sé si por la cantidad de dinero o por el apellido del muchacho. Ese soldado se llama Pobre. Pajoi Pobre Néstor Yadid.

—Pobre, pero… esto… ¿qué pasó? —le preguntó el cabo.

—Mi cabo, si quiere ver más, acompáñeme.

El cabo siguió a Pobre.

Bajando por la montaña, a treinta metros encontraron a tres soldados más. Uno de ellos le dijo:

—Hermano, se nos apareció Pilatos —en ese momento ya qué «mi cabo», ni qué diablos.

Ellos ya se habían repartido todo lo que había dentro de una caneca plástica con tapa y contratapa, de aquellas en que vienen los químicos. Azul oscura, un metro de alta, tapa negra, ochenta centímetros de ancha, aro de metal para cerrarla herméticamente. Cada uno tenía un bloque de billetes. Millones.

Cuando vieron la cara del suboficial, ellos se echaron a reír y le contaron que el día anterior, cuando al sargento le estalló la mina, habían encontrado las dos primeras canecas llenas de billetes.

—Este dinero no lo vamos a entregar por nada del mundo, cueste lo que cueste. Y si tenemos que hacernos matar, nos haremos matar —le dijeron.

El cabo no sabía qué hacer porque aquellos soldados son gente muy decidida, y si se quiere, muy peligrosa, pero como vieron que no reaccionó, uno de ellos hizo un gesto y Pobre le tiró un bloque de cien millones de pesos. Eso es lo que él se ganaba echando bala cien meses. Ocho años pisando barro y jugándose la vida en estas selvas.

Otro le dijo:

—Hermano, aproveche este dinero para retirarse —y cuando el cabo lo recibió, el tercero le aconsejó:

—Váyase de aquí… Y después jubílese.

Más tarde, subieron al área de vivac y el cabo escuchó rumores, y además uno de los cuadros le preguntó de frente:

—Usted ya no anda con Pobre, ¿verdad?

—¿Por qué lo sabe?

—Porque Pobre me dijo que usted ya no es pobre.

El dinero colombiano estaba marcado por capas, con letreros como «Manuel», «Lucila», «Paulina», «Sandra», nombres de secuestrados que habían pagado sus rescates. Y los bloques ordenados en billetes de a cinco, de a diez millones, con fajas de todos los bancos del país.

La noche del Viernes Santo, viernes de gloria para nosotros, al poco tiempo de haber regresado se me acercó un soldado y me dio un millón. Yo no sabía nada de lo que estaba sucediendo y él me contó.

«Para comprar una nevera», pensé, y un minuto después se acercó otro y me regaló otro millón. «Para comprar algunos muebles», dije, pero ya no pude dormir. Por allí rodaban cientos de millones y yo sólo tenía dos. Esa noche contaba billetes para poder dormir, pero a medida que los billetes me pasaban por la cabeza, menos sueño sentía, y temprano por la mañana bajé por la senda que habían tomado los demás, me detuve a orinar mientras se me ocurría algo y cuando terminé di dos pasos y me resbalé, y al resbalarme golpeé algo con la vara que llevaba y sentí el piso bofo.

«Ha de ser otra caneca con munición» —pensé— y corrí la tierra, una tierra floja y a quince centímetros vi la tapa de una caneca cubierta por hojarasca, cuando despejé observé polvo blanco, y dije: «A la munición no la protegen contra las hormigas» y sentí un corrientazo. «Es dinero, tiene que ser dinero». La destapé y cuando vi semejante cosa me quedé pegado al piso.

En una hoja de papel en la superficie decía 350 millones. ¡Coño, yo no había visto tanto dinero junto! Nunca. Nunca en mi vida y me asusté. Pero me asusté tanto que temblaba. Sentí convulsiones en los labios y se me aflojaron las piernas. ¡Trescientos cincuenta millones!

Tomé lo que me cupo entre las manos y vi que no le había hecho ni un rasguño al volumen de billetes. «¿Y ahora? ¿Qué hago ahora?».

Llené la bolsa que cargaba cuando me iba a asear y el dinero que tenía en las manos no cupo allí. «¿Y ahora?».

Cubrí nuevamente la caneca, pero por los nervios y la prisa y avaricia que le estallan a uno en un momento de esos no pude mimetizar bien el lugar, pero dejé allí el depósito y regresé al vivac, desocupé el morral y regresé. Dos compañeros me siguieron y les confesé que sí, que había encontrado dinero, pero yo sabía que allí había para los tres y sobraba. Y allí hubo para los tres y claro que sobró porque aunque los morrales son grandes, la caneca era mucho más grande y dejamos allí el resto mientras pensábamos cómo llevar más.

Volvimos a tapar la caneca, cubrimos el rastro con barro, encima palos y hojarasca, y regresamos.

Esa misma mañana uno de mis compañeros se enfermó y estuvo toda la semana con diarrea. Tal vez la emoción, tal vez el agua de la que estábamos bebiendo. Al siguiente viernes él estaba todavía en su hamaca, flaco, con fiebre, oliendo mal… Cagado, es cierto, pero cargado de dinero.

Cuando este hombre se enfermó no teníamos ni papel higiénico, mucho menos medicamentos, ni comida. Y un hambre... Con millones y millones y no había cómo comprar una gallina. Una gallina, no. Un huevo, un miserable huevo y yo me sentía tan infeliz como los desechables que duermen en las calles de la ciudad. No. Más que los desechables, porque ellos por lo menos encuentran en la basura algo para comer, pero nosotros no teníamos a la mano ni una migaja de desperdicios de cocina, y llegué a pensar que en ese momento pagaría miles, millones si se quiere a quien me diera por lo menos una bolsa con basura, o un trozo de papel higiénico.

Como los demás, cuando sentía necesidad iba a la selva, hacía lo que hay que hacer y me limpiaba con hojas de los árboles, pero los enfermos que estaban siempre pujando y sintiendo la muerte, tenían que usar las mangas de las camisas cortadas poco a poco, o pedazos de ropa, y hasta los trozos de la bufanda que teníamos para protegernos del frío de las madrugadas.

La tarde del mismo sábado... «¿Sábado de qué?», le pregunté al teniente, y él me contestó alegre:

—Sábado de Resurrección.

Por la tarde había acomodado en el morral todo el dinero que cupo allí, pero sin embargo volví a la senda y traje una cantidad igual dentro de las mangas de unos pantalones; después armé otra bolsa con una camisa, guardé más en la misma bolsa auxiliar y lo puse todo en el vivac.

En ese momento nosotros estábamos en la parte alta del cerro y la compañía Buitre se hallaba abajo, cerca del agua, pero el domingo les ordenaron tomar posiciones más arriba y se acercaron a nosotros.

Apenas esa noche tuve tiempo de pensar en Eloísa. En aquel momento yo estaba asegurando nuestro futuro para siempre, y me habría gustado llamarla, no para contarle lo que estaba sucediendo, sino para oírla, para escucharle la voz y decirle que estaba muy feliz, pero sabía que era precisamente ahora cuando tenía que cerrar la boca. En el fondo yo creía que cuando ella viera todo este dinero iba a cambiar completamente, a ser más dócil, porque en un viaje a la ciudad había encontrado preocupada a mi mamá.

—¿Qué sucede? —le pregunté, y ella me lo dijo con pocas palabras, como es su costumbre:

—Ojo, que a Eloísa la están volviendo una arpía en esa biblioteca.

La mañana del domingo siguieron encontrando dinero. Más canecas, una de ellas marcada «Niña Fernández - cincuenta millones. Banco Agrario».

En ese momento el cuento era público en toda la compañía y ya nadie disimulaba. Armados con varas y machetes todos se habían ido a la senda y fueron desenterrando más y más, y encontrando los nombres de los secuestrados que habían pagado, y contando los fajos de un banco, del otro, del otro.

Yo creía que el teniente no sabía nada, pensaba que estaba sano, pero un soldado me dijo:

—Ya le di al teniente ochenta millones para que se calle la boca.

—¿Entonces cuánto ha sacado usted?

—Mil millones. He repartido mucho dinero y el resto lo enterré en algún punto porque me asustó ver tanto.

Yo había hecho lo mismo y esa mañana resolví no pensar más en la cantidad que había logrado recoger porque debían ser cifras que no le cabían a uno en la cabeza ni cuando estudiaba matemáticas —así hubiera trabajado en teoría con lejanías astronómicas—, pero cuando esa tarde conté los fajos que tenía dentro del morral, ahí sí comencé a comprenderlas porque eran reales. Y eran mías.

En aquel momento ya nadie iba a probar suerte porque nos habíamos vuelto expertos en detectar el dinero. Uno debía pararse en el terreno, mirar bien la selva, buscar una senda de guerrilleros, que es muy difícil de descubrir porque el bosque es una cortina de vegetación y porque ellos tratan de no dejar rastros, y en la senda echarle ojo a un chamizo seco cortado con machete que se levantara del suelo.

Ese día los soldados caminaban todos en una misma dirección y en fila india, pero la gente en cuanto más tenía, más quería, aunque al mediodía había muchos que todavía no habían encontrado nada.

—Al que a esta hora tenga el morral vacío, hay que llenárselo o matarlo porque ese nos va a delatar cuando regresemos al batallón —dijo alguien, y por iniciativa de los mismos soldados se organizó la repartición.

El martes…

—Mi teniente, ¿martes de qué?

—De Pascua.

El Martes de Pascua ya tenía lo mío, no encontraba dónde acomodar tanto. Y sin embargo, esa mañana descubrí una senda cercana a las anteriores y busqué un chamizo seco levantándose en medio del colchón de hojarasca. Como a la media hora vi uno, clavé el palo y el palo se trabó. Descorrí la tierra con la bota y ¡carajo!, magia, como dice Eloísa. Vi la tapa de otra caneca a flor de tierra.

La miré y volví a sentir susto, de manera que traté de tranquilizarme, cubrí aquello, lo marqué con una rama acostada, ya no vertical, y subí al área de vivac. Esos nervios y esa cara de alegría ya no llamaban la atención de casi nadie porque ellos ya tenían su dinerito y para que no hubiera roces llamé a otro soldado que prestaba guardia como centinela.

—Hermano, encontré otra. ¿Vamos a mirar qué es?

—Debe ser lo mismo. Yo ya no tengo dónde guardar más.

—No, vayamos. Tengo un presentimiento.

—¿Presentimiento? Oigan a éste. ¿Presentimiento de que hay más? Pues claro que debe haber mucho más.

—No, hombre, acompáñeme. No perdemos nada con mirar.

Allí estaban la rama, la hojarasca puesta por mí, el veneno y la marca «F-1».

—Destapemos sólo por la curiosidad y miramos cuánto hay.

Cuando miramos, vimos bloques de dólares.

—¡Dólares! —le dije, y él se sorprendió.

—¿Qué tiene con que sean dólares? —preguntó.

—Pues que cada uno debe valer por dos mil quinientos billetes colombianos.

Él no conocía los dólares. Pocos los habían visto. Yo tampoco había tenido nunca uno entre las manos, pero había hecho ejercicios para convertirlos a pesos y los había mirado en revistas cuando estudiamos cambio de monedas extranjeras.

—¿Uno de estos billetes hace por dos mil quinientos de los que ya tenemos?

—Pues claro. El negocio es salir de lo que ya guardamos y llenar los morrales con dólares. Para que me entienda: a cada morral le cabe lo que les cabe a dos mil quinientos hombres

en los suyos si llevan pesos. Piense en dos batallones y medio
y le va a sobrar dinero. ¿Ahora sí me entiende?

—Sí le entiendo, pero no le creo

—Problema suyo, hermano —le dije. Volvimos a cubrir,
dejamos una marca y fuimos por los morrales.

—¿Y qué hacemos con el dinero colombiano? —me preguntó.

—«Lo que abunda no sobra», dice mi abuelo. Repartámos-
lo poco a poco. La ambición es tan grande que nadie va a
decir que no.

Regalamos algunos fajos y el resto lo puse sobre la hamaca y después la cerré. Se formó un buche grandísimo.

Cada bloque de dólares estaba muy bien envuelto con cinta
pegante. Arriba unos cuantos de veinte, y más abajo de cien
dólares, y escrito en un papel, «500.000».

Quinientos mil dólares. Mucho más de mil millones de
pesos. En ese momento no tenía cabeza para hacer ningún
cálculo, pero luego alcancé a pensar que esa sí debía ser una
cifra como la distancia entre el Sol y… ¿Qué fue lo que nos
enseñó el profesor Salas en el instituto de matemáticas? ¡Ah!
Entre el Sol y Saturno hay 1.300 kilómetros, y en ese momento yo tenía a la vista 1.250 millones… de pesos.

Llené el morral, llené las piernas de un pantalón, y como
ya lo había desocupado y había desocupado también la bolsa
que hice con la camisa, los volví a llenar. El soldado que me
acompañaba, todavía incrédulo, acomodó lo que le cupo en
su morral, y como ahora yo tenía más susto que cuando encontré la primera caneca, subí y llamé a mi teniente. Cuando
llegamos al tesoro, le dije:

—Mire esto. Usted sabrá si se lo reporta por radio al
mayor.

Se quedó callado. Le temblaban las manos, me miró, no dijo nada y yo fui el que habló:

—Hermano, tome su parte y que esto quede entre nosotros.

Él tomó lo que quedaba y se lo llevó hasta su vivac, pero más abajo continuaban encontrando depósitos. En uno había dos canecas con setecientos millones cada una, pero a mí el único dinero colombiano que me interesaba era un fajo de dos millones en el bolsillo para poder regresar a donde vivía Eloísa.

Luego siguieron buscando y encontraron «F-2», «F-3»... hasta «F-6», y los que sabían qué era un dólar al cambio —la mayoría no tenía ni la menor idea porque somos, o éramos hasta ese momento, gente pobre y en este país los pobres apenas ganamos para un desayuno—, regresaron al área de vivac con ese dinero y repartieron billetes de veinte dólares cabeza por cabeza, uno por uno. Eso tampoco me interesaba. Los míos eran de cien y ya no tenía dónde guardar más.

Esa noche en la hamaca, yo pensaba:

«Si logro coronar en la capital, el dinero será para comprar una casa y salir adelante, pero primero dejo el Ejército. No más humillaciones. Ya he comido demasiada mierda en tantos años como soldado profesional. Es que mi juventud la he dejado aquí. No más.

A partir del Viernes de Gloria ya no dormimos bien. Llegaba la noche y tener tanto dinero debajo de la hamaca se me volvió, ahí sí es cierto, como un castigo porque en lo primero que pensaba era en que la guerrilla podía regresar, matarnos y quitarnos hasta el último centavo. Y al comienzo... Pues el viernes y el sábado todavía muchos no tenían plata y esperaba que me asaltaran. Después cada uno llevaba lo suyo y ahora la preocupación eran los bandidos.

Toda la noche armas listas encima del cuerpo, cada uno cuatro ojos, cuatro oídos, las botas bien amarradas. Yo me dormía y con cualquier ruido, un pájaro, un animal, el tronco de un árbol que traqueara, como es normal, y quedaba sentado con los ojos de par en par: «¿Qué pasó? ¿Qué pasó?». Los centinelas disparaban a cada instante, porque aunque estaban más despiertos que nunca, una rama de un árbol que se moviera los hacía ver bandidos. En la selva solo se ven sombras.

Dormía mal, y como hacía Eloísa con su muerto al lado, dije: «Voy a pensar en algo para acortar la noche». Pero, ¿en qué? Pues en lo que nos enseñó el profesor Juan José Salas sobre las distancias astronómicas.

En ese momento, míos, míos, eran 200 mil dólares, o sea, 500 millones de pesos. La unidad astronómica —o sea la distancia de la Tierra al Sol— son 150 millones. Profesor: en este momento tengo en el morral tres unidades astronómicas y me sobran cincuenta millones.

—O sea que a esta hora de la madrugada debajo de mi hamaca hay mucho más que los kilómetros que debo recorrer para ir hasta el Sol y regresar. A ver: ida y regreso 300 millones. Cuando llegue nuevamente a la Tierra puedo volver al Sol por segunda vez y he gastado 450 millones. Pero en la venida, en esta segunda visita sólo puedo alejarme del Sol una tercera parte de la distancia y eso no me sirve porque me quedaría perdido en el espacio.

Entonces, mejor voy una vez al Sol y como me sobran 350 millones, de allí vuelo a Marte. Pero en este momento no sé cuánto necesito para regresar directo de Marte a la Tierra por-

que debería tener ahora mismo una lámpara, mesa, escalíme-
tro para graficar distancias, transportador para medir los án-
gulos, y por lo menos papel y lápiz, y con ellos establecer la
periferia del sistema solar. Si son órbitas se habla de elipses y
hay que tener en cuenta ejes y focos, y si son circunferencias
debería dibujar triángulos imaginarios, calcular arcos, medir
hipotenusas y catetos, o simplemente lados, y tal vez un radio, y entonces, *pi-erre-dos*, y todas esas cosas... No. La voy a
poner más sencilla: me iré al Sol en plan de veraneo y como
me sobran 350 millones, viajo a Marte, me quedo allí con Eloísa
para siempre y tiro al espacio los 100 millones que me so-
braron.

Amaneció.

A medida que se repartía el dinero les repetíamos a los
soldados que la compañía Buitre no tenía por qué enterarse,
ya que la Demoledor se lo había encontrado y era la dueña de
todo.

—Una palabra y tendremos que enfrentarnos a ellos
—decíamos algunos, y los demás que sí, que sí.

Pero la información se filtró, sencillamente porque las
dos compañías estaban formadas por amigos y cuando ellos
lo supieron comenzaron los reclamos y las amenazas de
muerte.

El primer mensaje de los de la Buitre fue que si no repar-
tíamos con ellos, cuando regresaran al batallón iban a hablar,
y nosotros dijimos:

—Si es así tendremos que hacernos matar, pero ese dinero
nadie nos lo puede quitar porque es nuestro. Ahí está el futuro de cada uno. Cada uno tiene que proteger a su familia.

Yo toda la vida había cargado arena, cemento, tierra, tenía
una mamá, una mujer, un abuelo, tenía siete hermanos me-
nores de edad y pensaba: «Estoy dispuesto a hacerme matar

por lo que acabo de conseguir. No he robado nada, no le he quitado a nadie, la selva no tiene dueño, ¿entonces?».

—Si no es para todos, no será para nadie —decían los de la Buitre.

Pero al mismo tiempo había una amenaza muy clara entre nosotros:

—Si al llegar al batallón alguno abre la boca, se muere o se muere —dijo uno de los líderes, y otro preguntó:

—¿Alguien está sin dinero?

—Todos tenemos.

—¿Están de acuerdo con que tendremos que matar a los delatores?

—Sí, sí, sí...

Otra noche pensaba:

«Es que este dinero es una bendición». Así lo dijo un soldado profesional el Viernes de Gloria cuando Loaiza Poloche, un evangélico, respondió que no recibía nada porque su religión se lo prohibía.

—¿Se lo prohíbe? ¿Sí? ¿Se lo prohíbe? —le preguntó el profesional, y aquél contestó

—Sí.

El profesional desaseguró el arma y le dijo:

—Hijueputa, ¿no ve que es un regalo de Dios? Estamos en Semana Santa.

Poloche tuvo que aceptar. Era uno contra setenta y cuatro.

Un poema

Media hora antes le había comentado a una mujer en el autobús que yo iba para la biblioteca Virgilio Barco, y un poco más tarde ella estiró la mano y me dijo:

—Bájese aquí. Aquí es.

—¿Aquí?

—Sí. Aquí.

«Bueno, debe ser», pensé, pero allí lo único que veía era un parque abierto y frente al paradero una muralla forrada con la misma hierba del parque.

—La biblioteca se encuentra al otro lado del talud. Camine por la alameda veinte pasos y a la vuelta encontrará la entrada —me explicó luego un hombre.

Hice lo que él dijo, luego tomé una senda de ladrillos, crucé la muralla, es decir, el talud, y cuando la senda se inclinó llegué a una plazoleta que imponía respeto, y más allá un marco y dentro del marco una escalera ancha. Por allí tenía que bajar agua porque escuché su sonido y una vez que traspasé el marco y los jardines de flores a los lados, descubrí un edificio oculto. Pero adentro continuaba el parque porque vi el agua, escuché su caída peldaño tras peldaño y tuve la impresión de estar en medio de un humedal. Los humedales son tranquilidad.

Más tarde me explicaron que anteriormente en aquel lugar tiraban escombros de construcciones, ladrillos quebrados, pedazos de muros, trozos de vigas, cosas así, y cuando decidieron acabar con el botadero y con aquellos escombros construyeron con ellos el cráter que rodea la biblioteca. Desde allí lo único que se ve son el cielo y la silueta de las montañas azules del oriente.

Siempre pensé que de alguna manera El Tintal se parecía a mi vida: ayer algo que uno quisiera olvidar, hoy la educación, pero ahora encontraba que esa imagen me seguía persiguiendo porque también de los escombros salió algo tan increíble como la Virgilio Barco.

El edificio es circular, en medio de una gran planicie verde en el centro de la ciudad. Muros de cemento muy claro y ladrillos.

Adentro brillan los pisos de madera, y allí también se ve el parque metiéndose por las ventanas. Cada una es un cuadro distinto y descubrí que ahora estaba en una ciudad diferente.

Cuando entré, en lo primero que pensé fue en caminar y en conocer, en andar para arriba y para abajo, en ver las salas, en mirar la entrada, en salir a recorrer la alameda alrededor del edificio.

Andando por allí, el segundo día fui descubriendo más y encontrando algo así como una respuesta a la necesidad de sentirme libre. El agua que baja por las escalinatas de la entrada la va recorriendo luego por fuera y en ella beben los pájaros, y el reflejo del parque en el agua agranda el paisaje. El talud es como una muralla que me deja meterme dentro de mí misma y descifrar con más facilidad las claves de mi vida.

Desde el primer día allí, sentí que había entrado a un palacio. Era una época de mariposas y esa noche pensé que mi vida también es como la de un gusano que de pronto ve que le aparecen alas y encuentra la libertad.

«¿Qué es la libertad?», me pregunté entonces, y lo primero que se me vino a la cabeza fue algo tan sencillo como poder por fin amar la luz y tener el derecho a mirar la naturaleza como no lo había hecho antes.

«Claro —dije—, la libertad es recuperar el paisaje. Antes no me fijaba en él, por el tropel, porque la guerra no da tiempo para cosas tan burguesas, pero también porque la selva no permite ver de lejos».

En aquel palacio circular encontré, por ejemplo, que ahora la noche no era lo mío. Ya no quería que la oscuridad me tragara como cuando era guerrera y creía que las sombras eran mi mejor seguridad.

Aquí la luz entra por los techos y según cada hora del día, como en mi pueblo y como en la orilla de los ríos, el color de las nubes y de los ríos va cambiando.

Aquí también supe en qué punto de Bogotá me encontraba, porque en esta ciudad el Sol está orientado hacia el norte y la luz viene del techo a través de las lucernas, de manera que hay tal cantidad de luz que, como en El Tintal, sólo encienden las lámparas cuando comienza a atardecer.

Y como aquí el Sol está orientado hacia el norte, las salas de lectura van hacia ese lado. Yo permanezco en la biblioteca a todas horas y un poco después descubrí que la luz se mueve siempre con el Sol. Y vi también que durante el día no hay sombras.

En la selva casi nunca se ven las nubes ni el Sol, pero aquí miro hacia arriba y veo que el cielo es el techo del edificio y siento mucha paz.

Cuando subo a las terrazas me siento como un gato caminando sobre los tejados, y en la medida en que me muevo de terraza en terraza voy descubriendo una ciudad que no conocía. Desde allí se ve lejos una ciudad también circular, porque el parque es inmenso.

Un mes después de estar allí, llevé por primera vez al abuelo. Quería conocer primero el lugar para guiarlo. Cuando se lo conté, él me puso la mano en el hombro y vi que los ojos se le habían humedecido:

—Hija, ¿por qué eres tan generosa? —me dijo cuando se tragó el taco que debía tener dentro de la garganta.

Primero caminamos por la alameda, me detuve frente a una plazoleta y lo dejé que entrara y él no sabía qué hacer. Claro, veía que debía haber algo más allá de una gran escultura y unos hilos de agua escurriendo por un muro y dejándose escuchar, y como lo hice yo la primera vez, él se quedó un rato mirando y oyendo el sonido del agua y volvió a salir, buscando descubrir más cosas. Quería tener su propia película.

—Abuelo, ¿en qué piensas?

—Esto es imponente. Es cierto, estamos frente a un palacio —respondió.

La luz y el sonido de los chorros también dan tranquilidad. ¿Sí o no?

—Sí, hija. Una tranquilidad que no conocía.

Salimos nuevamente a la alameda y continuamos caminando. Él no pronunciaba palabra. Estaba emocionado.
Me detuve frente a un paso elevado en el talud y también allí
lo dejé seguir adelante y llegar a un lago construido por el
arquitecto, con dos islas pequeñas a los lados y un par de
chorros sonado. El lago está encerrado por muros circulares.
Uno ingresa y siente una soledad completa. En ese punto está
uno y al frente el lago, y el cielo otra vez reflejado en el agua
y se siente la necesidad de caminar hacia adelante. El recorrido lo lleva, lo lleva, y al final lo deja salir después de haberle
dado toda la vuelta. Así es la biblioteca por dentro.

El abuelo continuaba muy callado. Salimos nuevamente
a la alameda y fuimos hasta un puente. Antes nos habíamos
movido lejos del agua pero ahora la teníamos debajo de nosotros.

—Como en un humedal. El agua cerca para que uno se
meta en ella si lo desea y la pueda tocar.

—Qué agua tan tranquila y tan clara —dijo él.

—Esto es una chucua. Por eso somos la gente del agua
—le dije recordando lo que me había enseñado Alejandro Torres en el humedal de El Burro. Él se quedó pensando un rato
y luego me miró:

—Eso es así. Eso tiene que ser así.

Le habíamos dado la vuelta a la biblioteca y la caminata
terminó cerca de donde habíamos comenzado. Allí el canal
por donde corre el agua es más ancho. Entra uno por arriba,
baja por la orilla de cuatro escalinatas y termina en un estanque, frente a una de las cafeterías.

—Fin del paseo. Tomémonos un refresco y entremos luego al edificio —le propuse, y él lo único que contestó, sin quitar los ojos de la fuente, fue algo como esto:

—Qué aguas, por Dios. Qué tranquilidad.

—Por lo que me han explicado, estas aguas cambian según el momento del año. En época de lluvias son verdes y espesas. Las limpian todas las mañanas y parecen moverse nuevamente.

—¿Y en las épocas de Sol?

—El agua es como ahora: más transparente… ¿Sabes a qué se me parecen los bordes del estanque?

—¿A qué?

—A las playas de los ríos en la selva. En verano el agua baja tranquila, y si uno mira la orilla ve cómo el río va dejando su rastro en los bordes. Aquí estamos ahora en época de Sol, y como ha bajado el caudal un par de centímetros, fíjate que las aguas también han dejado allí su rastro.

—Eso es cierto.

—Abuelo, para mí esta biblioteca es un poema.

—Sí. Es muy especial. ¿Quién la hizo?

—El arquitecto Rogelio Salmona.

Como desde los tejados se veía brillar una ciudad alta al pie de las montañas, le propuse que fuéramos allá. ¿Qué perdíamos?

—Hija, si es a conocer pregúnteme mejor qué ganamos. Yo tampoco la conozco.

En alguna forma aquella parte de la ciudad se me hizo parecida a la biblioteca por los edificios de ladrillo, las ventanas grandes, los prados en el centro de las avenidas. A medida que íbamos entrando en ella, el abuelo acercaba la cara al cristal como lo hacía yo la noche que llegué. Tantos automóviles, tantos autobuses, un ruido seco, pero no vimos muertos en las aceras ni resucitados buscando comida en las basuras.

—Sí, hija, pero en cambio mire la nube de pobres pidiendo limosna o vendiendo cosas en los semáforos —dijo él.

Era cierto. Ahí estaban los desterrados de la guerra y los desterrados de la ruina del campo limpiándoles los cristales a los automóviles más lujosos. Pero aun así, Bogotá nos deslumbraba.

Nos bajamos en medio de aquel bosque —allí la ciudad realmente parece un bosque— y nos fuimos hablando de cuanto veíamos: los espacios, las vitrinas con ropa fina, con muebles como nunca los habíamos imaginado, con joyas, con automóviles y con todas esas cosas que uno nunca ha tocado.

—Aquí es donde viven los que tienen el dinero —dijo él, señalando la diferencia con los que vivíamos en el Sur.

—Sí, abuelo, muy bien vestidos, pero te juro que casi ninguno ha abierto un libro en su vida.

Cuando comenzaba a anochecer él dijo que se sentía cansado y regresamos a nuestros barrios, pero yo estaba «transportada», como dicen aquí, porque acababa de conocer una ciudad limpia, con prados, con jardines, con parques, con fuentes de agua.

Desde luego este es otro mundo. En las cafeterías todo vale más que donde nosotros vivimos, pero lo que más me impresionó fueron los avisos y las propagandas escritos en inglés.

—La próxima vez voy a traer un diccionario —le dije.

—Parece que esto no fuera Colombia —respondió él y torció la cara.

—¿Qué te ha parecido mal?

—Que aquí hablan en un idioma que no es el nuestro. Hija, esto no es para nosotros, vámonos ya de aquí.

—Abuelo, nosotros tenemos más lujos en la biblioteca.

Él tenía razón: idioma prestado. Cosas que, sin embargo, no le cambian a uno la vida. De todas maneras, a mí me gustó ese paseo a otro mundo que tampoco conocía, a pesar de llevar dos años viviendo aquí. Esa era la ciudad que me había imaginado cuando Alejandro dijo que nos viniéramos a vivir en la capital.

Unas semanas después, en la Virgilio Barco vi personas uniformadas entrando a la biblioteca. Las trajeron a la sección de niños. «¿Aquí uniformes y cabezas peluqueadas como hongos?», pensé, y me acerqué un poco. Era el enemigo: soldados, pero soldados sin brazos, sin piernas, con vendajes en la cabeza, con muletas, con bastones, dos de ellos en sillas de ruedas. Lo mismo que vi en aquel hospital de la guerrilla en el Llano. Ese hospital era una casa grande llena de guerreros tronados de la cabeza o heridos, igual a éstos, sin brazos, sin piernas, algunos en carritos, otros con vendajes por todo lado, otros estaban sentados por allí, debajo de los árboles o recostados contra las paredes mirándose la nariz. «Con ojos de serpentina», dice en un libro. Pero allí muchas eran mujeres, también sin brazos, sin piernas, con las cabezas remendadas, o con las cabezas buenas por fuera pero desordenadas por dentro. Aquí había únicamente hombres, gente joven. Después supe que estos soldados tenían diecinueve, veinte, veintitrés años. Mi edad.

Primero los miré a uno por uno y pensé en mí. Toda una vida viendo guerreros y hablando con guerreros y odiando a los soldados que nos mataban en el pueblo y en el campo, y después cuatro años con un fusil al hombro, uno no los puede olvidar y lo primero que sentí fue bronca. Para qué: odio, el odio de tanto tiempo. Claro, hoy vivo con un soldado, pero sólo con uno. A los demás les sentía hasta ese momento... ¿cómo se dice? Pues sí, desprecio. ¿Cómo más?

Bueno, pues la primera vez los miré, los escuché, me pillé algo de lo que hacían y poco a poco, poco a poco, fui metiéndome en la cabeza que yo no quería más la guerra, que no quería seguir con las broncas y con todo ese lío del enfrentamiento porque esa guerra no es nuestra —por eso estoy aquí— y dije: «Pues voy a jugar a la *inteligencia*». Mejor dicho, a pescarme qué estaba pasando en la biblioteca con esa gente, y saber cómo son esos tipos a la hora de la verdad cuando ya no tienen un brazo o una pierna, y me acordé del camarada Felipe, el que me preparó antes de regresar a mi pueblo a trabajar en la clandestinidad. La madrugada que salí de allí, en lugar de despedirse, él volvió con lo mismo de la semana que acababa de pasar:

—Uno tiene dos ojos y dos oídos... pero sólo una boca. Nada más que una boca, camarada. Entonces el marcador del partido es cuatro por una: perdió la boca, golearon a la jeta, y como la jeta es perdedora tiene que permanecer cerrada, ¿me entiende? De aquí en adelante a mirar y a escuchar lo que no ven ni oyen los demás. Y si la insultan, la hieren o la torturan, silencio. La boca es la perdedora y los perdedores lo venden a uno. Venderlo es hacerlo matar... ¿estamos? Se dice ¡estamos!

—¡Estamos! —le respondí.

Como yo iba todos los días a la biblioteca y allá ya me conocían, me quedaba fácil camuflarme como lectora ignorante, lo que soy, o como empleada del aseo, que son las que andan en todo, y dije: «Sí, jugar a la *inteligencia*, pero para mí sola, para aprender más cosas en la vida. Al fin y al cabo ya estoy saliendo de la guerra y voy a tratar de pensar que ellos ya no son mis enemigos».

les va a dar nada, que cuando los sacan a la calle sienten que la gente los mira raro, y que si el mismo Ejército no es capaz de darles una pensión, ¿qué pueden esperar del país? La ventaja que les llevo es que yo descubrí hace ya tres años en Neiva que era capaz de usar la cabeza, pero a ellos no les han dicho eso. Bueno, yo lo sé, pero aunque lo sepa, de todas maneras no me gusta atormentarme pensando en qué puede venir el día de mañana. En la segunda reunión vi que a ellos les sucede lo mismo que a mí: «Sonia, ¿para qué piensas en el mañana? No pierdas el tiempo».

Y si a mí me parece que no vale la pena tratar de ganarle la carrera a la vida, yo que estoy entera... y buena, ¿qué tal mutilada? Allí ellos mismos cuentan que en el Batallón de Sanidad les dicen algunas veces que los mutilados y los heridos graves ya no le sirven al Ejército.

Ni a la guerrilla, digo yo.

Ellos saben que van a salir otra vez a la vida civil pero ya no tienen con qué defenderse: imagínese, un paralítico como éstos de las sillas de ruedas. Lo peor es que sus superiores les recuerdan siempre que a ellos los necesitan sólo para caminar jornadas muy largas, para disparar, para matar y nada más. Herido el hombre, a la calle:

—Lanza, mire a ver cómo se va a defender vestido de civil.

Eso es lo que van soltando ellos mismos y lo que yo suelto para mis adentros. Desde la tarde que quedé colgada de las raíces del árbol y me acabé de dañar la pierna, ya los camaradas no me miraron ni como a una cosa sexual.

Dos de ellos se burlaban porque el Ejército mostraba a los mutilados en la televisión y en los periódicos como a héroes de guerra:

—¿Héroes de guerra? Sí, héroes en la televisión y en la prensa, pero cuando regresamos al batallón los superiores dicen que no, que nosotros estamos en nada.

—Sí, hermano —dijo el otro—. ¿Hacerse uno matar para que lo usen en los medios y en las tales entidades internacionales como propaganda?

—Como muñecos de vitrina para poder vender más —comentó un tercero.

Cambian los programas. Otros días los ponían a dibujar y ellos decían antes de que les dieran una crayola: «Es que yo no sé hacer eso». Lo decían sin haberlo intentado primero, y yo pensé: «A esos sí, de verdad, los derrotó la guerra». O cuando estaban en otro juego, les decían: «Escriba», y ellos respondían:

—No sé. Nunca he escrito, no lo hago bien.

Se veía que les daba pena que se notara su ignorancia. Igual que a Alejandro el día que le solté a la señora de la biblioteca de Neiva, sin conocerla siquiera: «Es que yo no entiendo lo que leo», y él se puso colorado y tuve que decirle que me dejara allí sola. Alejandro: a mí no me da pena decir que quiero aprender.

Yo no sé si fue al cuarto o quinto día cuando tuvieron que leerles un libro en voz alta. «¿Por qué no los dejarán a ellos?», pensé. Pero luego descubrí que a los tipos los avergüenza que sus compañeros sepan que muchos no saben leer. Y otros no pueden leer bien porque no entienden lo que dicen los libros. Ahí no voy a escupir para arriba: yo apenas estoy saliendo de semejante taco.

—Es que son jóvenes que no están acostumbrados a usar la cabeza en estas cosas. Sus mentes han estado en lo suyo, su trabajo es la guerra —dijo alguien.

Muchachos de diecinueve, de veintitrés años y estaban en aprendizaje para niños. Como yo. Pero ellos apenas iban a empezar, y la mayoría como que no quería, como que no les

En la biblioteca cambia la gente. No sé cuánto tiempo después apareció otro grupo de soldados mutilados, pero ellos empezaron pintando antes de tocar la literatura.

—¿Por qué? —le pregunté a un moderador, y él me dijo:

—Porque con unos colores, un pincel y una hoja de papel, los muchachos van exorcizando los conflictos que tienen en su batallón. Allá sólo piensan en la guerra, en su odio por la guerrilla, en su odio por el mismo Ejército pues creen que es por culpa de la institución que están ahora mutilados y creen que no los van a pensionar. Entonces con la pintura empiezan por expulsar parte de la angustia que les genera su situación.

Aquel día los pusieron en un lugar especial de la sección de niños, hicieron sonar música clásica y ellos por fin dejaron la vergüenza y empezaron a pintar, pero no usaron el vinilo y ni el papel especial —para que lo hicieran con los dedos, que es como empieza un niño— sino pidieron pinceles. Y pintaban, tal vez lo que yo pintaría: demonios. Les preguntaban y decían que esos demonios eran la guerrilla, pero también podían ser el Ejército. Y pintaban una cantidad, pero una cantidad de muertos: una bolita, una raya y luego una cruz que son los brazos, y abajo una horqueta que son las piernas. Muchos muertos y mucho rojo: chorreones de sangre, charcos de sangre en todo el papel, pero nada de choferes, o de mecánicos, o de panaderos, para lo que los preparan en el batallón, cosas que mostraran alguna esperanza. Como yo, ellos tampoco veían un mañana.

Me imagino que como los del grupo anterior no hablaban mucho después de que les leían, esta vez empezaron por la pintura para que dijeran con trazos lo que estaban sintiendo.

Bueno, antes de pintar les mostraron álbumes para que vieran rápido y muy fácil algo de la historia del arte. Uno de

ellos la trae en unas pocas páginas con escasas leyendas, o sin
leyendas. Eran obras de arte dibujadas con monos parecidos
a los hombres. Uno de aquellos dibujos —les explicaban como
ya me lo habían explicado a mí— es *La gioconda*, o *Mona Lisa*,
pero su cara está sobre la de uno de los monos, y debajo una
leyenda: «¿Qué estaría pensado en aquellos momentos esta
mujer?» O, «¿Por qué se sonríe esta mujer?». Algo así.

Con esos álbumes le van enseñando a uno una primera
parte de la historia del arte y luego lo van aterrizando con
imágenes, por ejemplo de algo llamado «improvisaciones de
Kandinski». Ellos las miraban y luego les preguntaban: «¿Esto
qué les hace pensar?». La mayoría decía que no entendían,
otros que se trataba de simples rayones, o «Eso no es arte
porque no muestra nada».

A mí me sucedió igual y me dijeron que yo no entendía
que aquello fuera arte porque, para mí, arte tal vez eran los
cuadros de los santos, y me acordé del de Miguel Arcángel
que quemó El Cura, y del de san José, El Cornudo, como dijo
aquella mañana el camarada en la iglesita de Guayabal. Claro: esa era la única idea que yo tenía del arte antes de venir a
la biblioteca. Cuando empecé a ver los álbumes los miraba
primero con el asombro de un niño, sentía sorpresa, no creía
que una persona pudiera llegar a crear cosas como esas, pues
hasta ese momento yo veía la vida como un tropel: la selva,
caminar a toda hora, el balazo, comer, meterme en la hamaca
por las noches. Nada más que eso. En aquella época no me
imaginaba que pudiera existir lo que aquí llaman «la crea-
ción del hombre» y eso me ha puesto a pensar en que antes
de ver estas cosas mi vida no era nada. Era comer, dormir,
echar bala... nada más. Me imagino que por lo menos uno de
aquellos soldados debió pensar lo mismo esa tarde.

Otro día fue a la biblioteca un artista plástico. Él hace instalaciones pero también organiza reuniones pensando en los ritos de los indígenas y tiene toda una explicación para sus cosas. Ese día usó el sonido de una flauta.

—¿Para qué? —le preguntaron:

—Para sanar los espíritus —respondió.

Eso les sonó muy raro y cuando el artista vio aquellas caras vacías, entre ellas la mía, comenzó a explicar:

—La persona que tiene, por ejemplo, muy fino el oído, puede llegar a escuchar no la flauta sino el canto de una ballena, o el trino de un pájaro —y le pasó la flauta a cada uno de los soldados para tratar de despertar algunos puntos en sus cuerpos, mientras les pedía que intentaran concentrarse y sentir mejor el sonido.

Yo escuchaba al artista y miraba a los soldados. Dos, tal vez tres parecían realmente metidos en lo que oían, mientras la mayoría andaba en otro paseo. Ahí se trataba de escuchar con los ojos cerrados pero casi todos los cerraban y los abrían, los cerraban y los abrían, y en ese momento yo entendí qué estaba sucediendo. Era el susto a no estar pendiente de la llegada del enemigo, a estar pensando a toda hora en que lo van a atacar, en que lo van a matar... O, carajo, en que lo van a dejar sin una pierna. Yo creo que uno no puede sacarse la guerra de la cabeza ni cuando se esté muriendo.

A mí me ocurre igual. Yo no puedo pestañear cuando clarea el día, ni cuando salgo de la casa, ni cuando me subo al autobús, ni cuando me bajo, ni cuando entro a la biblioteca, ni cuando salgo de allí. El día que Alejandro Torres nos dijo en el humedal de El Burro que cerráramos los ojos para escuchar el canto de los pájaros, confieso que no fui capaz de hacerlo.

Bueno, una vez terminado el asunto, el maestro les preguntó qué habían sentido. Les contó que era artista plástico, explicó que para él esa era la forma de experimentar el arte, y aunque en la tertulia anterior habían enseñado que los artistas usan muchas formas para poder expresar su arte, ni ellos ni yo pudimos entender. Nadie lo entendió y más bien se callaron. Yo quería hablar, pero «Camarada, cuatro por una».

A la siguiente sesión, cuando volvieron los soldados y ya sin el artista mirándolos, confesaron que no habían entendido nada y que no le veían ni pies ni cabeza a que una persona hiciera esa clase de trucos. Yo pensaba igual, pero como no me gusta tragar espinas de pescado, cuando se fueron los soldados pregunté por qué no podía descifrar nada de aquello.

—Porque tú no conoces ese mundo y parece que no te esté tocando. Parece. Sólo parece —me explicaron.

Escuché que habría otra sesión con ellos en un museo donde colgaban una exposición de pintores expresionistas. Pregunté si yo podía ir, me dijeron que sí y me explicaron cómo podría llegar allá.

Cuando comenzó el asunto, una señora dijo que en el momento en que se llegó al arte que íbamos a ver, los pintores rompieron con otras formas y comenzaban a expresar lo que sentían.

—Es posible que ustedes vean ahora, por ejemplo, muros pintados de rojo en un momento en que a nadie se le iba a ocurrir pintar su habitación con ese color, pero eso significaba algo. ¿Qué? Tal vez en ese cuadro el rojo puede expresar que el artista estaba apasionado por una mujer. Es que en estas cosas no se trata de pintar por pintar, como lo hacen los de brocha gorda cuando blanquean una pared.

Ese día descubrí que no hay nada tan revolucionario como el arte.

En aquel paseo para los niños de la biblioteca comencé a entender lo que habían mostrado antes, y se me empezó a

despertar la imaginación. Antes, cuando hablaban de artes
plásticas, yo sí escuchaba que la imaginación, que la sensibi-
lidad, pero no le atinaba a lo que estaban diciendo porque no
entendía ni una coma. Cosas que uno tiene por ahí dormidas
y necesita que alguien se las enseñe. Es que lo único que este
país le ha dado a uno son la guerra, y el tropel, y esta violencia, francamente tan hija de puta. No hay otra palabra para
decirlo.

La semana siguiente dieron en el blanco. Mejor dicho, dieron en el clavo que me clava: alguien había leído en el batallón un libro sobre una guerrillera que se entregó al Ejército,
y les fue diciendo a los demás que la guerrillera se había ido
al monte por tal y tal cosa, pero estos soldados no estaban de
acuerdo con nada de lo que les habían contado porque ellos
eran los buenos y la mujer la mala. Es que allí había cosas en
las que nunca habían pensado y seguían en lo mismo: que la
guerra son buenos contra malos, y en ese momento se les acabó la vergüenza y comenzaron a decir lo que creían.

Y lo que piensan es que tienen poder sobre la vida y que
pueden matar y no sucede nada porque ellos son legales y los
guerrilleros no son guerrilleros sino terroristas. Y empezaron
a contar sus recuerdos, pero sus historias siempre eran sobre
lo que les hacía la guerrilla. Nunca hablan de lo que les han
enseñado, ni de lo que ellos hacen en esta guerra. No. Ellos
son los blancos, y tal, hasta que uno se apartó del tema de la
guerra. Era un tipo de unos veintidós años, con cara de tabla
como Carlos, el presidente del consejo de guerra.

Contó que tenía tres hermanos. El primero se había suicidado porque lo dejó la novia. Después se suicidó el siguiente
porque no podía conseguir dinero. Pero uno de sus tíos también se había suicidado.

Como la cosa se puso espesa, el moderador dijo que no, que por qué no leían *El príncipe feliz*, un cuento de Oscar Wilde, y dijeron que... bueno, que sí. Ellos querían seguir con el tema de la guerra.

El príncipe feliz habla de una estatua en lo más alto de una ciudad, cubierta por una enredadera con sus hojas de oro, los ojos de zafiro y un rubí en la espada: era la figura de un príncipe que fue muy feliz porque su casa había sido el Palacio de la Despreocupación, un lugar encerrado entre murallas tan altas que no dejaban ver lo que sucedía en la ciudad. En el palacio estaba prohibido el sufrimiento.

Pero un día, una golondrina encontró a la estatua llorando. ¿Por qué? El príncipe no sabía que en la ciudad había pobreza. Esa mañana había visto a través de la ventana de una casa a una costurera muy pobre con su hijito enfermo y con sed, y él le dijo a la golondrina que cogiera el rubí y se lo llevara. La golondrina lo llevó.

La noche siguiente, el príncipe le pidió que le quitara uno de los zafiros y se lo llevara a un escritor pobre y muerto de frío que vivía cerca de la mujer y el niño.

A la siguiente noche le dijo que había visto a una niña llorando porque había perdido algo que debía vender y su padre la iba a castigar.

—Arráncame el otro ojo —le ordenó, y la golondrina respondió:

—No. Te quedarás ciego.

—Te pido que hagas lo que te mando.

La golondrina le arrancó el segundo zafiro y se lo llevó a la niña, y cuando regresó, el príncipe le confesó que las penas que sufrían los hombres lo tenían aún más triste.

—Golondrina, ahora vuela sobre la ciudad y me dices qué más ves.

Ella voló y le contó que había más gente pobre, mucha gente en la miseria: niños con hambre, desechables sin dónde dormir ni con qué comer, y el príncipe le dijo:

—Quítame mi capa de oro y llévasela a ellos.

—Pero quedarás sin brillo.

—Te pido que hagas lo que te mando.

La golondrina le quitó hoja por hoja de la enredadera de oro y la repartió entre los desechables.

A la mañana siguiente cruzó por allí el alcalde y vio que la estatua era fea, ya no tenía joyas, ya no tenía oro, y el alcalde, que era precisamente quien debía cuidarla, ordenó que la derribaran. Ya no le servía.

Cuando se acabó el cuento, los soldados se quedaron callados. Pero callados es como desocupados por dentro, hasta que uno de ellos dijo algo, y otro habló un poco más y terminaron garlando como *tartamudas*, mejor dicho, como ametralladoras con una cadencia de fuego que no detenía nadie.

Hablaban de todo lo que habían sufrido como soldados porque el Ejército les había metido en la cabeza que ellos tenían que dar la vida por la patria, pero a medida que decían eso se calentaban porque los civiles, y para ellos los civiles son sus enemigos. «Los civiles no comprenden, por ejemplo, que nosotros tenemos que soportar hambre y cansancio o estar horas y horas caminando con tres arrobas de peso en las espaldas, o nos tenemos que enfrentar a la guerrilla y mire lo que nos puede suceder. Eso no lo ven ellos. Entonces, ¿para qué dar tanto si uno sale a las ciudades y se encuentra a la gente muerta de risa, en rumbas, emborrachándose feliz. ¿Saben por qué? Porque uno está jugándose la vida para que ellos puedan vivir de rumba. Y para el mismo Ejército nosotros no valemos estando ya mutilados», decían.

En ese momento volvió a caérseles la casa encima.

Trataron de regresarlos al cuento del príncipe, pero ellos siguieron hablando del Ejército. Un muchacho rubio de unos veinte años habló de una emboscada. Dijo que él quedó aislado con otros cuatro y cuando se sintieron muy copados, muy copados, pensó que allí lo único era huir. Imagínese: cinco contra cien o no sé cuántos guerreros, y él lo que hizo fue meterse debajo de un árbol caído, pero los guerreros le disparaban a todo y lo hirieron en una pierna. El tipo buscó otro escondite más adelante pero sentía que los guerreros se acercaban más y se acercaban más, y cuando ya comenzó a escucharlos cerca cogió el fusil y se puso la trompetilla del cañón dentro de la boca antes de disparar. Le habían dicho que si la guerrilla lo agarraba vivo lo torturaba. Pero preciso cuando estaba pensando en eso, escuchó a los del Ejército. El primero que llegó allí fue un capitán y él le dijo:

—Mi capitán, me estoy desangrando, mire cómo tengo la pierna.

Y contó que el capitán lo miró y se fue.

¿Sólo a él? A mí también me abandonaron los camaradas en una cañada, colgando de una pierna enferma. Yo también sé qué se siente cuando lo abandonan a uno en la guerra.

El soldado se calló después de contar su problema, miró al piso y ahí empezaron los demás: que para qué dar la vida si a los superiores no les importaba lo que les pasara a ellos. Pero no hablaban dos, ni tres, todos decían que los habían utilizado. Uno de los de veintitrés años contó que una vez, estando en formación, les pusieron al frente a tres guerrilleros con las manos atadas, y que un oficial les preguntó quién de ellos quería fusilarlos, y varios dijeron, «yo, yo, yo».

En ese momento me los imaginé saltando y diciendo «sí, sí, sí, sí».

Yo les miraba las caras y eran iguales, eran las mismas a las de nosotros cuando el camarada Olivo nos preguntó si estábamos de acuerdo con la decisión de matar a El Demonio... o, bueno, a Ember. Es que eran los mismos gestos, las mismas risas de felicidad de la guerrillerada esa mañana en la selva. Todo es igual en este paseo: la vida de un guerrillero... o la de un soldado no tiene ninguna importancia. A estos tipos también los habían convertido en máquinas y su trabajo era matar por matar sin pensar en lo que vale la vida. Pero la discusión seguía y ellos continuaban riéndose como si se hubieran ganado una rifa o algo así.

Aquí tampoco puedo escupir para arriba.

Después uno de ellos volvió al cuento del que se iba a matar con el fusil y otro dijo que sí, que para todo el que está metido en esta guerra —yo digo que a un lado o al otro— es mejor quitarse la vida que morir en manos del enemigo, y en ese momento vi que el moderador no podía entenderlo. Es que no le cabía en la cabeza. Él trató de entrarle al tema por un lado, por el otro, pero no. No entendió que la vida valiera tan poco en este país.

Uno sí lo entiende.

Y también me pillé lo que hizo el moderador: tratar de meterse por el lado del hombre como un ser que vive, y que los seres humanos somos iguales, comenzando porque todos tenemos un corazón, dos pulmones, un alma. Tenemos un alma: soldados, guerrilleros, doctores. En eso somos iguales. En aquel momento sí que comprendí lo que trataba de explicarme Alejandro cuando me dijo la primera noche en el bar de Neiva:

—Eloísa, no me mire como a un soldado sino como a un hombre. Olvídese del camuflado y míreme como a un ser humano. Los dos somos iguales.

Pues el moderador quedó traumatizado, como dicen en la ciudad cuando uno está aburrido, porque empezó a sentir lo que estaban pensando esos soldados: «¿Qué voy a hacer en la vida?». Él no lo decía pero se veía que estaba preguntándose cómo los podría ayudar, tanto que yo le dije cuando se acabó la reunión:

—¿Cómo les vas a poder ayudar si ellos tienen severos problemas? —y me respondió:

—Con mi trabajo. Pienso que la lectura es la mejor manera de aportarles algo.

—Pero no te lo tomes tan en serio —le dije.

—¿Cómo no me lo voy a tomar así? Es que cuando me invitan, yo no puedo venir aquí a ocultarle a la gente sus problemas, y ellos tienen un pasado muy cercano. Pasado, no: lo de ellos es el hoy. Es que ahí hay muchachos que se quedaron sin brazo o sin pierna hace dos o tres meses. Se llama pasado reciente y por eso tienen la cabeza llena de recuerdos, de rencores, de odios muy frescos, y yo vivo pensando cómo ayudar con la lectura para que vuelvan a tener esperanza. Pero, de verdad, a veces me siento patinando. Es que es muy difícil, ahora creo que casi imposible meterles dentro de la cabeza el perdón. Perdón porque en el caso de ellos uno no puede mencionar la palabra olvido. ¡Cuidado!

Él tenía toda la razón, absolutamente toda la razón, porque una cosa es ver el paisaje desde la ciudad y otra estar metida en esta guerra ajena. La noche que Alejandro me dijo en el bar de Neiva: «Eloísa, si uno quiere vivir mejor tiene que olvidar las cosas malas», me pareció que hablaba por hablar. El problema es justamente que para un ser humano es imposible, o casi imposible sacar de la cabeza los recuerdos terribles. ¿Cómo voy a olvidar cosas como la tortura de Nacho? Creo que nadie ha luchado en su vida tanto como yo por hacerlo, y ahí estoy: amarrada a un recuerdo maldito. Por eso creo que será imposible acabar con la guerra únicamente a balazos, como sucede aquí.

—En este país estamos perdidos —le dije, y el coordinador respondió como una bala:

—Estamos no. Todo el mundo está perdido. Mira una cosa: cuando vine la primera vez a estas tertulias y empecé a escuchar cada historia y a ver esas caras, me busqué un libro que se llama *Ritos de sangre*, escrito por una gringa que trata de explicar por qué el ser humano, a través de la historia, ha tendido a matar a otros seres. Ella tampoco le atina a la explicación, como dices tú, pero sí deja claro que el mundo se ha movido siempre en función de matar a los demás.

—¿En la guerra?

—En la guerra y en todo.

—Entonces la literatura...

—Con gente como estos soldados yo quiero ir más allá y no quedarme únicamente en lectura de piezas literarias. ¿Cómo no voy a impedirles que toquen los temas de la violencia y de la guerra si es lo que en estos momentos tienen en la cabeza hasta los niños? ¿O es que los niños son tan tarados que no se dan cuenta de lo que está sucediendo a su alrededor? Ellos ven televisión, escuchan la radio, en la escuela hablan del secuestro, de la bomba que estalló esta mañana, de un ataque de la guerrilla, de los guerrilleros que mató el Ejército... Pero, además, fíjate: comenzamos con el príncipe y la capa de oro, pero ellos pensaron inmediatamente en la guerra. Es lo que están viviendo. Por eso los dejo entrar algunas veces en estos temas. ¿No dicen que un clavo saca otro clavo?

—O se quedan dos... No. Mentiras. Estoy diciendo algo para salir corriendo. Es que todo esto me pone triste y yo vine a la biblioteca fue a aprender.

(Si él hubiera sabido en ese momento algo de mi pasado…).

Pero, bueno. Hablando de lo que he aprendido aquí, la literatura y lo poco que he visto de artes me han hecho sentir la vida en otra forma y eso me ha ayudado. ¡Pero claro! ¿Qué tal eso de convertir la tristeza en una coma? ¿O en un dibujo? ¿Cómo no le va a servir a uno la cultura?

Con esos soldados yo vi luego una película de un niño que nació con un defecto físico, y en la mitad de la película los demás hijos le dicen al papá que se vaya de la casa, que él no es nada para ellos.

Siempre estoy pendiente de lo que hacen los soldados en cada actividad y ese día vi que varios lloraban, y yo decía: «¿Todo un hombre, todo un soldado llorando en público? Si a ellos les dicen que son machos, que la patria los necesita por machos. Y si además les han enseñado desde niños que los hombres no lloran, entonces ¿cómo es la cosa?». Pues la cosa es que el cine que se ve aquí es arte y el arte hace que uno comience a ver las cosas como son, no como se las cuentan… Ahora pienso así, aunque todavía sea una ignorante.

Al día siguiente, el tallerista que nos llevó a la sala de cine dijo que estaba preocupado por haber escogido esa película. Que no los quería hacer sentir mal hasta el punto de que algunos hubieran llorado, pero los soldados decían que no, que más bien le daban las gracias porque ellos en el Ejército no podían llorar.

—Allá dicen que somos los hombres de acero —comentó uno de ellos, y yo pensé: «En la guerrilla es igual».

En cambio yo quería aplaudir cuando llegamos a esa escena. La noche que regresé de la guerrilla y volví a la casa de

El Demonio y le hice un disparo al piso con el treinta y ocho,
él dejó caer la botella que traía en la mano y yo le dije:

—Desaparezca de aquí. Busque dónde vivir porque yo me
quedo en esta casa —y El Demonio no volvió ni para llevarse
su ropa sucia. Esa la quemé después.

Vacaciones en el Sol

El Miércoles de Pascua nos encontrábamos esperando el primer balazo de una guerra entre nosotros mismos porque los de la compañía Buitre estaban dispuestos a llevarse parte del dinero, y nosotros dispuestos a hacernos matar.

Los comandantes de las dos compañías se asustaron y el jueves, un poco antes de amanecer, el teniente nos dijo:

—Fulano, Zutano, Tal, Tal, necesitamos buscar dinero para los de la compañía Buitre porque en cosa de horas aquí puede haber un enfrentamiento mortal.

—En cosa de horas, no. En cosa de minutos —le respondí.

—¿Entonces?

—Présteme el detector de minas y présteme baterías. Las canecas están selladas con un aro de metal y podremos encontrar lo que queda, también en cosa de minutos.

Llamó al de explosivos y le dio la orden.

Me puse los audífonos, gradué la intensidad del metal a quince centímetros de profundidad y nos fuimos para la hondonada —a unos doscientos metros en línea recta del área de vivac— y no había dado más de treinta pasos, cuando, *criii, criii...*

—Aquí hay una. Destapen —les dije.

Movieron la tierra y, claro, ¡caneca!

Diez pasos más: *criii, criii...*

¡Caneca!

Otros diez pasos: *criii, criii...*

—Suficiente. No busquemos más.

Las canecas se hallaban a cinco centímetros de la superficie y como a los veinte minutos estábamos de regreso.

—Usted tenía razón: cosa de minutos —dijo el teniente entre asustado y emocionado.

Era mucho dinero, porque allí había dos canecas llenas de billetes de cien, y otra de billetes de cincuenta y de veinte. Dólares. No sé cuánto tenían porque no había tiempo de mirar. Yo cumplí con llevarlas y me retiré, pero calculo que aquello no bajaba de dos millones de dólares. Cuando había dado diez pasos escuché que el teniente llamó al comandante de la compañía Buitre:

—Ahí está eso para su compañía. Llévenselo, repártanlo y que los soldados no jodan más. Esto queda entre nosotros. Nadie puede saberlo en el batallón.

En ese momento éramos ciento ochenta y cinco hombres, todos con dinero y ahora sí, todos en silencio.

Se llevaron las canecas. El comandante de la Buitre le dio a uno de los suyos un fajo de cien billetes de cien dólares y le dijo que fuera por la gente de la contraguerrilla y los trajera, excepto a los centinelas.

Extendieron una carpa en el piso, preguntaron cuántos eran, ellos se numeraron y procedieron a armar los montones. Se buscaba que todos recibieran la misma suma. Ya nu-

merados, ordenaron que formaran por escuadras, y un cabo
y un soldado empezaron a repartirle a cada uno un paquete
de seis fajos, es decir, sesenta mil dólares. Para el teniente
setenta mil, pero un sargento, cismático como dicen, alegó
que no.

—No, ¿qué?

—Que no recibo —le dijo al soldado profesional y todos
pusieron el dedo en el gatillo y se quedaron mirándolo.

Mi sargento estiró la mano y dijo:

—Tocará.

—Todos tienen que recibir y aquel que abra la boca cuando regresemos, se muere —dijo el soldado, y los demás:

—Sí, sí, sí...

Al final le entregaron a cada comandante de escuadra lo
de los centinelas.

Esa misma tarde, al verse con tanto dinero, los de la Buitre comenzaron a bajar en busca de quienes quisieran cambiar dólares por pesos. No les gustaba llevar dólares, y como
nunca los habían manejado, los ofrecían por mil, por dos mil
pesos y como tampoco la mayoría de la Demoledor sabía de
esas cosas, empezaron a cambiar, unos por más, otros por
menos, pero ninguno por lo que realmente valía el dólar en
ese momento, según yo escuchaba por la radio.

Precisamente por eso, ya casi al anochecer un soldado que
entendía algo del cambio compró el aparato más pequeño y
más caro del mundo. Un compañero tenía un radiecito digi-
tal que cabía en la mano, angosto, un juguete, y aquél dijo:

—Me gusta.

—Se lo vendo. ¿Cuánto me da? —le contestó el dueño.

—¿Cuánto me cobra?

—Dos millones.

—Le doy seis. Entréguemelo —y le dio los seis millones.

Cuando finalizaba la semana de Pascua sobraba dinero, y ahora sí de verdad nadie tenía un centímetro libre en el equipo ni en su cuerpo para acomodar más. Estaba cerca la llegada del relevo. Habíamos salido del batallón con treinta y siete kilos de equipo al hombro y ahora cada uno llevaba mucho más.

En los morrales no había comida. ¿Cuál comida? No podíamos tirar ningún objeto porque, al regresar, en el batallón pasan revista de la dotación, pero no importaba el peso con tal de llevar el dinero. Como todos, yo cargaba un morral que ahora tenía cincuenta centímetros de alto, y llevaba una bolsa, equipo de asalto donde en ciertas operaciones uno guarda una crema dental —¿cuál crema dental?—, un par de medias... Esa bolsa, desde luego, iba llena de dinero. Y dentro del chaleco, dinero. Y en los bolsillos, dinero. Y dentro del pantalón, dinero.

Estábamos preparándonos para salir a buscar dónde hacer un helipuerto en lo alto de la montaña porque ya llegaba el relevo, y alguien dijo que nos iban a esculcar en el batallón porque el mayor ya sabía. ¿Qué hicimos? Desbaratar las belloneras del morral y también las riñoneras que van sobre la cadera.

Las riñoneras son placas en la parte baja rellenas de algodón. Las rompimos, sacamos el algodón y las llenamos de billetes. Las pretinas del pantalón camuflado son dobles. Las descosimos, enrollamos billetes y las rellenamos de punta a punta. El chaleco tiene doble tapa. Descosimos las costuras, sacamos las plumas y rellenamos con billetes. Luego en los proveedores de los fusiles: les sacamos la munición, la guardamos en el morral y los llenamos.

Como teníamos a la mano galones de plástico vacíos —en los que se lleva gasolina para las estufas—, cortábamos el asiento por el borde, lo rellenábamos de billetes y volvíamos a pegarlos a base de calor. Hogueras por todos lados. Luego cogimos las cantimploras, que también son de plástico. Con el cuchillo les abríamos tres lados de un cuadrado en el centro y quedaba una tapa y por allí las rellenábamos. Una vez llenas, las soldábamos con un cuchillo calentado al fuego. Si metíamos los billetes por la boca, no cabía la misma cantidad que acomodando los fajos por el asiento. Una cantimplora se tragaba por el pico seis millones y por el asiento, diez. Los que tenían dinero colombiano le metían al galón veinticinco millones. De ellos el que menos trajo cargaba doscientos millones, porque los que recogimos dólares teníamos dos mil quinientas veces más.

Pero mientras unos cosían y otros descosían, seguía la feria. La gente sacaba el dinero del morral y lo dejaba por ahí, sobre un tronco, en la zona de vivac o dentro de la hamaca, y como a esa hora todavía seguía apareciendo plata, pasaban los soldados y le decían a uno:

—Tome, hermano —y le tiraban un fajo de veinte millones, de diez millones:

—Recíbame este regalo, a mí ya no me cabe más —decían.

Cuando terminamos, los morrales eran de capitalistas pero con hambre de proletario. Y teníamos sed. Estábamos lejos del agua y yo me acuerdo de las caras de todos, tendidos, chupando el agua amarilla de los charcos y mirando las copas de los árboles, de los arbustos y de tantas palmas en busca de alguna fruta o de algún palmito.

Yo nunca había comido carne de mono, pero a pesar de la norma, de la seguridad y de todas esas cosas, esa noche caminé por los alrededores buscando alguno. De pronto sentí el chillido de una manada de monos nocturnos, los dejé que cruzaran por los árboles donde yo me encontraba, los vi contra el reflejo de la Luna, apunté, disparé, cayó uno y me lo llevé al vivac.

Algunas referencias tenía para cocinarlo y allí le quité la piel, lo puse a hervir algo así como una hora en el agua que saqué de un pozo y le eché un poco de sal, y mientras ese niño hervía con su cabeza recostada en el borde de la olla y las piernas encogidas, un soldado dijo que no comía.

—Yo sí porque tengo hambre —le contesté.

—Yo también tengo la barriga desocupada, pero prefiero morirme antes que comer de eso.

—No me diga: ¿un millonario muerto de hambre?

Luego se acercó otro y después otro. Miraban la olla y hacían gestos.

—Ah carachas, qué doctores tan exigentes.

Me callé, retiré la olla y puse el mono en las brasas, y ahí sí se acercaron los capitalistas. Todos querían. Todos comieron.

Los de la Buitre cazaron seis o siete.

Esa noche y al día siguiente había locura en la selva. Unos soldados soñaban con autos, con motos, con barcos. Decían que esos habían sido sus sueños desde niños y que por fin Dios les había compensado tanto sufrimiento.

Otros no. Otros queríamos ayudarles a nuestras familias. Yo pensaba en Eloísa y nuestra casa. Una casa sencilla pero cómoda. Y tal vez en un automóvil, pero que no llamara la atención. Un auto bueno pero sencillo.

Prácticamente ninguno de nosotros tenía en ese momento una casa propia. Allí había soldados con tres, con cuatro hijos viviendo en una pieza ajena y nuestro sueño era la familia.

—Si esas platas se invierten bien, Dios no nos las va a quitar —dijo alguien, y todos respondimos que así tenía que ser

En ese momento, yo como soldado profesional ganaba menos de un millón. Pero me descontaban lo de dos o tres seguros y me quedaba justo el medio millón. Pero con ese dinero tenía que comprar mis útiles de aseo, y además necesitaba algo para pagar un refresco, un bizcocho, cualquier cosa. Eloísa no estaba gastando mucho, ya tenía empleo y como es tan orgullosa trata de no tocar mi dinero, pero algo necesitaba y algo gastaba. Además, yo les mandaba unos centavos a mi abuelo y unos centavos a mi mamá y vivía lleno de deudas. Pequeñas, pero deudas al fin y al cabo. Medio millón al mes. ¡Doscientos dólares a precio de selva!

Ahora la orden era movernos hasta una zona llana en la parte más alta de la montaña y mientras las compañías avanzaban, algunos de nosotros bajamos al pequeño helipuerto por una motosierra y varias hachas que debían llegar para derribar los árboles y despejar un área grande para los Halcones Negros que nos debían evacuar.

El Mosquito trajo las herramientas y de regreso volvimos a la senda del dinero. Todavía quedaban allí tres canecas llenas de billetes y decidimos subirlas.

—Pesan mucho, ¿para qué más dinero?

—Para no dejárselo a la guerrilla —le dije, y antes de cargar con ellas derribamos varios árboles, los descopamos y cubrimos el terreno, de manera que no se viera nada.

Cuando llegamos de regreso, un sargento se adelantó:

—¿Más? ¿Todavía más?

—Sí. No se la vamos a dejar a los bandidos.

—Pero es que no hay dónde esconder ni un billete más. Ese dinero va a terminar perjudicándonos —dijo.

—No. Eso lo vamos a quemar. ¿No ve que a la hora de la evacuación tenemos que hacer humo para guiar a los Halcones?

—Sólo por eso. Mimetícenlas en la costa de la selva.

Esa noche mi capital ya eran cinco unidades astronómicas. «Los múltiplos de cinco son muy significativos en matemáticas», decía don Luis Bermúdez, un profesor de cálculo en el instituto, y ahora yo acababa de comprobar que él tenía razón porque mi capital eran 300 mil dólares, o sea 750 millones, cuando hasta ese Viernes de Gloria la cifra más alta que manejaba eran 44 millones... pero de colombianos.

Entonces: cinco unidades astronómicas, dos viajes redondos al Sol y me sobraban 150 millones. No los puedo desperdiciar —decía en la hamaca—, eso es pecado. Mejor recojo a Eloísa, otra vez nos vamos de vacaciones al Sol y allí escojo a Júpiter para que vivamos solos el resto de la vida... Pero no. Un momento.

—Profesor Salas, ¿cuál es la distancia del Sol a Júpiter?

—750 millones de kilómetros.

Me faltan 150 millones para hacer la escala en el Sol. ¿Entonces?

Pues hay que pensar en un planeta más cercano. Podría ser Venus. Venus está a 110 millones de kilómetros del Sol, o sea que gasto 150 millones hasta allá. Y del Sol a Venus, 110. Regresamos a visitar al abuelo y a mi mamá y he gastado 520. Me sobran 270 millones. Con eso podemos regresar a Venus haciendo escala en el Sol y tiro 10 millones al espacio.

Pero si el abuelo quiere vernos otra vez, pues nos tocará irnos a vivir a Mercurio, donde, además, no debe haber bibliotecas. Qué bueno, porque las bibliotecas son escuelas de la subversión. Sí. Definitivamente Mercurio va a ser el punto.

De la Tierra al Sol son 150 millones. Del Sol a Mercurio, 46 millones. Ida y vuelta, 300 millones.

Un año después regresaremos para visitar al abuelo por segunda vez y nos volveremos a nuestra casa, *La casa en el aire* de Escalona, y habré gastado 600 millones. Me sobrarán 150. Eso me alcanzará para tomar otras vacaciones con Eloísa en el Sol y ya no tendré que tirar al espacio más que 58 millones.

Nuevamente amaneció con niebla. Mientras salía de la hamaca miré el morral y seguí hablando solo:

—Cuando Eloísa vea esta cantidad de dinero va a quedar más trastornada que yo.

—¿Trastornada? Se va a volver loca de remate, se va a amansar y se va a entregar. Estoy seguro. Ella va a bajar la cabeza.

Despejamos la selva y a los ocho días, cuando dijeron que se aproximaba el primer helicóptero, sacamos las canecas llenas de dólares y algún dinero colombiano y les metimos candela.

Eran billetes secos, bien empacados, cero humedad. Ardían como tamo y esa columna de humo azul subía y subía. Yo miraba aquella humareda pero no sentía ni tristeza ni pesar. Nada. Tampoco pensaba en el gobierno porque eso no era de nadie. Más bien había una sensación de desquite porque ¿cómo así? «¿Los peores soldados, y la peor compañía, los payasos, el circo?», y ni medicamentos, ni comida. Y toda esa cantidad de gente que había allí con diarrea y malaria... Esa mañana, antes de quemar las canecas, alguien dijo:

—Vamos a llegar al batallón y si nos pillan el dinero nos rebelamos y delante de quien sea quemamos la plata —y los demás estuvimos de acuerdo.

—Eso es un motín —dijo un cabo.

—Pues sí. Ciento ochenta y tantos hombres armados hacen correr mucha sangre, porque yo no tengo problema en hacerme matar, pero esto es mío. Yo me lo gané. ¿No piensan así los demás?

—Sí, sí, sí...

Antes del mediodía llegó el primer vuelo con quince soldados del relevo, Brigada Nueve, y después otros, y finalmente nos llevaron de regreso a Las Morras, donde se encontraba el comandante del batallón.

Allí la orden era hacer desplazamiento subiendo y bajando montañas por la selva hasta Las Morras, La Campana y Puerto Amor, el pueblo de Cheliiita. Allí llegamos a los tres días, pero con una gente enferma y otra con los pies ampollados o roídos por los hongos y eso hace más larga la marcha.

En Puerto Amor compramos medicamentos para la diarrea, camisetas, zapatillas, tenis. Luego, en un restaurante miserable ordenamos asar todo el pescado que tenían.

Esa noche acampamos cerca. Hacía mucho no nos íbamos a la hamaca con la barriga llena.

Cuando estaba amaneciendo el mayor del cuento ordenó que continuáramos a pie, pero nos daba un plazo imposible de cumplir buscando que le diéramos apoyo a algo que los militares llamamos *ala fija*.

Marchamos por el camino tal vez dos kilómetros, casi una hora porque la mayoría estaba agotada, y nuevamente el mayorcito de mierda: que nos apresuráramos porque lo estábamos haciendo quedar mal con nuestra desidia.

Todo lo escuchábamos y un soldado resolvió contratar por su cuenta y con su propio dinero tres camiones. Luego dijo que lo había pagado con lo de los víveres.

Llegamos a San Vicente del Caguán a eso de las diecisiete horas, acampamos en el mismo aeropuerto y al día siguiente abordamos un Hércules C130 que nos llevó a Popayán, una ciudad intermedia en lo alto de la cordillera de los Andes.

En ese momento me iba acercando a la casa y aunque ahora venía lo más difícil, yo pensaba:

—Tranquilo, hermano, que usted va a coronar en la capital.

Y después:

—Póngale energía de la buena, hermano, que cuando Eloísa vea este dinero se va a olvidar de la rebeldía. Mejor dicho, se le van a acabar todas las cucarachas que tiene dentro de la cabeza.

El albatros

En la biblioteca estaban trabajando libros de experimentos con luz y sonido. Me tocó primero *El libro de las sombras*: una lámpara y una tela blanca al frente. Tratar de hacer con los dedos figuras de animales, de personas, de cosas, a medida que la coordinadora iba contando un cuento: «El burrito y la tuna», o una leyenda del Pacífico colombiano: «El pájaro de todo canto».

Tarea difícil aquella de hacer gestos con los dedos y que aparezcan en la tela las figuras, más o menos bien hechas.

—Trabajen lo mejor que puedan porque el mes siguiente habrá títeres —dijo la coordinadora.

Títeres como guantes. Las historias las escribieron las bibliotecólogas con sus auxiliares adaptando varios cuentos porque todo el mes habría algo que llamaron «Calabazas y libros encantados». Cuando ellas escribieron el primer guión comenzamos a vestir a los personajes: una bruja, una princesa, un dragón… El vestuario lo hicimos con papel y pegante.

Papel reciclado por nosotros mismos en el taller creativo, «para que ustedes puedan ejercitar la imaginación», decía la bibliotecóloga.

Esa madrugada desperté con una pregunta:

—Eloísa, ¿cuál sería tu libro encantado?

—*Sonia y Eloísa*. Dejarle a Sonia toda mi tristeza y no volver a saber nunca de ella... Y en parte es verdad. Por eso me gusta llamarme como me llamo ahora. La magia está en que al dejarle la noche a Sonia, Eloísa vive feliz en un palacio lleno de libros.

La idea no fue cosa de aquella madrugada ni de esos días. Eso no llega de un momento a otro. El comienzo fue la película de *Harry Potter* en un ciclo de cine que organizó la biblioteca, y la historia de ese niño que el día de su cumpleaños descubre que sus papás fueron dos magníficos magos y por eso poseía sus propios poderes, me puso a soñar. Y luego, la mañana que me dieron el carné de «desplazada». Esa vez preguntaron mi nombre, y dije: «Eloísa», y cuando ellos escribieron Eloísa sentí que me comenzaba a despedir de Sonia, pero al salir el abuelo, que ya sabía mucho de mi vida porque le gusta escucharme, dijo que estaba preocupado.

—¿Por qué? —le pregunté.

—Porque usted no tiene cédula de ciudadanía y sin ese documento no se puede vivir en este país. Fíjese que nos dieron quince días para traerla, y para que se la den necesitamos un certificado de nacimiento o una partida de bautismo.

—Pero es que a mí no me han bautizado —le expliqué.

Total, el abuelo fue a las oficinas de la ley y a la parroquia del barrio, averiguó por aquí y preguntó por allá, consiguió cuatro amigos que hablaran como testigos, y un día fuimos a la iglesia.

—Eloísa, yo te bautizo... —dijo el padre, y en ese momento sí sentí de verdad que me estaba despidiendo de Sonia, aunque fuera en más papeles. El abuelo fue mi padrino.

Dos días después me llevó a una oficina del gobierno con los testigos y con la partida de bautismo y con el papel donde decía que yo era desterrada. Allí nos preguntaron muchas cosas. El abuelo había preparado a los testigos y ellos decían a todo que sí. Pero cuando la mujer me preguntó: «¿Nombre del padre?», el abuelo dijo: «Desconocido». Padre desconocido, y yo le di un beso en la mano porque en ese momento él había comenzado a desaparecer a El Demonio.

Luego, cuando me entregaron la cédula de ciudadanía, la leí varias veces. Decía Eloísa y me pareció que por fin Sonia estaba enterrada... Por lo menos en el documento más importante.

Esa historia que yo llevaba en la cabeza es el verdadero cuento encantado de *Sonia y Eloísa*.

Bueno, el vestuario de los títeres con papel reciclado... Después tocaba hacer el teatrino con madera y cartulinas. Yo sé algo de cómo se manejan la escuadra, el serrucho, el cepillo, el martillo, los clavos, y me ofrecí para ayudarle al carpintero. Hicimos un escenario pequeño a la altura de mi pecho, la boca de cincuenta centímetros de alta y casi dos metros de ancha. Lo armamos muy rápido, le pusimos sus cortinas, asientos al frente, todas esas cosas.

Después Yolanda, la bibliotecóloga, dijo que hiciéramos la escenografía. «¿Qué será escenografía?», pensé.

Fácil. Como el primer cuento era «La escoba de la viuda» y se trataba de que ella volara por las noches en el cielo, al fondo pusieron una tela asfáltica y le pintaron nubes, la Luna, unas estrellas dibujadas con escarcha y tizas de colores, y luego la explicación de la pieza y de la actuación de los cuatro que iban a manejar los títeres.

Libreto para cuatro voces: una bruja con voz de burbujas. Un dragón, un sapo y un príncipe, voz de un muchacho pero con variaciones cuando habla cada uno de sus personajes. Una princesa: voz dulce.

—Mientras la bruja pelea con voz gritona, la princesa es paciente, como si estuviera contando.

Escoba: voz de muchacha.

—Como la escoba es amiga de la bruja no le dice que sí a todo lo que ella quiere:

—¡Si no me compras combustible no podré volar!

Ese día, y esa noche, entendí perfectamente lo que es una escenografía. «Eloísa, ¿cuál es la escenografía de tu vida?», me pregunté:

—Una selva, ríos, arroyos, un camino rojo por la mitad de la selva y a los lados del camino una aldea con casas de cartón.

Una ciudad llena de muertos que resucitan al día siguiente. Y al lado, otra ciudad verde y limpia, edificios de ladrillos, avenidas con prados, árboles, jardines.

Un palacio circular lleno de libros en medio de un parque verde.

—¿Y el vestuario?

—Primer acto: una faldita, una blusa blanca, un par de zapatos de plástico. Segundo acto: un uniforme camuflado, unas botas, una gorra. Utilería: un fusil y un morral. Tercer acto: unos bluyines, unas zapatillas, una blusa… Y una chaqueta de lana. Hace frío.

La madrugada siguiente descubrí que el poder de un consejo de guerra no son tanto las ideas como la teatralidad de los actores. ¿Cómo lo conté esa vez? Voy a tratar de recordarlo tal cual... ¡Ah!:

El camarada Olivo fue moviendo la cabeza, nos miró a uno por uno pero ya con la cara seria, y cuando le clavó otra vez la mirada al que iban a condenar apretó los dedos de la mano, encogió los brazos como un boxeador, le mandó un golpe —«un gancho de derecha», dijo Felipe que estaba al lado mío—, y tan pronto le dio el coñazo al aire, gritó: «Ese personaje...».

A la Virgilio Barco no vienen tantos desterrados ni tanta gente pobre, que uno diga pobre pero pobre. De todas maneras aparecen por allí, un día y otro también, algunos como Édgard.

—Pero terminado en «d», hermana. No se le olvide: en «d» —me dijo cuando le hablé.

Édgard, con «d», vendía caramelos en el parque, venía al mediodía, pedía tijeras y papel y hacía dibujos para vender. También pedía los libros marcados con rojo, hablando duro, al fin y al cabo con voz de vendedor callejero, y cuando le repetían que aquí no se gritaba, que estos eran espacios para pintar y para leer en silencio, pensaba que se lo decían por que él era un muchacho de la calle, se molestaba y se iba. Una mañana lo pesqué, le expliqué, y me dijo:

—Hermana, es que no puedo hablar bajo. ¿No ve que yo tengo un equipo muy potente?

—¿En dónde?

—En la garganta.

—Pues bájele al volumen, hermano, o aquí de pronto van a descontinuar el modelo de su equipo —le aconsejé, pero él se rió como desafiándome. Sin embargo, alguien le clavó el apodo de «Bombardina», y cuando se lo dijeron, se puso triste y se fue.

Cuando regresó la semana siguiente hablando con señas, me acordé del bárbaro de Agustín: «La letra con sangre entra».

Nos hicimos amigos, y mostrándole con el dedo y haciendo muecas, fui enseñándole que no se decía rojo sino historietas. Amarillo, álbumes. Verde, cuentos. Azul, novelas. Gris, teatro. Rosa, poesía, y anaranjado, mitos y leyendas.

Se volvió buen lector.

Otro de mis amigos era Federico, tiene nueve años y le aprendí algunas cosas.

Así se fue formando mi nuevo parche, hasta cuando unas semanas más tarde resolví meterme en la gran literatura, sala central, ¡carachas! —ahora trato de no decir carajo—, con jóvenes mayores y adultos que le enseñan a uno tanto como en la sección de niños. Es que allí aprendí más que en cualquier escuela, creo yo, y una maña, chao pescao. A otro cuento.

De allí pasé al auditorio a ver películas y a participar en cineforos. Al comienzo me desilusioné porque vi que me estaban cambiando la idea que yo traía desde Neiva: «Leer un libro es como ver una película», y aquí no era así. La película que yo me había metido en la cabeza después de leer el libro era mejor que la que veíamos en una pantalla.

Allá nos contaban primero el libro y luego nos leían algunos apartes en voz alta. Cuando anunciaron *Crónica de una muerte anunciada*, leí primero el libro de García Márquez y en el cineforo contaron la biografía del escritor y luego explicaron quién era el director, cómo sentía, qué había hecho, bla, bla, bla, y después sí la película.

Pero era una película hecha por italianos que no mostraba nuestra manera de ser sino la forma como ellos ven nuestras cosas, hablando con un sentimiento distinto del de los colombianos. No lo digo porque sea otro idioma, sino porque presentaban una obra colombiana como si lo que contaran allí fuera el sentimiento de los italianos. Entonces cuando uno ha leído el libro y ha vivido su propio país, dice: «No, un momento, no traten de convencerme de lo que no es porque eso no tiene nada que ver con lo que yo leí». Esas adaptaciones raptan a los niños para robarles sus sueños.

Aquella tarde este tipo de cine comenzó a desilusionarme y resolví volver a los libros. Mis películas son mejores en los libros.

Terminado aquel cineforo entré en la gran literatura. Fui a la sala general, le pregunté a Mónica, una de las bibliotecólogas, por dónde me aconsejaba comenzar, y todavía no he logrado descubrir por qué ella me dijo en ese momento:

—Baudelaire. Aquí vienen muchos que lo buscan como si fuera su amante. Por ejemplo Beatriz, mírala, la de chaqueta negra que está en el otro extremo, frente a nosotras.

—Beatriz, ¿por qué buscas a Baudelaire?

—Baudelaire es Baudelaire, pero a la vez son dos personas diferentes. Una, feliz. Otra… digamos, angustiada. Es un poeta que se mueve en los extremos, mete su vida dentro de lo que escribe y pasa de la felicidad absoluta a un estado de odio.

—¿Dos personas?

—Para mí, sí. Dos diferentes. Yo veo su poesía y su prosa en dos niveles. Arriba está una mujer que le daba tranquilidad. En ese nivel describió todas las cosas alegres, las cosas bonitas. Pero baja de pronto al otro nivel y allá está otra mujer, una cabaretera que era quien lo llevaba hacia el fondo, hacia el infierno, hacia lo prohibido, hacia…

—¿La noche?

—Sí, desde luego, hacia la oscuridad, a un estado más allá de la depresión que puede ser la angustia absoluta en todo: con su ser, con su ciudad, con la gente que lo rodea... Yo encuentro en Baudelaire algo parecido a lo que veo en los cuadros de Rembrandt, es decir, que está moviéndose siempre en un claroscuro: de la luz a la oscuridad y de la oscuridad a la luz.

—¿Cómo era Baudelaire en cada nivel?

—Cuando estaba arriba era tierno. Abajo era erótico, era exótico.

—¿Qué más?

—Lo que más me gusta es que fue un ser de su tiempo y de su época, y eso lo exaltó al máximo.

«Dos personas —pensé—: una tierna, y otra pasional y erótica. Una feliz y otra angustiada. Y un actor de su momento. ¿Por qué me lo recomendó Mónica? ¿Por qué si no conoce mi vida?».

Beatriz lee a Baudelaire en francés, dice que así debe leerse para que le llegue a uno más al fondo.

—Beatriz, dime algo en ese idioma, por favor.

Contó un poema en el que ella cree que Baudelaire está en los dos niveles y me puse a volar porque yo nunca había oído algo tan romántico como el francés, aunque no comprendiera lo que ella estaba diciendo. Luego lo escribió en una hoja de papel con su traducción y me la dio.

—Pero la traducción no es lo mismo. En francés te electriza si lo llegas a aprender. Mira, tú hablas castellano y el francés no te va a parecer una cosa del otro mundo. Por lo menos inténtalo, dedícale unos años. Eres joven.

—Claro que voy a intentarlo. ¿Dónde?

Me dijo que iba a hablar con una señora francesa que tenía todo el tiempo libre y vivía aburrida.

—Fue profesora mía pero se jubiló. Cuando ella sepa que buscas a Baudelaire y que te enamoraste del idioma, sé que te va a ayudar.

—Beatriz, como sea y donde sea, voy a intentar aprenderlo.

Nos despedimos, busqué un libro de Rembrandt y allí me metí de cabeza. Beatriz me vio, se vino hasta donde estaba yo y me fue haciendo ver lo que era el claroscuro. Estuvimos más de una hora analizando el libro.

Mi vida es un claroscuro... Baudelaire y Rembrandt.

Souvent, pour s'amuser, les hommes d'equipage
prennet des albatros, vastes oiseaux des meres...

Se advierten a veces los rudos marineros
cazando los albatros, grandes aves del mar,
que siguen a las naves —errantes compañeros—
sobre el inmenso abismo volando sin cesar.

Puerto Seis

Un jueves de mayo me despertaron muy temprano.

—La llama un señor. Pase al teléfono.

«¿A esta hora quién puede ser?», pensé, y cuando pregunté reconocí la voz de un hermano de Alejandro. Dijo que me fuera para donde el abuelo porque él había llegado.

—¿Alejandro? ¿Y por qué no llegó a esta casa? Además, apenas hace dos meses se fue, yo lo esperaba dentro de cuatro —le contesté.

Un poco después me llamó el propio Alejandro.

—Véngase para la casa del abuelo. Aquí hablaremos.

Cuando llegué encontré a la gente contenta, Alejandro me abrazó y me besó, el abuelo me abrazó, la mamá de Alejandro y la tía me abrazaron también. Vi una gran caja con comida enlatada, tenían dinero, se reían y me miraban, y Alejandro me cogió por las manos y ya en el patio, los dos solos, se quedó mirándome y me dijo:

—Eloísa, tenemos yo digo que una fortuna para hacer un futuro los dos. Tengo lo suficiente para que los dos vivamos una vida tranquila.

—Pero, un momento: ¿tú no deberías estar en la selva? Y, además, ¿por qué no llegaste a nuestra casa? ¿Qué está pasando aquí? Que llegaste hace tres días a la casa de un amigo, que ahora a donde el abuelo. ¿Qué sucede?

—Que encontré en la selva una fortuna, se lo repito. No quería llegar primero a donde ninguno de ustedes porque necesitaba estar seguro de que no me seguían. En este momento soy un desertor. Me evadí del Ejército.

—¿Y qué es una fortuna?

—Muchos millones.

—Pero para ser felices no necesitamos millones…

—¿Ah, sí? ¿Usted quiere que sigamos como dos desconocidos? Un mes al año, quince días o menos cada seis meses y once en la selva. Esa no es vida. Quiero que estemos juntos. Siempre.

—No entiendo un ca… No entiendo nada.

—Ya lo va a entender cuando hablemos largo. Camine para un almacén, o dos o tres almacenes, se compra una ropa bonita y nos vamos unos días lejos de aquí. Allá se le contaré todo.

—Yo no necesito ropa nueva, no necesito nada. ¿Nos vamos? Está bien. Nos vamos los dos solos.

Viajamos a una población cercana y estuvimos todo el primer día y toda la noche en un hotel elegante y allí comenzó a contarme la historia de los millones. En ese momento yo no pensaba nada. Ni bueno, ni malo. Esperaba que él terminara de contar su cuento.

—¿Cómo lograste llegar aquí? —le pregunté, y él continuó. La historia no terminaba y yo me sentía triste, muy an-

gustiada dicen en la ciudad, porque se me estaba reviviendo
todo lo que quería olvidar. Sí, mucha biblioteca, otra vida...
¿Cuál otra vida si seguíamos metidos en la guerra?

—Pero dime: ¿cómo lograste regresar sin que te pasara
nada?

—Bueno, pues en el batallón de Popayán nos ubicamos
en alojamientos para hacer aseo de armamento, tomar un
baño, descansar, pero yo les dije a dos amigos que debíamos
sacar pronto el dinero y con aquella prisa ni nos bañamos ni
nos cambiamos de ropa.

—No podemos cruzar por la guardia. Allí nos registran
—comenté— y buscamos una salida por Puerto Seis, en los
extramuros del batallón, cerca del polígono. Desde luego, al
llegar el centinela trató de decir algo pero para evitar explica-
ciones y a lo mejor un escándalo, le dimos lo que él se ganaba
en cinco o seis meses.

Buscamos el mejor hotel de la ciudad, cinco estrellas y tal,
guardamos el dinero en la caja de seguridad de cada habitación, debajo de los colchones, en medio de los entrepaños de
las alacenas, compramos luego ropa sencilla, nos hicimos el
corte de hongo que es nuestra onda, nos mandamos arreglar
las uñas, comimos y más tarde nos fuimos a formar en el batallón, pero antes de entrar alguien me pegó el primer bocinazo:

Cuando arribamos por la mañana y la gente extendió lo
que se llama material de guerra e intendencia, alguien encontró quince mil dólares dentro del bolsillo de una hamaca y un
soldado dijo en voz alta:

—El que hable se muere.

Pero por otro lado, en los hoteles importantes funciona la
inteligencia militar y dos minutos después alguien nos pegó
el segundo bocinazo:

—Inteligencia acaba de reportar que tres soldados con nombres tales y tales se registraron en tal hotel, ocuparon tres habitaciones y se retiraron nuevamente. La orden es capturarlos.

—¿Qué más ha sucedido?

—Dicen que en el tercer vuelo del Hércules un sargento observó que el soldado Ávila Royeiro estaba muy nervioso y se lo informaron al piloto. Todos alerta, y ya en el momento del aterrizaje él mostró una granada y amenazó con volar el avión, pero fue controlado por un cabo y un soldado que estaban cerca. A le gente le dijeron que Ávila Royeiro de la Buitre Cinco estaba drogado. Bueno, lo trajeron llorando a la enfermería del batallón y después dijo la médica que el muchacho tenía «estrés postraumático y rasgos de psicosis».

—¿Qué es eso?

—Desesperado. La verdad es que en el vuelo le robaron el morral lleno de dinero.

—¿Qué más ha sucedido?

—Antes de salir, muchos han dicho que no volverán y cada hora se van yendo más.

Cuando escuchamos aquello entramos nuevamente por Puerto Seis, nos pusimos ropa de civil que teníamos allí y le dijimos a un soldado:

—Ahí quedan el fusil, granadas, municiones, proveedores, camuflados, boina, equipo. Entréguelos.

De regreso al hotel sacamos el dinero, pagamos y salimos de allí, y el hombre del taxi dijo que en esa ciudad había una revolución.

—¿La guerrilla? —le pregunté, y él se rió:

—No. Una invasión de dólares porque los del batallón se enloquecieron. Toda el día he llevado soldados a donde las putas y como allí no les reciben moneda extranjera compran televisores y equipos de sonido y se los entregan. Otros vuelven, compran más, les sacan lo que tienen por dentro y los rellenan de billetes. Otros pagan por un par de zapatillas cinco y seis veces más de lo que valen. Y son zapatillas muy caras. Unos nos pagan el servicio en dólares, los demás compran la mejor ropa por docenas o están bebiendo whisky en bares de mala muerte.

Antes de subir a un autobús que nos llevaría a Cali, pedimos que acomodaran los bolsos militares en la bodega, al fondo.

—Parece que llevaran piedras —dijo el hombre, y nos quedamos allí hasta cuando los metió adelante, y después metió cajas, maletas, todo lo que llevaban los demás pasajeros.

Soldado avisado... ¡coño!

A dos horas de camino apareció un retén sorpresivo del Ejército:

—Bajen con todo su equipaje de mano —dijo un sargento.

No nos identificamos con documentos militares, tampoco nos preguntaron nada especial, pasaron a la bodega y allí hicieron abrir y revisaron solamente las maletas que estaban al comienzo.

A la una de la mañana, en Cali nos contaron las noticias de la televisión: que si unos soldados encontraron en la selva millones de dólares, que si han desertado del batallón más de ochenta, que el ministro del Interior dice que son los peores enemigos de la patria y los deben fusilar...

En Cali estuvimos dos días calculando la manera de sacar ese dinero de allí y finalmente uno de nosotros dijo:

—Comida.

Compramos mercados muy completos: granos, sal, azúcar, enlatados, aceite, detergentes, jabones y acomodamos dentro de cajas grandes mercado, una capa de dinero, más mercado, otra capa de dinero, hasta terminar con mercado.

En el camino a la capital no hubo retenes y nueve horas después estaba seguro en la casa de Alberto. Allí permanecí un par de días.

Por la tarde, Alejandro me llevó a la casa de un soldado y después a la de otro. En ambas contaban una cantidad de billetes, pero una cantidad que yo nunca pensé llegar a ver.

—Yo tengo más que cualquiera de ellos —me dijo, y se quedó mirándome para ver qué hacía yo, pero yo continuaba elevada.

A los veinte días, la víspera de regresar, aquellos soldados que tenían conexiones en el Ejército y subían a la capital y regresaban el mismo día, comenzaron a contar una serie de cosas que me hicieron recordar la guerra; yo sentía que hiciera lo que hiciera... continuaba siendo Sonia.

El cuento era que a un soldado llamado Sandoval Wilson Alexander lo capturaron en Popayán y él les entregó a unos hombres de la central de inteligencia del Ejército casi setenta millones de pesos colombianos que había encontrado —Alejandro calculó que debían ser treinta mil dólares al precio que los cambiaban en la selva— y que él hizo un acta en la que constaba que les había entregado esa plata, pero que los de inteligencia se quedaron con el original.

Los cuentos seguían. Luego dijeron que el cabo Lizarazo Valderrama Giovanni hizo un acta igual al entregar el dinero, pero que quienes lo recibieron no se la firmaron.

Más tarde, que el cabo primero Mena Benítez Eliseo dijo que les había puesto en las manos setenta mil dólares a los funcionarios de la contrainteligencia, pero que nadie le quiso firmar una constancia donde dijera que los había devuelto.

Y que el soldado Lenin Giraldo Bonilla devolvió sesenta y nueve mil dólares, otra fortuna, a los del servicio de inteligencia, pero que ellos tampoco le dieron ninguna constancia de la entrega.

La historia más tenaz era la de un tal Guerrero Rosero Fernando Aldemar, un soldado profesional. Ellos supieron que un lunes llegaron a su casa diez hombres con armas cortas en autos con vidrios oscuros, autos iguales a los del gobierno, pero dijeron que eran de la guerrilla.

Los hombres entraron preguntando por él y como no lo encontraron patearon a su hermana. La muchacha les preguntó por qué lo hacían y le ordenaron entregar el dinero que el soldado se había traído de Coreguaje.

Como ella dijo que no sabía de qué le estaban hablando, registraron la casa y le anunciaron que si gritaba la mataban. No encontraron nada y se fueron.

Al día siguiente, muy temprano, aparecieron por allí los del servicio de inteligencia y el soldado les entregó tres rollos de dólares que le tenía guardados su hermana Cristina.

—Fíjate, esa plata es una desgracia. Esa plata es un castigo —le dije cuando volvimos al hotel y él insistió:

—No. Eso es nuestro.

—No, Alejandro, es tuyo.

Regresamos a la ciudad y yo seguía con la cabeza en blanco porque la verdad es que nunca he podido tener sueños. ¿Cómo los voy a tener si parece que no fuera dueña ni de Eloísa? Es que a pesar de todo lo que he encontrado en la biblioteca, por las noches creo que necesito una cabeza más grande cuando pienso en mi familia, atrapada por los camaradas en Guayabal para obligarme a regresar y matarme por haberme venido con un soldado. En que todavía Eloísa no le ha podido colgar del todo la noche a Sonia. En que haga lo que haga no voy a poder darle el tiro de gracia a El Demonio, y ahora el peligro de que pesquen a Alejandro y se lo lleven para la cárcel... Todo eso me hace regresar y permanezco otra vez viviendo solamente lo que va sucediendo el mismo día.

En la terminal de autobuses, Alejandro compró una maleta azul muy grande.

—¿Otro viaje? —le pregunté.

—No, es para guardar nuestros dólares.

Me dejó en la casa del abuelo y regresó dos horas más tarde en un taxi con dos cajas de cartón, y allí mismo fue sacando bloques y bloques de dólares que iba guardando en la maleta. Sí. Era mucho más de lo que yo había visto en las casas de los dos soldados, y allí me repitió:

—Eso es de los dos.

—Alejandro —le respondí delante del abuelo—, tú me conoces más que nadie, el abuelo también me conoce yo creo que muy bien porque es mi mejor amigo, mejor dicho, también es mi abuelo, y además mi padrino, y ustedes saben que yo nunca he sentido que lo de los demás sea mío. Nunca, aunque sea tu mujer —y Alejandro le preguntó al abuelo:

—¿Qué hago para que ella deje esa mentalidad de pobre?

—Nunca la va a dejar. Ella es ella y por eso vale.

—Eloísa, por favor: éste es el futuro de nosotros dos. En adelante vamos a estar más juntos que antes.

—Ese dinero puede acabarnos. Tanta plata es maldición. Yo nunca he sido dueña de nada y sé vivir feliz con lo que tengo.

—Entonces, ¿qué es suyo en este momento?

—Mis cartas. Siento que esas sí son mías. Lo único que siento mío es el miedo de siempre, y mis cartas. Y... bueno, tú, Alejandro.

—Pero Eloísa, es que podemos vivir muy bien. Somos ricos.

—Tú ya tienes con qué. Ahora compra libros que no sean de matemáticas, edúcate, vente conmigo todos los días a la biblioteca y allá yo te puedo volver otra arpía... Es que ahora mismo yo ya no sé qué es un pobre.

—¿Cómo?

—Tú dices que eres mío, ¿verdad? Entonces lo único que quiero es que jamás vayan a decir de ti una frase que escuché alguna vez.

—¿Cuál?

—Ese hombre es tan pobre que sólo tiene dinero.

Índice